MEMÓRIAS PÓSTUMAS DE BRÁS CUBAS

Dados Internacionais de Catalogação na Publicação (CIP)
(Câmara Brasileira do Livro, SP, Brasil)

Assis, Machado de, 1839-1908
Memórias póstumas de Brás Cubas / Machado de Assis. – Petrópolis, RJ : Vozes, 2017. – (Coleção Vozes de Bolso – Literatura)

ISBN 978-85-326-5417-5

1. Romance 2. Romance brasileiro I. Título. II. Série.

17-00919 CDD-869.3

Índices para catálogo sistemático:

1. Romances : Literatura brasileira 869.3

Machado de Assis

MEMÓRIAS PÓSTUMAS DE BRÁS CUBAS

Vozes de Bolso

Rua Frei Luís, 100
25689-900 Petrópolis, RJ
www.vozes.com.br
Brasil

Coordenação literária, comentários e notas: Leandro Garcia Rodrigues
Editoração: Flávia Peixoto
Diagramação: Sheilandre Desenv. Gráfico
Revisão gráfica: Nilton Braz da Rocha / Nivaldo S. Menezes
Capa: visiva.com.br
Arte-finalização de capa: Ygor Moretti
Ilustração de capa: Agostinho José da Mota (1824-1878). Vista do Rio de Janeiro. Mostra do Redescobrimento. Fundação Bienal de São Paulo, 2000.

ISBN 978-85-326-5417-5

Editado conforme o novo acordo ortográfico.

Este livro foi composto e impresso pela Editora Vozes Ltda.

Ao verme que primeiro roeu as frias carnes do meu cadáver dedico como saudosa lembrança estas memórias póstumas.

Prólogo da terceira edição

A primeira edição destas Memórias póstumas de Brás Cubas foi feita aos pedaços na Revista Brasileira, pelos anos de 1880. Postas mais tarde em livro, corrigi o texto em vários lugares. Agora que tive de o rever para a terceira edição, emendei ainda alguma coisa e suprimi duas ou três dúzias de linhas. Assim composta, sai novamente à luz esta obra que alguma benevolência parece ter encontrado no público.

Capistrano de Abreu, noticiando a publicação do livro, perguntava: "As memórias póstumas de Brás Cubas são um romance?" Macedo Soares, em carta que me escreveu por esse tempo, recordava amigamente as *Viagens na minha terra*. Ao primeiro respondia já o defunto Brás Cubas (como o leitor viu e verá no prólogo dele que vai adiante) que sim e que não, que era romance para uns e não o era para outros. Quanto ao segundo, assim se explicou o finado: "Trata-se de uma obra difusa, na qual eu, Brás Cubas, se adotei a forma livre de um Sterne[1] ou de um Xavier de Maistre[2], não sei se lhe meti algumas rabugens de

---

1. Laurence Sterne (1713-1768) – escritor irlandês conhecido pela técnica de interação com o leitor, o que muito influenciou Machado de Assis, sua principal obra foi *A vida e as opiniões do cavalheiro Tristram Shandy*.

2. Xavier de Maistre (1763-1852) – escritor francês conhecido pelo seu famoso livro *Viagem ao redor do meu quarto*.

pessimismo". Toda essa gente viajou: Xavier de Maistre à roda do quarto, Garrett[3] na terra dele, Sterne na terra dos outros. De Brás Cubas se pode dizer que viajou à roda da vida.

O que faz do meu Brás Cubas um autor particular é o que ele chama "rabugens de pessimismo". Há na alma deste livro, por mais risonho que pareça, um sentimento amargo e áspero, que está longe de vir de seus modelos. É taça que pode ter lavores de igual escola, mas leva outro vinho. Não digo mais para não entrar na crítica de um defunto, que se pintou a si e a outros, conforme lhe pareceu melhor e mais certo.

Machado de Assis

---

3. Almeida Garrett (1799-1854) – escritor do Romantismo português, famoso pelo romance *Viagens na minha terra*.

Ao leitor

Que Stendhal[4] confessasse haver escrito um de seus livros para cem leitores, coisa é que admira e consterna. O que não admira, nem provavelmente consternará, é se este outro livro não tiver os cem leitores de Stendhal, nem cinquenta, nem vinte, e quando muito, dez. Dez? Talvez cinco. Trata-se, na verdade, de uma obra difusa, na qual eu, Brás Cubas, se adotei a forma livre de um Sterne, ou de um Xavier de Maistre, não sei se lhe meti algumas rabugens de pessimismo. Pode ser. Obra de finado. Escrevia-a com a pena da galhofa e a tinta da melancolia, e não é difícil antever o que poderá sair desse conúbio. Acresce que a gente grave achará no livro umas aparências de puro romance, ao passo que a gente frívola não achará nele o seu romance usual; ei-lo aí fica privado da estima dos graves e do amor dos frívolos, que são as duas colunas máximas da opinião.

Mas eu ainda espero angariar as simpatias da opinião, e o primeiro remédio é fugir a um prólogo explícito e longo. O melhor prólogo é o que contém menos coisas, ou o que as diz de um jeito obscuro e truncado. Conseguintemente, evito contar o processo

---

4. Henri-Marie Beyle (1783-1842), mais conhecido como Stendhal, foi um escritor francês reputado pela fineza na análise dos sentimentos de seus personagens e por seu estilo seco e direto de narrar.

extraordinário que empreguei na composição destas *Memórias*, trabalhadas cá no outro mundo. Seria curioso, mas nimiamente extenso, aliás desnecessário ao entendimento da obra. A obra em si mesma é tudo: se te agradar, fino leitor, pago-me da tarefa; se te não agradar, pago-te com um piparote, e adeus.

Brás Cubas

Capítulo 1
Óbito do autor

Algum tempo hesitei se devia abrir estas memórias pelo princípio ou pelo fim, isto é, se poria em primeiro lugar o meu nascimento ou a minha morte. Suposto o uso vulgar seja começar pelo nascimento, duas considerações me levaram a adotar diferente método: a primeira é que eu não sou propriamente um autor defunto, mas um defunto autor, para quem a campa foi outro berço; a segunda é que o escrito ficaria assim mais galante e mais novo. Moisés, que também contou a sua morte, não a pôs no introito, mas no cabo; diferença radical entre este livro e o Pentateuco.

Dito isto, expirei às duas horas da tarde de uma sexta-feira do mês de agosto de 1869, na minha bela chácara de Catumbi. Tinha uns sessenta e quatro anos, rijos e prósperos, era solteiro, possuía cerca de trezentos contos e fui acompanhado ao cemitério por onze amigos. Onze amigos! Verdade é que não houve cartas nem anúncios. Acresce que chovia – peneirava – uma chuvinha miúda, triste e constante, tão constante e tão triste, que levou um daqueles fiéis da última hora a intercalar esta engenhosa ideia no discurso que proferiu à beira de minha cova: – "Vós, que o conhecestes, meus senhores, vós podeis dizer comigo que a natureza parece estar chorando a perda irreparável de um dos mais belos caracteres que tem honrado a humanidade. Este ar sombrio, estas gotas do céu, aquelas nuvens escuras que cobrem o azul como um crepe funéreo, tudo isso é a dor crua e má que lhe rói à natureza as mais íntimas entranhas; tudo isso é um sublime louvor ao nosso ilustre finado".

Bom e fiel amigo! Não, não me arrependo das vinte apólices que lhe deixei. E foi assim que cheguei à cláusula dos meus dias; foi assim que me encaminhei para o *undiscovered country*[5] de Hamlet, sem as ânsias nem as dúvidas do moço príncipe, mas pausado e trôpego, como quem se retira tarde do espetáculo. Tarde e aborrecido. Viram-me ir umas nove ou dez pessoas, entre elas três senhoras, minha irmã Sabina, casada com o Cotrim – a filha, um lírio do vale – e... Tenham paciência! daqui a pouco lhes direi quem era a terceira senhora. Contentem-se de saber que essa anônima, ainda que não parenta, padeceu mais do que as parentas. É verdade, padeceu mais. Não digo que se carpisse, não digo que se deixasse rolar pelo chão, convulsa. Nem o meu óbito era coisa altamente dramática... Um solteirão que expira aos sessenta e quatro anos, não parece que reúna em si todos os elementos de uma tragédia. E dado que sim, o que menos convinha a essa anônima era aparentá-lo. De pé, à cabeceira da cama, com os olhos estúpidos, a boca entreaberta, a triste senhora mal podia crer na minha extinção.

– Morto! morto! dizia consigo.

É a imaginação dela, como as cegonhas que um ilustre viajante viu desferirem o voo desde o Ilisso às ribas[6] africanas, sem embargo das ruínas e dos tempos – a imaginação dessa senhora também voou por sobre os destroços presentes até às ribas de uma África juvenil... Deixá-la ir; lá iremos mais tarde; lá iremos quando eu

---

5. "país desconhecido."

6. Ilisso é um rio da Grécia antiga; "ir do Ilisso às ribas" era antiga expressão que significava "atravessar uma grande área".

me restituir aos primeiros anos. Agora, quero morrer tranquilamente, metodicamente, ouvindo os soluços das damas, as falas baixas dos homens, a chuva que tamborila nas folhas de tinhorão da chácara, e o som estrídulo de uma navalha que um amolador está afiando lá fora, à porta de um correeiro. Juro-lhes que essa orquestra da morte foi muito menos triste do que podia parecer. De certo ponto em diante chegou a ser deliciosa. A vida estrebuchava-me no peito, com uns ímpetos de vaga marinha, esvaía-se-me a consciência, eu descia à imobilidade física e moral, e o corpo fazia-se-me planta, e pedra, e lodo, e coisa nenhuma.

Morri de uma pneumonia; mas se lhe disser que foi menos a pneumonia, do que uma ideia grandiosa e útil, a causa da minha morte, é possível que o leitor me não creia, e todavia é verdade. Vou expor-lhe sumariamente o caso. Julgue-o por si mesmo.

Capítulo 2
O emplasto

Com efeito, um dia de manhã, estando a passear na chácara, pendurou-se-me uma ideia no trapézio que eu tinha no cérebro. Uma vez pendurada, entrou a bracejar, a pernear, a fazer as mais arrojadas cabriolas de volatim, que é possível crer. Eu deixei-me estar a contemplá-la. Súbito, deu um grande salto, estendeu os braços e as pernas, até tomar a forma de um X: decifra-me ou devoro-te.

Essa ideia era nada menos que a invenção de um medicamento sublime, um emplasto anti-hipocondríaco, destinado a aliviar a nossa melancólica humanidade. Na petição de privilégio que então redigi, chamei a atenção do governo para esse resultado, verdadeiramente cristão. Todavia, não neguei aos amigos as vantagens pecuniárias que deviam resultar da distribuição de um produto de tamanhos e tão profundos efeitos. Agora, porém, que estou cá do outro lado da vida, posso confessar tudo: o que me influiu principalmente foi o gosto de ver impressas nos jornais, mostradores, folhetos, esquinas, e enfim nas caixinhas do remédio, estas três palavras: *Emplasto Brás Cubas*. Para que negá-lo? Eu tinha a paixão do arruído, do cartaz, do foguete de lágrimas. Talvez os modestos me arguam esse defeito; fio, porém, que esse talento me hão de reconhecer os hábeis.

Assim, a minha ideia trazia duas faces, como as medalhas, uma virada para o público, outra para mim. De um lado, filantropia e lucro; de outro lado, sede de nomeada. Digamos: – amor da glória.

Um tio meu, cônego de prebenda inteira, costumava dizer que o amor da glória temporal era a perdição das almas, que só devem cobiçar a glória eterna. Ao que retorquia outro tio, oficial de um dos antigos terços de infantaria, que o amor da glória era a coisa mais verdadeiramente humana que há no homem, e, conseguintemente, a sua mais genuína feição. Decida o leitor entre o militar e o cônego; eu volto ao emplasto.

Capítulo 3
Genealogia

Mas, já que falei nos meus dois tios, deixa-me fazer aqui um curto esboço genealógico.

O fundador de minha família foi um certo Damião Cubas, que floresceu na primeira metade do século XVIII. Era tanoeiro de ofício, natural do Rio de Janeiro, onde teria morrido na penúria e na obscuridade, se somente exercesse a tanoaria. Mas não; fez-se lavrador, plantou, colheu, permutou o seu produto por boas e honradas patacas, até que morreu, deixando grosso cabedal a um filho, o licenciado Luís Cubas. Neste rapaz é que verdadeiramente começa a série de meus avós – dos avós que a minha família sempre confessou –, porque o Damião Cubas era afinal de contas um tanoeiro, e talvez mau tanoeiro, ao passo que o Luís Cubas estudou em Coimbra, primou no Estado, e foi um dos amigos particulares do vice-rei conde da Cunha.

Como este apelido de Cubas lhe cheirasse excessivamente a tanoaria, alegava meu pai, bisneto do Damião, que o dito apelido fora dado a um cavaleiro, herói nas jornadas da África, em prêmio da façanha que praticou arrebatando trezentas cubas aos mouros. Meu pai era homem de imaginação; escapou à tanoaria nas asas de um *calembour*[7]. Era um bom caráter, meu pai, varão digno e leal como poucos. Tinha, é verdade, uns fumos de pacholice; mas quem não é um pouco pachola[8] nesse mundo? Releva notar que ele não recorreu à inventiva senão depois de experimentar a falsificação; primeiramente, entroncou-se na família daquele meu famoso homônimo, o capitão-mor Brás Cubas, que fundou a vila de São Vicente, onde

7. Trocadilho.

8. A palavra tinha diferentes concepções no séc. XIX: tolo, idiota, preguiçoso, indolente, farsante.

morreu em 1592, e por esse motivo é que me deu o nome de Brás. Opôs-se-lhe, porém, a família do capitão-mor, e foi então que ele imaginou as trezentas cubas mouriscas.

Vivem ainda alguns membros da minha família, minha sobrinha Venância, por exemplo, o lírio do vale, que é a flor das damas do seu tempo; vive o pai, o Cotrim, um sujeito que... Mas não antecipemos os sucessos; acabemos de uma vez com o nosso emplasto.

Capítulo 4
A ideia fixa

A minha ideia, depois de tantas cabriolas, constituíra-se ideia fixa. Deus te livre, leitor, de uma ideia fixa; antes um argueiro, antes uma trave no olho. Vê o Cavour[9]; foi a ideia fixa da unidade italiana que o matou. Verdade é que Bismarck[10] não morreu; mas cumpre advertir que a natureza é uma grande caprichosa e a história uma eterna loureira.

Por exemplo, Suetônio[11] deu-nos um Cláudio[12], que era um simplório – ou "uma abóbora" como lhe

---

9. Trata-se de Camilo Benso (1810-1861), Conde de Cavour, primeiro ministro do Reino da Itália em 1861.

10. Otto Von Bismarck (1815-1898) – foi o político alemão mais importante no séc. XIX, responsável pela unificação da Alemanha.

11. Suetônio (69-141) – escritor e historiador romano.

12. Cláudio e Tito foram imperadores romanos narrados nos livros de Suetônio.

chamou Sêneca[13], e um Tito, que mereceu ser as delícias de Roma. Veio modernamente um professor e achou meio de demonstrar que dos dois césares, o delicioso, o verdadeiramente delicioso, foi o "abóbora" de Sêneca. E tu, madama Lucrécia[14], flor dos Bórgias, se um poeta te pintou como a Messalina[15] católica, apareceu um Gregorovius[16] incrédulo que te apagou muito essa qualidade, e, se não vieste a lírio, também não ficaste pântano. Eu deixo-me estar entre o poeta e o sábio.

Viva pois a história, a volúvel história que dá para tudo; e, tornando à ideia fixa, direi que é ela a que faz os varões fortes e os doidos; a ideia móbil, vaga ou furta-cor é a que faz os Cláudios – formula Suetônio.

Era fixa a minha ideia, fixa como... Não me ocorre nada que seja assaz fixo nesse mundo: talvez a lua, talvez as pirâmides do Egito, talvez a finada dieta germânica. Veja o leitor a comparação que melhor lhe quadrar, veja-a e não esteja daí a torcer-me o nariz, só porque ainda não chegamos à parte narrativa destas memórias. Lá iremos. Creio que prefere a anedota à reflexão, como os outros leitores, seus confrades, e acho que faz muito bem. Pois lá iremos.

---

13. Sêneca (4 a.C.-65) – foi um dos filósofos e escritores mais importantes da Roma antiga.

14. Lucrécia Bórgia (1480-1519) – filha ilegítima de Rodrigo Bórgia que, mais tarde, tornou-se o papa Alexandre VI.

15. Valéria Messalina (17-48) – imperatriz romana, conhecida pela sua promiscuidade moral.

16. Ferdinand Gregorovius (1821-1891) – historiador alemão especializado em Idade Média e Renascimento, especialmente na perspectiva italiana.

Todavia, importa dizer que este livro é escrito com pachorra, com a pachorra de um homem já desafrontado da brevidade do século, obra supinamente filosófica, de uma filosofia desigual, agora austera, logo brincalhona, coisa que não edifica nem destrói, não inflama nem regela, e é todavia mais do que passatempo e menos do que apostolado.

Vamos lá; retifique o seu nariz, e tornemos ao emplasto. Deixemos a história com os seus caprichos de dama elegante. Nenhum de nós pelejou a Batalha de Salamina[17], nenhum escreveu a confissão de Augsburgo[18]; pela minha parte, se alguma vez me lembro de Cromwell[19], é só pela ideia de que Sua Alteza, com a mesma mão que trancara o parlamento, teria imposto aos ingleses o emplasto Brás Cubas. Não se riam dessa vitória comum da farmácia e do puritanismo. Quem não sabe que ao pé de cada bandeira grande, pública, ostensiva, há muitas vezes várias outras bandeiras modestamente particulares, que se hasteiam e flutuam à sombra daquela, e não poucas vezes lhe sobrevivem? Mal comparando, é como a arraia-miúda, que se acolhia à sombra do castelo-feudal; caiu este e a arraia ficou. Verdade é que se fez graúda e castelã... Não, a comparação não presta.

---

17. A Batalha de Salamina se deu no ano 480 a.C., entre gregos e persas, na qual a Grécia foi vitoriosa.

18. A Confissão de Augsburgo foi assinada em 1530, e é considerada o principal documento teológico e dogmático da Reforma Luterana.

19. Thomas Cromwell (1485-1540) – estadista inglês, primeiro ministro do rei Henrique VIII e um dos mentores da Reforma Inglesa.

Capítulo 5

Em que aparece a orelha de uma senhora

Senão quando, estando eu ocupado em preparar e apurar a minha invenção, recebi em cheio um golpe de ar; adoeci logo, e não me tratei. Tinha o emplasto no cérebro; trazia comigo a ideia fixa dos doidos e dos fortes. Via-me, ao longe, ascender do chão das turbas, e remontar ao céu, como uma águia imortal, e não é diante de tão excelso espetáculo que um homem pode sentir a dor que o punge. No outro dia estava pior; tratei-me enfim, mas incompletamente, sem método, nem cuidado, nem persistência; tal foi a origem do mal que me trouxe à eternidade. Sabem já que morri numa sexta-feira, dia aziago, e creio haver provado que foi a minha invenção que me matou. Há demonstrações menos lúcidas e não menos triunfantes.

Não era impossível, entretanto, que eu chegasse a galgar o cimo de um século, e a figurar nas folhas públicas, entre macróbios. Tinha saúde e robustez. Suponha-se que, em vez de estar lançando os alicerces de uma invenção farmacêutica, tratava de coligir os elementos de uma instituição política, ou de uma reforma religiosa. Vinha a corrente de ar, que vence em eficácia o cálculo humano, e lá se ia tudo. Assim corre a sorte dos homens.

Com esta reflexão me despedi eu da mulher, não direi mais discreta, mas com certeza mais formosa entre as contemporâneas suas, a anônima do primeiro capítulo, a tal, cuja imaginação à semelhança das cegonhas do Ilisso... Tinha então 54 anos, era uma ruína, uma imponente ruína. Imagine o leitor que nos amamos, ela e eu, muitos anos antes e que um dia, já enfermo, vejo-a assomar à porta da alcova...

Capítulo 6

Chimène, qui l'eût dit? Rodrigue, qui l'eût cru?[20]

Vejo-a assomar à porta da alcova, pálida, comovida, trajada de preto, e ali ficar durante um minuto, sem ânimo de entrar ou detida pela presença de um homem que estava comigo. Da cama, onde jazia, contemplei-a durante esse tempo, esquecido de lhe dizer nada ou de fazer nenhum gesto. Havia já dois anos que nos não víamos, e eu via-a agora não qual era, mas qual fora, quais fôramos ambos, porque um Ezequias misterioso fizera recuar o sol até os dias juvenis. Recuou o sol, sacudi todas as misérias, e este punhado de pó, que a morte ia espalhar na eternidade do nada, pôde mais do que o tempo, que é o ministro da morte. Nenhuma água de Juventa[21] igualaria ali a simples saudade.

Creiam-me, o menos mau é recordar; ninguém se fie da felicidade presente; há nela uma gota da baba de Caim. Corrido o tempo e cessado o espasmo, então sim, então talvez se pode gozar deveras, porque

---

20. "Chimène, quem diria? Rodrigue, quem teria acreditado?"

21. Na Mitologia grega, era a água da juventude ("Juventa" era o nome de uma ninfa).

entre uma e outra dessas duas ilusões, melhor é a que se gosta sem doer.

Não durou muito a evocação; a realidade dominou logo; o presente expeliu o passado. Talvez eu exponha ao leitor, em algum canto deste livro, a minha teoria das edições humanas. O que por agora importa saber é que Virgília – chamava-se Virgília – entrou na alcova, firme, com a gravidade que lhe davam as roupas e os anos, e veio até o meu leito. O estranho levantou-se e saiu. Era um sujeito, que me visitava todos os dias para falar do câmbio, da colonização e da necessidade de desenvolver a viação férrea; nada mais interessante para um moribundo. Saiu; Virgília deixou-se estar de pé; durante algum tempo ficamos a olhar um para o outro, sem articular palavra. Quem diria? De dois grandes namorados, de duas paixões sem freio, nada mais havia ali, vinte anos depois; havia apenas dois corações murchos, devastados pela vida e saciados dela, não sei se em igual dose, mas enfim saciados. Virgília tinha agora a beleza da velhice, um ar austero e maternal; estava menos magra do que quando a vi, pela última vez, numa festa de São João, na Tijuca; e porque era das que resistem muito, só agora começavam os cabelos escuros a intercalar-se de alguns fios de prata.

– Anda visitando os defuntos? Disse-lhe eu. – Ora, defuntos! respondeu Virgília com um muxoxo. E depois de me apertar as mãos: – Ando a ver se ponho os vadios para a rua.

Não tinha a carícia lacrimosa de outro tempo; mas a voz era amiga e doce. Sentou-se. Eu estava só, em casa, com um simples enfermeiro; podíamos falar um ao outro, sem perigo. Virgília deu-me longas notícias de fora, narrando-as com graça, com um certo travo de má língua, que era o sal da palestra; eu, prestes a deixar o mundo, sentia um prazer satânico em mofar dele, em persuadir-me que não deixava nada.

– Que ideias essas! Interrompeu-me Virgília um tanto zangada. – Olhe que eu não volto mais. Morrer! Todos nós havemos de morrer; basta estarmos vivos.

E vendo o relógio:

– Jesus! são três horas. Vou me embora.

– Já?

– Já; virei amanhã ou depois.

– Não sei se faz bem, retorqui; o doente é um solteirão e a casa não tem senhoras...

– Sua mana?

– Há de vir cá passar uns dias, mas não pode ser antes de sábado.

Virgília refletiu um instante, levantou os ombros e disse com gravidade:

– Estou velha! Ninguém mais repara em mim. Mas, para cortar dúvidas, virei com o Nhonhô. Nhonhô era um bacharel, único filho de seu casamento, que, na idade de cinco anos, fora cúmplice inconsciente de nossos amores. Vieram juntos, dois dias depois, e confesso que, ao vê-los ali, na minha alcova, fui tomado de um acanhamento que nem me permitiu corresponder logo às palavras afáveis do rapaz. Virgília adivinhou-me e disse ao filho:

– Nhonhô, não repares nesse grande manhoso que aí está; não quer falar para fazer crer que está à morte.

Sorriu o filho, eu creio que também sorri, e tudo acabou em pura galhofa. Virgília estava serena e risonha, tinha o aspecto das vidas imaculadas. Nenhum olhar suspeito, nenhum gesto que pudesse denunciar nada; uma igualdade de palavra e de espírito, uma dominação sobre si mesma, que pareciam e talvez fossem raras. Como tocássemos, casualmente, nuns amores ilegítimos, meio secretos, meio divulgados, via-a falar com desdém e um pouco de indignação da mulher de que se tratava, aliás sua amiga. O filho sentia-se satisfeito, ouvindo aquela palavra digna e forte, e eu perguntava a mim mesmo o que diriam de nós os gaviões, se Buffon[22] (adicionar nota que segue em anexo) tivesse nascido gavião... Era o meu delírio que começava.

Capítulo 7

O delírio

Que me conste, ainda ninguém relatou o seu próprio delírio; faço-o eu, e a ciência mo agradecerá. Se o leitor não é dado à contemplação destes fenômenos mentais, pode saltar o capítulo; vá direito à narração. Mas, por menos curioso que seja, sempre lhe digo que é interessante saber o que se passou na minha cabeça durante uns vinte a trinta minutos.

Primeiramente, tomei a figura de um barbeiro chinês, bojudo, destro, escanhoando um mandarim, que me

---

22. Georges-Louis Leclerc (1707 – 1788) – Conde de Buffon – foi um dos maiores cientistas europeus do séc. 18, com larga produção acadêmica na áreas de matemática, zoologia e botânica. Publicou o clássico *História Natural*, em 44 volumes.

pagava o trabalho com beliscões e confeitos: caprichos de mandarim.

Logo depois, senti-me transformado na *Suma Teológica* de São Tomás, impressa num volume, e encadernada em marroquim, com fechos de prata e estampas; ideia esta que me deu ao corpo a mais completa imobilidade; e ainda agora me lembra que, sendo as minhas mãos os fechos do livro, e cruzando-as eu sobre o ventre, alguém as descruzava (Virgília decerto), porque a atitude lhe dava a imagem de um defunto.

Ultimamente, restituído à forma humana, vi chegar um hipopótamo, que me arrebatou. Deixei-me ir, calado, não sei se por medo ou confiança; mas, dentro em pouco, a carreira de tal modo se tornou vertiginosa, que me atrevi a interrogá-lo, e com alguma arte lhe disse que a viagem me parecia sem destino.

– Engana-se, replicou o animal, nós vamos à origem dos séculos.

Insinuei que deveria ser muitíssimo longe; mas o hipopótamo não me entendeu ou não me ouviu, se é que não fingiu uma dessas coisas; e, perguntando-lhe, visto que ele falava, se era descendente do cavalo de Aquiles[23] ou da asna de Balaão[24], retorquiu-me com um gesto peculiar a estes dois quadrúpedes: abanou as orelhas. Pela minha parte fechei os olhos e deixei-me ir à ventura. Já agora não se me dá de confessar que sentia umas tais ou quais cócegas de curiosidade, por saber onde ficava a origem dos séculos, se era tão misteriosa como a origem do Nilo, e sobretudo se valia

---

23. Herói mitológico da Guerra de Troia.

24. Personagem bíblico.

alguma coisa mais ou menos do que a consumação dos mesmos séculos: reflexões de cérebro enfermo. Como ia de olhos fechados, não via o caminho; lembra-me só que a sensação de frio aumentava com a jornada, e que chegou uma ocasião em que me pareceu entrar na região dos gelos eternos. Com efeito, abri os olhos e vi que o meu animal galopava numa planície branca de neve, com uma ou outra montanha de neve, vegetação de neve, e vários animais grandes e de neve. Tudo neve; chegava a gelar-nos um sol de neve. Tentei falar, mas apenas pude grunhir esta pergunta ansiosa:

– Onde estamos?

– Já passamos o Éden.

– Bem; paremos na tenda de Abraão.

– Mas se nós caminhamos para trás! redarguiu motejando a minha cavalgadura.

Fiquei vexado e aturdido. A jornada entrou a parecer-me enfadonha e extravagante, o frio incômodo, a condução violenta, e o resultado impalpável. E depois – cogitações de enfermo – dado que chegássemos ao fim indicado, não era impossível que os séculos, irritados com lhes devassarem a origem, me esmagassem entre as unhas que deviam ser tão seculares como eles. Enquanto assim pensava, íamos devorando caminho, e a planície voava debaixo dos nossos pés, até que o animal estacou, e pude olhar mais tranquilamente em torno de mim. Olhar somente; nada vi, além da imensa brancura da neve, que desta vez invadira o próprio céu, até ali azul. Talvez, a espaços, me aparecia uma ou outra planta, enorme, brutesca, meneando ao vento as suas largas folhas. O silêncio daquela região era igual ao do sepulcro: dissera-se que a vida das coisas ficara estúpida diante do homem.

Caiu do ar? destacou-se da terra? não sei; sei que um vulto imenso, uma figura de mulher me apareceu então, fitando-me uns olhos rutilantes como o sol. Tudo nessa figura tinha a vastidão das formas selváticas, e tudo escapava à compreensão do olhar humano, porque os contornos perdiam-se no ambiente, e o que parecia espesso era muita vez diáfano. Estupefato, não disse nada, não cheguei sequer a soltar um grito; mas, ao cabo de algum tempo, que foi breve, perguntei quem era e como se chamava: curiosidade de delírio.

– Chama-me Natureza ou Pandora; sou tua mãe e tua inimiga.

Ao ouvir esta última palavra, recuei um pouco, tomado de susto. A figura soltou uma gargalhada, que produziu em torno de nós o efeito de um tufão; as plantas torceram-se e um longo gemido quebrou a mudez das coisas externas.

– Não te assustes, disse ela, minha inimizade não mata; é sobretudo pela vida que se afirma. Vives: não quero outro flagelo.

– Vivo? perguntei eu, enterrando as unhas nas mãos, como para certificar me da existência.

– Sim, verme, tu vives. Não receies perder esse andrajo que é teu orgulho; provarás ainda, por algumas horas, o pão da dor e o vinho da miséria. Vives: agora mesmo que ensandeceste, vives; e se a tua consciência reouver um instante de sagacidade, tu dirás que queres viver.

Dizendo isto, a visão estendeu o braço, segurou-me pelos cabelos e levantou-me ao ar, como se fora uma pluma. Só então, pude ver-lhe de perto o rosto, que era enorme. Nada mais quieto; nenhuma contorção violenta, nenhuma expressão de ódio ou ferocidade; a feição única, geral, completa, era a da impassibilidade egoísta, a da eterna surdez, a da vontade imóvel. Raivas, se as tinha, ficavam encerradas no coração. Ao mesmo tempo, nesse rosto de expressão glacial, havia um ar de juventude, mescla de força e viço, diante do qual me sentia eu o mais débil e decrépito dos seres.

– Entendeste-me? disse ela, no fim de algum tempo de mútua contemplação.

– Não, respondi; nem quero entender-te; tu és absurda, tu és uma fábula. Estou sonhando, decerto, ou, se é verdade que enlouqueci, tu não passas de uma concepção de alienado, isto é, uma coisa vã, que a razão ausente não pode reger nem palpar. Natureza, tu? a Natureza que eu conheço é só mãe e não inimiga; não faz da vida um flagelo, nem, como tu, traz esse rosto indiferente, como o sepulcro. E por que Pandora?

– Porque levo na minha bolsa os bens e os males, e o maior de todos, a esperança, consolação dos homens. Tremes?

– Sim; o teu olhar fascina-me.

– Creio; eu não sou somente a vida; sou também a morte, e tu estás prestes a devolver-me o que te emprestei. Grande lascivo, espera-te a voluptuosidade do nada.

Quando esta palavra ecoou, como um trovão, naquele imenso vale, afigurou-me que era o último som que chegava a meus ouvidos; pareceu-me sentir a decomposição súbita do mim mesmo. Então, encarei-a com olhos súplices, e pedi mais alguns anos.

– Pobre minuto! exclamou. Para que queres tu mais alguns instantes de vida? Para devorar e seres devorado depois? Não estás farto do espetáculo e da luta? Conheces de sobejo tudo o que eu te deparei menos torpe ou menos aflitivo: o alvor do dia, a melancolia da tarde, a quietação da noite, os aspectos da terra, o sono, enfim, o maior benefício das minhas mãos. Que mais queres tu, sublime idiota?

– Viver somente, não te peço mais nada. Quem me pôs no coração este amor da vida, se não tu? e, se eu amo a vida, por que te hás de golpear a ti mesma, matando-me?

– Porque já não preciso de ti. Não importa ao tempo o minuto que passa, mas o minuto que vem. O minuto que vem é forte, agradável, supõe trazer em si a eternidade, e traz a morte, e perece como o outro, mas o tempo subsiste. Egoísmo, dizes tu? Sim, egoísmo, não tenho outra lei. Egoísmo, conservação. A onça mata o novilho porque o raciocínio da onça é que ela deve viver, e se o novilho é tenro tanto melhor: eis o estatuto universal. Sobe e olha.

Isto dizendo, arrebatou-me ao alto de uma montanha. Inclinei os olhos a uma das vertentes, e contemplei, durante um tempo largo, ao longe, através de um nevoeiro, uma coisa única. Imagina tu, leitor, uma redução dos séculos, e um desfilar de todos eles, as raças todas, todas as paixões, o tumulto dos impérios, a guerra dos apetites e dos ódios, a destruição recíproca dos seres e das coisas. Tal era o espetáculo, acerbo e curioso espetáculo. A história do homem e da terra tinha assim uma intensidade que lhe não podiam dar nem a imaginação nem a ciência, porque a ciência é mais lenta e a imaginação mais vaga, enquanto que o que eu ali via era a condensação viva de todos os tempos. Para descrevê-la seria preciso fixar o relâmpago. Os séculos desfilavam num turbilhão, e, não obstante, porque os olhos do delírio são outros, eu via tudo o que passava diante de mim – flagelos e delícias –, desde essa coisa que se chama glória até essa outra que se chama miséria, e via o amor multiplicando a miséria, e via a miséria agravando a debilidade. Aí vinham a cobiça que devora, a cólera que inflama, a inveja que baba, e a enxada e a pena, úmidas de suor, e a ambição, a fome, a vaidade, a melancolia, a riqueza, o amor, e todos agitavam o homem, como um chocalho, até destruí-lo, como um farrapo. Eram as formas várias de um mal, que ora mordia a víscera, ora mordia o pensamento, e passeava eternamente as suas vestes de arlequim, em derredor da espécie humana. A dor cedia alguma vez, mas cedia à indiferença, que era um sono sem sonhos, ou ao prazer, que era uma dor bastarda. Então o homem, flagelado e rebelde, corria diante da fatalidade das coisas, atrás de uma figura nebulosa e esquiva, feita de retalhos, um retalho de impalpável, outro de improvável, outro de invisível, cosidos todos a ponto precário, com a agulha da imaginação; e essa figura – nada menos que a quimera da felicidade –, ou lhe fugia perpetuamente, ou deixava-se apanhar pela fralda, e o homem a cingia ao peito, e então ela ria, como um escárnio, e sumia-se, como uma ilusão.

Ao contemplar tanta calamidade, não pude reter um grito de angústia, que Natureza ou Pandora escutou sem protestar nem rir; e não sei por que lei de transtorno cerebral, fui eu que me pus a rir – de um riso descompassado e idiota.

– Tens razão, disse eu, a coisa é divertida e vale a pena – talvez monótona –, mas vale a pena. Quando Jó[25] amaldiçoava o dia em que fora concebido, é porque lhe davam ganas de ver cá de cima o espetáculo. Vamos lá, Pandora, abre o ventre, e digere me; a coisa é divertida, mas digere-me.

A resposta foi compelir-me fortemente a olhar para baixo, e a ver os séculos que continuavam a passar, velozes e turbulentos, as gerações que se superpunham às gerações, umas tristes, como os Hebreus do cativeiro, outras alegres, como os devassos de Cômodo[26], e todas elas pontuais na sepultura. Quis fugir, mas uma força misteriosa me retinha os pés; então disse comigo: – "Bem, os séculos vão passando, chegará o meu, e passará também, até o último, que me dará a decifração da eternidade". E fixei os olhos, e continuei a ver as idades, que vinham chegando e passando, já então tranquilo e resoluto, não sei até se alegre. Talvez alegre. Cada século trazia a sua porção de sombra e de luz, de apatia e de combate, de verdade e de erro, e o seu cortejo de sistemas, de ideias novas, de novas ilusões; em cada um deles rebentavam as verduras de uma primavera, e amareleciam depois, para remoçar mais tarde. Ao passo que a vida tinha assim uma regularidade de calendário, fazia-se a história e a civilização, e o homem, nu e desarmado, armava-se e vestia-se, construía o tugúrio e o palácio, a rude aldeia e Tebas de cem portas, criava a

25. Personagem bíblico conhecido por suas dúvidas existenciais.

26. Lúcio Aurélio Cômodo Antonino (161-192) – imperador romano, filho de Marco Aurélio, conhecido pela violência e devassidão sexual.

ciência, que perscruta, e a arte que enleva, fazia-se orador, mecânico, filósofo, corria a face do globo, descia ao ventre da terra, subia à esfera das nuvens, colaborando assim na obra misteriosa, com que entretinha a necessidade da vida e a melancolia do desamparo. Meu olhar, enfarado e distraído, viu enfim chegar o século presente, e atrás dele os futuros. Aquele vinha ágil, destro, vibrante, cheio de si, um pouco difuso, audaz, sabedor, mas ao cabo tão miserável como os primeiros, e assim passou e assim passaram os outros, com a mesma rapidez e igual monotonia. Redobrei de atenção; fitei a vista; ia enfim ver o último – o último!; mas então já a rapidez da marcha era tal, que escapava a toda a compreensão; ao pé dela o relâmpago seria um século. Talvez por isso entraram os objetos a trocarem-se; uns cresceram, outros minguaram, outros perderam-se no ambiente; um nevoeiro cobriu tudo – menos o hipopótamo que ali me trouxera, e que aliás começou a diminuir, a diminuir, a diminuir, até ficar do tamanho de um gato. Era efetivamente um gato. Encarei-o bem; era o meu gato Sultão, que brincava à porta da alcova, com uma bola de papel...

Capítulo 8

Razão contra Sandice

Já o leitor compreendeu que era a Razão que voltava a casa, e convidava a Sandice a sair, clamando, e com melhor jus, as palavras de Tartufo[27]:

La maison est à moi, c'est à vous d'en sortir[28].

---

27. Personagem homônimo da comédia de Molière, escrita em 1664.

28. "A casa é minha, cabe a vós sair."

Mas é sestro antigo da Sandice criar amor às casas alheias, de modo que, apenas senhora de uma, dificilmente lha farão despejar. É sestro; não se tira daí; há muito que lhe calejou a vergonha. Agora, se advertirmos no imenso número de casas que ocupa, umas de vez, outras durante as suas estações calmosas, concluiremos que esta amável peregrina é o terror dos proprietários. No nosso caso, houve quase um distúrbio à porta do meu cérebro, porque a adventícia não queria entregar a casa, e a dona não cedia da intenção de tomar o que era seu. Afinal, já a Sandice se contentava com um cantinho no sótão.

– Não, senhora, replicou a Razão, estou cansada de lhe ceder sótãos, cansada e experimentada, o que você quer é passar mansamente do sótão à sala de jantar, daí à de visitas e ao resto.

– Está bem, deixe-me ficar algum tempo mais, estou na pista de um mistério...

– Que mistério?

– De dois, emendou a Sandice; o da vida e o da morte; peço-lhe só uns dez minutos. A Razão pôs-se a rir.

– Hás de ser sempre a mesma coisa... sempre a mesma coisa... sempre a mesma coisa.

E, dizendo isto, travou-lhe dos pulsos e arrastou-a para fora; depois entrou e fechou-se. A Sandice ainda gemeu algumas súplicas, grunhiu algumas zangas; mas desenganou-se depressa, deitou a língua de fora, em ar de surriada, e foi andando...

Capítulo 9
Transição

E vejam agora com que destreza, com que arte faço eu a maior transição deste livro. Vejam: o meu delírio começou em presença de Virgília; Virgília foi o meu grão pecado da juventude; não há juventude sem meninice; meninice supõe nascimento; e eis aqui como chegamos nós, sem esforço, ao dia 20 de outubro de 1805, em que nasci. Viram? Nenhuma juntura aparente, nada que divirta a atenção pausada do leitor: nada. De modo que o livro fica assim com todas as vantagens do método, sem a rigidez do método. Na verdade, era tempo. Que isto de método, sendo, como é, uma coisa indispensável, todavia é melhor tê-lo sem gravata nem suspensórios, mas um pouco à fresca e à solta, como quem não se lhe dá da vizinha fronteira, nem do inspetor de quarteirão. E como a eloquência, que há uma genuína e vibrante, de uma arte natural e feiticeira, e outra tesa, engomada e chocha. Vamos ao dia 20 de outubro.

Capítulo 10
Naquele dia

Naquele dia, a árvore dos Cubas brotou uma graciosa flor. Nasci; recebeu-me nos braços a Pascoela, insigne parteira minhota, que se gabava de ter aberto a porta do mundo a uma geração inteira de fidalgos. Não é impossível que meu pai lhe ouvisse tal declaração; creio, todavia, que o sentimento paterno é que o induziu a gratificá-la com duas meias dobras. Lavado e enfaixado, fui desde logo o herói da nossa casa. Cada qual prognosticava a meu respeito o que mais lhe quadrava ao sabor. Meu tio João, o antigo oficial de infantaria, achava-me um certo olhar de Bonaparte, coisa que meu pai não pôde ouvir sem náuseas; meu tio Ildefonso, então simples padre, farejava-me cônego.

– Cônego é o que ele há de ser, e não digo mais por não parecer orgulho; mas não me admiraria nada se Deus o destinasse a um bispado... É verdade, um bispado; não é coisa impossível. Que diz você, mano Bento?

Meu pai respondia a todos que eu seria o que Deus quisesse; e alçava-me ao ar, como se intentasse mostrar-me à cidade e ao mundo; perguntava a todos se eu me parecia com ele, se era inteligente, bonito...

Digo essas coisas por alto, segundo as ouvi narrar anos depois; ignoro a mor parte dos pormenores daquele famoso dia. Sei que a vizinhança veio ou mandou cumprimentar o recém-nascido, e que durante as primeiras semanas muitas foram as visitas em nossa casa. Não houve cadeirinha que não trabalhasse; aventou-se muita casaca e muito calção. Se não conto os mimos, os beijos, as admirações, as bênçãos, é porque, se os contasse, não acabaria mais o capítulo, e é preciso acabá-lo.

Item, não posso dizer nada do meu batizado, porque nada me referiram a tal respeito, a não ser que foi uma das mais galhardas festas do ano seguinte, 1806; batizei-me na Igreja de São Domingos, uma terça-feira de março, dia claro, luminoso e puro, sendo padrinhos o coronel Rodrigues de Matos e sua senhora. Um e outro descendiam de velhas famílias do norte e honravam deveras o sangue que lhes corria nas veias, outrora derramado na guerra contra Holanda. Cuido que os nomes de ambos foram das primeiras coisas que aprendi; e certamente os dizia com muita graça, ou revelava algum talento precoce, porque não havia pessoa estranha diante de quem me não obrigassem a recitá-los.

– Nhonhô, diga a estes senhores como é que se chama seu padrinho.

– Meu padrinho? é o Excelentíssimo Senhor Coronel Paulo Vaz Lobo César de Andrade e Sousa Rodrigues de Matos; minha madrinha é a Excelentíssima Senhora Dona Maria Luísa de Macedo Resende e Sousa Rodrigues de Matos.

– É muito esperto o seu menino, exclamavam os ouvintes.

– Muito esperto, concordava meu pai; e os olhos babavam-lhe de orgulho, e ele espalmava a mão sobre a minha cabeça, fitava-me longo tempo, namorado, cheio de si.

Item, comecei a andar, não sei bem quando, mas antes do tempo. Talvez por apressar a natureza, obrigavam-me cedo a agarrar às cadeiras, pegavam-me da fralda, davam-me carrinhos de pau.

– Só só, nhonhô, só só, dizia-me a mucama. E eu, atraído pelo chocalho de lata, que minha mãe agitava diante de mim, lá ia para a frente, cai aqui, cai acolá; e andava, provavelmente mal, mas andava, e fiquei andando.

Capítulo 11

O menino é pai do homem

Cresci; e nisso é que a família não interveio; cresci naturalmente, como crescem as magnólias e os gatos. Talvez os gatos são menos matreiros, e, com certeza, as magnólias são menos inquietas do que eu era na minha infância. Um poeta dizia que o menino é pai do homem. Se isto é verdade, vejamos alguns lineamentos do menino.

Desde os cinco anos merecera eu a alcunha de "menino diabo"; e verdadeiramente não era outra coisa; fui dos mais malignos do meu tempo, arguto, indiscreto, traquinas e voluntarioso. Por exemplo, um dia quebrei a cabeça de uma escrava, porque me negara uma colher do doce de coco que estava fazendo, e, não contente com o malefício, deitei um punhado de cinza ao tacho, e, não satisfeito da travessura, fui dizer à minha mãe que a escrava é que estragara o doce "por pirraça"; e eu tinha apenas seis anos. Prudêncio, um moleque de casa, era o meu cavalo de todos os dias; punha as mãos no chão, recebia um cordel nos queixos, à guisa de freio, eu trepava-lhe ao dorso, com uma varinha na mão, fustigava-o, dava mil voltas a um e outro lado, e ele obedecia – algumas vezes gemendo –, mas obedecia sem dizer palavra, ou, quando muito, um – "ai, nhonhô!" – ao que eu retorquia: – "Cala a boca, besta!" – Esconder os chapéus das visitas, deitar rabos de papel a pessoas graves, puxar pelo rabicho das cabeleiras, dar beliscões nos braços das matronas, e outras muitas façanhas deste jaez, eram mostras de um gênio indócil, mas devo crer que eram também expressões de um espírito robusto, porque meu pai tinha-me em grande admiração; e se às vezes me repreendia, à vista de gente, fazia o por simples formalidade: em particular dava-me beijos.

Não se conclua daqui que eu levasse todo o resto da minha vida a quebrar a cabeça dos outros nem a esconder-lhes os chapéus; mas opiniático, egoísta e algo desprezador dos homens, isso fui; se não passei o tempo a esconder-lhes os chapéus, alguma vez lhes puxei pelo rabicho das cabeleiras.

Outrossim, afeiçoei-me à contemplação da injustiça humana, inclinei-me a atenuá-la, a explicá-la, a classificá-la por partes, a entendê-la, não segundo um padrão rígido, mas ao sabor das circunstâncias e lugares. Minha mãe doutrinava-me a seu modo, fazia-me decorar alguns preceitos e orações; mas eu sentia que, mais do que as orações, me governavam os nervos e o sangue, e a boa regra perdia o espírito, que a faz viver, para se tomar uma vã fórmula. De manhã, antes do mingau, e de noite, antes da cama, pedia a Deus que me perdoasse, assim como eu perdoava aos meus devedores; mas entre a manhã e a noite fazia uma grande maldade, e meu pai, passado o alvoroço, dava-me pancadinhas na cara, e exclamava a rir: Ah! brejeiro! ah! brejeiro!

Sim, meu pai adorava-me. Minha mãe era uma senhora fraca, de pouco cérebro e muito coração, assaz crédula, sinceramente piedosa – caseira, apesar de bonita, e modesta, apesar de abastada; temente às trovoadas e ao marido. O marido era na terra o seu deus. Da colaboração dessas duas criaturas nasceu a minha educação, que, se tinha alguma coisa boa, era no geral viciosa, incompleta, e, em partes, negativa. Meu tio cônego fazia às vezes alguns reparos ao irmão; dizia-lhe que ele me dava mais liberdade do que ensino e mais afeição do que emenda; mas meu pai respondia que aplicava na minha educação um sistema inteiramente superior ao sistema usado; e por este modo, sem confundir o irmão, iludia-se a si próprio.

De envolta com a transmissão e a educação, houve ainda o exemplo estranho, o meio doméstico. Vimos os pais; vejamos os tios. Um deles, o João, era um homem de língua solta, vida galante, conversa picaresca. Desde os onze anos entrou a admitir-me às anedotas reais ou não, eivadas todas de obscenidade ou imundície. Não me respeitava a adolescência, como não respeitava a batina do irmão; com a diferença que este fugia logo que ele enveredava por assunto escabroso. Eu não; deixava-me estar, sem entender nada, a princípio, depois entendendo e enfim achando-lhe graça. No fim de certo tempo, quem o procurava era eu; e ele gostava muito de mim, dava-me doces, levava-me a passeio. Em casa, quando lá ia passar alguns dias, não poucas vezes me aconteceu achá-lo, no fundo da chácara, no lavadouro, a palestrar com as escravas que batiam roupa; aí é que era um desfiar de anedotas, de ditos, de perguntas, e um estalar de risadas, que ninguém podia ouvir, porque o lavadouro ficava muito longe de casa. As pretas, com uma tanga no ventre, a arregaçar-lhes um palmo dos vestidos, umas dentro do tanque, outras fora, inclinadas sobre as peças de roupa, a batê-las, a ensaboá-las, a torcê-las, iam ouvindo e redarguindo às pilhérias do tio João, e a comentá-las de quando em quando com esta palavra:

– Cruz, diabo!... Este sinhô João é o diabo!

Bem diferente era o tio cônego. Esse tinha muita austeridade e pureza; tais dotes, contudo, não realçavam um espírito superior, apenas compensavam um espírito medíocre. Não era homem que visse a parte substancial da Igreja; via o lado externo, a hierarquia, as preeminências, as sobrepelizes, as circunflexões. Vinha antes da sacristia que do altar. Uma lacuna no ritual excitava-o mais do que uma infração dos mandamentos. Agora, a tantos anos de distância, não estou certo se ele poderia atinar facilmente com um trecho de Tertuliano, ou expor, sem titubear, a história do símbolo de Niceia; mas ninguém, nas festas cantadas, sabia melhor o número e caso das cortesias que se deviam ao oficiante. Cônego foi a única ambição de sua vida; e dizia de coração que era a maior dignidade a que podia aspirar. Piedoso, severo nos costumes, minucioso na observância das regras, frouxo, acanhado, subalterno, possuía algumas virtudes, em que era exemplar, mas carecia absolutamente da força de as incutir, de as impor aos outros.

Não digo nada de minha tia materna, Dona Emerenciana, e aliás era a pessoa que mais autoridade tinha sobre mim; essa diferençava-se grandemente dos outros; mas viveu pouco tempo em nossa companhia, uns dois anos. Outros parentes e alguns íntimos não merecem a pena de ser citados; não tivemos uma vida comum, mas intermitente, com grandes claros de separação. O que importa é a expressão geral do meio doméstico, e essa aí fica indicada – vulgaridade de caracteres, amor das aparências rutilantes, do arruído, frouxidão da vontade, domínio do capricho, e o mais. Dessa terra e desse estrume é que nasceu esta flor.

Capítulo 12

Um episódio de 1814

Mas eu não quero passar adiante, sem contar sumariamente um galante episódio de 1814; tinha nove anos.

Napoleão, quando eu nasci, estava já em todo o esplendor da glória e do poder; era imperador e granjeara inteiramente a admiração dos homens. Meu pai, que à força de persuadir os outros da nossa nobreza acabara persuadindo-se a si próprio, nutria contra ele um ódio puramente mental. Era isso motivo de renhidas contendas em nossa casa, porque meu tio João, não sei se por espírito de classe e simpatia de ofício, perdoava no déspota o que admirava no general, meu tio padre era inflexível contra o corso, os outros parentes dividiam-se; daí as controvérsias e as rusgas.

Chegando ao Rio de Janeiro a notícia da primeira queda de Napoleão, houve naturalmente grande abalo em nossa casa, mas nenhum chasco ou remoque. Os vencidos, testemunhas do regozijo público, julgaram mais decoroso o silêncio; alguns foram além e bateram palmas. A população, cordialmente alegre, não regateou demonstrações de afeto à real família; houve iluminações, salvas, *Te Deum*[29], cortejo e aclamações. Figurei nesses dias com um espadim novo, que meu padrinho me dera no dia de Santo Antônio; e, francamente, interessava-me mais o espadim do que a queda de Bonaparte. Nunca me esqueceu esse fenômeno. Nunca mais deixei de pensar comigo

29. Hino de ação de graças.

que o nosso espadim é sempre maior do que a espada de Napoleão. E notem que eu ouvi muito discurso, quando era vivo, li muita página rumorosa de grandes ideias e maiores palavras, mas não sei por que, no fundo dos aplausos que me arrancavam da boca, lá ecoava alguma vez este conceito de experimentado: – Vai-te embora, tu só cuidas do espadim.

Não se contentou a minha família em ter um quinhão anônimo no regozijo público; entendeu oportuno e indispensável celebrar a destituição do imperador com um jantar, e tal jantar que o ruído das aclamações chegasse aos ouvidos de Sua Alteza, ou quando menos, de seus ministros. Dito e feito. Veio abaixo toda a velha prataria, herdada do meu avô Luís Cubas; vieram as toalhas de Flandres, as grandes jarras da Índia; matou-se um capado; encomendaram-se às madres da Ajuda as compotas e marmeladas; lavaram se, arearam-se, poliram-se as salas, escadas, castiçais, arandelas, as vastas mangas de vidro, todos os aparelhos do luxo clássico.

Dada a hora, achou-se reunida uma sociedade seleta, o juiz de fora, três ou quatro oficiais militares, alguns comerciantes e letrados, vários funcionários da administração, uns com suas mulheres e filhas, outros sem elas, mas todos comungando no desejo de atolar a memória de Bonaparte no papo de um peru. Não era um jantar, mas um *Te Deum*, foi o que pouco mais ou menos disse um dos letrados presentes, o Doutor Vilaça, glosador insigne, que acrescentou aos pratos de casa o acepipe das musas. Lembra-me, como se fosse ontem, lembra-me de o ver erguer-se, com a sua longa cabeleira de rabicho, casaca de seda, uma esmeralda no dedo, pedir a meu tio padre que lhe repetisse o mote, e, repetido o mote, cravar os olhos na testa de uma senhora, depois tossir, alçar a mão direita, toda fechada, menos o dedo índice, que apontava para o teto; e, assim posto e composto, devolver o mote glosado. Não fez uma glosa, mas três; depois jurou aos seus deuses não acabar mais. Pedia um mote, davam-lho, ele glosava-o prontamente, e logo pedia outro e mais outro; a tal ponto que uma das senhoras presentes não pôde calar a sua grande admiração.

– A senhora diz isso, retorquia modestamente o Vilaça, porque nunca ouviu o Bocage[30], como eu ouvi, no fim do século, em Lisboa. Aquilo sim! que facilidade! e que versos! Tivemos lutas de uma e duas horas, no botequim do Nicola, a glosarmos, no meio de palmas e bravos. Imenso talento o do Bocage! Era o que me dizia, há dias, a Senhora duquesa de Cadaval...[31]

E estas três palavras últimas, expressas com muita ênfase, produziram em toda a assembleia um frêmito de admiração e pasmo. Pois esse homem tão dado, tão simples, além de pleitear com poetas, discreteava com duquesas! Um Bocage e uma Cadaval! Ao contato de tal homem, as damas sentiam-se superfinas; os varões olhavam-no com respeito, alguns com inveja, não raros com incredulidade. Ele, entretanto, ia caminho, a acumular adjetivo sobre adjetivo, advérbio sobre advérbio, a desfiar todas as rimas de *tirano e de usurpador*. Era à sobremesa; ninguém já pensava em comer. No intervalo das glosas, corria um burburinho alegre, um

---

30. Manuel Maria Barbosa du Bocage (1765-1805) – poeta do arcadismo português, conhecido pelos seus poemas eróticos.

31. Referência aos duques de Cadaval, uma das mais antigas linhagens de nobres portugueses.

palavrear de estômagos satisfeitos; os olhos moles e úmidos, ou vivos e cálidos, espreguiçavam-se ou saltitavam de uma ponta à outra da mesa, atulhada de doces e frutas, aqui o ananás em fatias, ali o melão em talhadas, as compoteiras de cristal deixando ver o doce de coco, finamente ralado, amarelo como uma gema – ou então o melado escuro e grosso, não longe do queijo e do cará. De quando em quando um riso jovial, amplo, desabotoado, um riso de família, vinha quebrar a gravidade política do banquete. No meio do interesse grande e comum, agitavam-se também os pequenos e particulares. As moças falavam das modinhas que haviam de cantar ao cravo, e do minuete[32] e do solo inglês; nem faltava matrona que prometesse bailar um oitavado de compasso, só para mostrar como folgara nos seus bons tempos de criança. Um sujeito, ao pé de mim, dava a outro notícia recente dos negros novos, que estavam a vir, segundo cartas que recebera de Luanda, uma carta em que o sobrinho lhe dizia ter já negociado cerca de quarenta cabeças, e outra carta em que... Trazia-as justamente na algibeira, mas não as podia ler naquela ocasião. O que afiançava é que podíamos contar, só nessa viagem, uns cento e vinte negros, pelo menos.

– Trás... trás... trás... fazia o Vilaça batendo com as mãos uma na outra. O rumor cessava de súbito, como um estacado de orquestra, e todos os olhos se voltavam para o glosador. Quem ficava longe aconcheava a mão atrás da orelha para não perder palavra; a mor parte, antes mesmo da glosa, tinha já um meio riso de aplauso, trivial e cândido.

---

32. *Minuete* ou *minueto* – antiga dança de origem francesa.

Quanto a mim, lá estava, solitário e deslembrado, a namorar uma certa compota da minha paixão. No fim de cada glosa ficava muito contente, esperando que fosse a última, mas não era, e a sobremesa continuava intacta. Ninguém se lembrava de dar a primeira voz. Meu pai, à cabeceira, saboreava a goles extensos a alegria dos convivas, mirava-se todo nos carões alegres, nos pratos, nas flores, deliciava-se com a familiaridade travada entre os mais distantes espíritos, influxo de um bom jantar. Eu via isso, porque arrastava os olhos da compota para ele e dele para a compota, como a pedir-lhe que ma servisse; mas fazia-o em vão. Ele não via nada; via-se a si mesmo. E as glosas sucediam-se, como bátegas d'água, obrigando-me a recolher o desejo e o pedido. Pacientei quanto pude; e não pude muito. Pedi em voz baixa o doce; enfim, bradei, berrei, bati com os pés. Meu pai, que seria capaz de me dar o sol, se eu lho exigisse, chamou um escravo para me servir o doce; mas era tarde. A tia Emerenciana arrancara-me da cadeira e entregara-me a uma escrava, não obstante os meus gritos e repelões.

Não foi outro o delito do glosador: retardara a compota e dera causa à minha exclusão. Tanto bastou para que eu cogitasse uma vingança, qualquer que fosse, mas grande e exemplar, coisa que de alguma maneira o tornasse ridículo. Que ele era um homem grave o Doutor Vilaça, medido e lento, quarenta e sete anos, casado e pai. Não me contentava o rabo de papel nem o rabicho da cabeleira; havia de ser coisa pior. Entrei a espreitá-lo, durante o resto da tarde, a segui-lo, na chácara aonde todos desceram a passear. Vi-o conversando com Dona Eusébia, irmã do sargento-mor Domingues, uma robusta donzelona, que se não era bonita, também não era feia.

– Estou muito zangada com o senhor, dizia ela.

– Por quê?

– Porque... não sei por quê... porque é a minha sina... creio às vezes que é melhor morrer...

Tinham penetrado numa pequena moita; era lusco-fusco; eu segui-os. O Vilaça levava nos olhos umas chispas de vinho e de volúpia.

– Deixe-me, disse ela.

– Ninguém nos vê. Morrer, meu anjo? Que ideias são essas! Você sabe que eu morrerei também... que digo?... morro todos os dias, de paixão, de saudades...

Dona Eusébia levou o lenço aos olhos. O glosador vasculhava na memória algum pedaço literário e achou este, que mais tarde verifiquei ser de uma das óperas do Judeu:

– Não chores, meu bem; não queiras que o dia amanheça com duas auroras.

Disse isto; puxou-a para si; ela resistiu um pouco, mas deixou-se ir; uniram os rostos, e eu ouvi estalar, muito ao de leve, um beijo, o mais medroso dos beijos.

– O Doutor Vilaça deu um beijo em Dona Eusébia! bradei eu correndo pela chácara.

Foi um estouro esta minha palavra; a estupefação imobilizou a todos; os olhos espraiavam-se a uma e outra banda; trocavam-se sorrisos, segredos, à socapa, as mães arrastavam as filhas, pretextando o sereno. Meu pai puxou-me as orelhas, disfarçadamente, irritado deveras com a indiscrição; mas, no dia seguinte, ao almoço, lembrando o caso, sacudiu-me o nariz, a rir: Ah! brejeiro! ah! brejeiro!

Capítulo 13

Um salto

Unamos agora os pés e demos um salto por cima da escola, a enfadonha escola, onde aprendi a ler, escrever, contar, dar cacholetas, apanhá-las, e ir fazer diabruras, ora nos morros, ora nas praias, onde quer que fosse propício a ociosos.

Tinha amarguras esse tempo; tinha os ralhos, os castigos, as lições árduas e longas, e pouco mais, mui pouco e mui leve. Só era pesada a palmatória, e ainda assim... Ó palmatória, terror dos meus dias pueris, tu que foste o *compelle intrare*[33] com que um velho mestre, ossudo e calvo, me incutiu no cérebro o alfabeto, a prosódia, a sintaxe, e o mais que ele sabia, benta palmatória, tão praguejada dos modernos, quem me dera ter ficado sob o teu jugo, com a minha alma imberbe, as minhas ignorâncias, e o meu espadim, aquele espadim de 1814, tão superior à espada de Napoleão! Que querias tu, afinal, meu velho mestre de primeiras letras? Lição de cor e compostura na aula; nada mais, nada menos do que quer a vida, que é a mestra das últimas letras; com a diferença que tu, se me metias medo, nunca me meteste zanga. Vejo-te ainda agora entrar na sala, com as tuas chinelas de couro branco, capote, lenço na mão, calva à mostra, barba rapada; vejo-te sentar, bufar, grunhir, absorver uma pitada inicial, e chamar-nos depois à lição. E fizeste isto durante vinte e três anos, calado, obscuro, pontual, metido numa casinha da Rua do Piolho, sem enfadar o

---

33. Do latim: "o que se obriga a entrar", "obrigado a entrar".

mundo com atua mediocridade, até que um dia deste o grande mergulho nas trevas, e ninguém te chorou, salvo um preto velho – ninguém, nem eu, que te devo os rudimentos da escrita.

Chamava-se Ludgero o mestre; quero escrever-lhe o nome todo nesta página: Ludgero Barata – um nome funesto, que servia aos meninos de eterno mote a chufas. Um de nós, o Quincas Borba, esse então era cruel com o pobre homem. Duas, três vezes por semana, havia de lhe deixar na algibeira das calças – umas largas calças de enfiar –, ou na gaveta da mesa, ou ao pé do tinteiro, uma barata morta. Se ele a encontrava ainda nas horas da aula, dava um pulo, circulava os olhos chamejantes, dizia-nos os últimos nomes: éramos sevandijas[34], capadócios[35], malcriados, moleques. – Uns tremiam, outros rosnavam; o Quincas Borba, porém, deixava-se estar quieto, com os olhos espetados no ar.

Uma flor, o Quincas Borba. Nunca em minha infância, nunca em toda a minha vida, achei um menino mais gracioso, inventivo e travesso. Era a flor, e não já da escola, senão de toda a cidade. A mãe, viúva, com alguma coisa de seu, adorava o filho e trazia-o amimado, asseado, enfeitado, com um vistoso pajem atrás, um pajem que nos deixava gazear a escola, ir caçar ninhos de pássaros, ou perseguir lagartixas nos morros do Livramento e da Conceição, ou simplesmente arruar, à toa, como dois peraltas sem emprego. E de imperador! Era um gosto ver o Quincas Borba fazer de imperador nas festas do Espírito Santo. De resto, nos

---

34. Repugnantes.

35. Charlatão, trapaceiro.

nossos jogos pueris, ele escolhia sempre um papel de rei, ministro, general, uma supremacia, qualquer que fosse. Tinha garbo o traquinas, e gravidade, certa magnificência nas atitudes, nos meneios. Quem diria que... Suspendamos a pena; não adiantemos os sucessos. Vamos de um salto a 1822, data da nossa independência política, e do meu primeiro cativeiro pessoal.

Capítulo 14

Primeiro beijo

Tinha dezessete anos; pungia-me um buçozinho que eu forcejava por trazer a bigode. Os olhos, vivos e resolutos, eram a minha feição verdadeiramente máscula. Como ostentasse certa arrogância, não se distinguia bem se era uma criança com fumos de homem, se um homem com ares de menino. Ao cabo, era um lindo garção[36], lindo e audaz, que entrava na vida de botas e esporas, chicote na mão e sangue nas veias, cavalgando um corcel nervoso, rijo, veloz, como o corcel das antigas baladas, que o romantismo foi buscar ao castelo medieval, para dar com eles nas ruas do nosso século. O pior é que o estafaram a tal ponto, que foi preciso deitá-lo à margem, onde o realismo o veio achar, comido de lazeira e vermes, e, por compaixão, o transportou para os seus livros.

Sim, eu era esse garção bonito, airoso, abastado; e facilmente se imagina que mais de uma dama inclinou diante de mim a fronte pensativa, ou levantou para

---

36. Forma arcaica de "garçom", ou seja, rapaz, jovem.

mim os olhos cobiçosos. De todas porém a que me cativou logo foi uma... uma... não sei se diga; este livro é casto, ao menos na intenção; na intenção é castíssimo. Mas vá lá; ou se há de dizer tudo ou nada. A que me cativou foi uma dama espanhola. Marcela, a "linda Marcela", como lhe chamavam os rapazes do tempo. E tinham razão os rapazes. Era filha de um hortelão das Astúrias; disse-mo ela mesma, num dia de sinceridade, porque a opinião aceita é que nascera de um letrado de Madri, vítima da invasão francesa, ferido, encarcerado, espingardeado, quando ela tinha apenas doze anos. *Cosas de España*. Quem quer que fosse, porém, o pai, letrado ou hortelão, a verdade é que Marcela não possuía a inocência rústica, e mal chegava a entender a moral do código. Era boa moça, lépida, sem escrúpulos, um pouco tolhida pela austeridade do tempo, que lhe não permitia arrastar pelas ruas os seus estouvamentos e berlindas; luxuosa, impaciente, amiga de dinheiro e de rapazes. Naquele ano, ela morria de amores por um certo Xavier, sujeito abastado e tísico – uma pérola.

Via-a, pela primeira vez, no Rocio Grande, na noite das luminárias, logo que constou a declaração da independência, uma festa de primavera, um amanhecer da alma pública. Éramos dois rapazes, o povo e eu; vínhamos da infância, com todos os arrebatamentos da juventude. Via-a sair de uma cadeirinha, airosa e vistosa, um corpo esbelto, ondulante, um desgarre, alguma coisa que nunca achara nas mulheres puras. – Segue-me, disse ela ao pajem. E eu seguia-a, tão pajem como o outro, como se a ordem me fosse dada, deixei-me ir namorado, vibrante, cheio das primeiras auroras. A meio caminho, chamaram-lhe "linda Marcela", lembrou-me que ouvira tal nome a meu tio João, e fiquei, confesso que fiquei tonto.

Três dias depois perguntou-me meu tio, em segredo, se queria ir a uma ceia de moças, nos Cajueiros. Fomos; era em casa de Marcela. O Xavier, com todos os seus tubérculos, presidia ao banquete noturno, em que eu pouco ou nada comi, porque só tinha olhos para a dona da casa. Que gentil que estava a espanhola! Havia mais uma meia dúzia de mulheres – todas de partido –, e bonitas, cheias de graça, mas a espanhola... O entusiasmo, alguns goles de vinho, o gênio imperioso, estouvado, tudo isso me levou a fazer uma coisa única; à saída, à porta da rua, disse a meu tio que esperasse um instante, e tornei a subir as escadas.

– Esqueceu alguma coisa?, perguntou Marcela de pé no patamar.

– O lenço.

Ela ia abrir-me caminho para tornar à sala; eu segurei-lhe nas mãos, puxei-a para mim, e dei-lhe um beijo. Não sei se ela disse alguma coisa, se gritou, se chamou alguém; não sei nada; sei que desci outra vez as escadas, veloz como um tufão, e incerto como um ébrio.

Capítulo 15
Marcela

Gastei trinta dias para ir do Rocio Grande ao coração de Marcela, não já cavalgando o corcel do cego desejo, mas o asno da paciência, a um tempo manhoso e teimoso. Que, em verdade, há dois meios de granjear a vontade das mulheres: o violento, como o touro de Europa[37], e o insinuativo, como o cisne de Leda[38] e a chuva de ouro de Dânae[39], três inventos do padre Zeus, que, por estarem fora da moda, aí ficam trocados no cavalo e no asno. Não direi as traças que urdi, nem as peitas, nem as alternativas de confiança e temor, nem as esperas baldadas, nem nenhuma outra dessas coisas preliminares. Afirmo-lhes que o asno foi digno do corcel – um asno de Sancho, deveras filósofo, que me levou à casa dela, no fim do citado período; apeei-me, bati-lhe na anca e mandei-o pastar.

Primeira comoção da minha juventude, que doce que me foste! Tal devia ser, na criação bíblica, o efeito do primeiro sol. Imagina tu esse efeito do primeiro sol, a bater de chapa na face de um mundo em flor. Pois foi a mesma coisa, leitor amigo, e se alguma vez contaste dezoito anos, deves lembrar-te que foi assim mesmo.

Teve duas fases a nossa paixão, ou ligação, ou qualquer outro nome, que eu de nomes não curo; teve a fase consular e a fase imperial. Na primeira, que foi curta, regemos o Xavier e eu, sem que ele jamais acreditasse dividir comigo o governo de Roma; mas, quando a credulidade não pôde resistir à evidência, o Xavier depôs as insígnias, e eu concentrei todos os poderes na minha

---

37. Na mitologia grega, Europa era filha do rei de Fenícia, Agenor. Zeus se disfarçou de touro para raptá-la.

38. Leda era rainha de Esparta e esposa de Tíndaro. Certa vez, Zeus transformou-se num cisne e a seduziu. Dessa união, Leda chocou dois ovos e deles nasceram Clitemnestra, Helena, Castor e Pólux.

39. Dânae era filha do rei Acrísio, de Argos. Zeus também se apaixonou por ela e se transformou numa chuva de ouro, seduzindo-a e engravidando-a.

mão; foi a fase cesariana. Era meu universo; mas, ai triste! não o era de graça. Foi-me preciso coligir dinheiro, multiplicá-lo, inventá-lo. Primeiro explorei as larguezas de meu pai; ele dava-me tudo o que eu lhe pedia, sem repreensão, sem demora, sem frieza; dizia a todos que eu era rapaz e que ele o fora também. Mas a tal extremo chegou o abuso, que ele restringiu um pouco as franquezas, depois mais, depois mais. Então recorri a minha mãe, e induzi-a a desviar alguma coisa, que me dava às escondidas. Era pouco; lancei mão de um recurso último; entrei a sacar sobre a herança de meu pai, a assinar obrigações, que devia resgatar um dia com usura.

Em verdade, dizia-me Marcela, quando eu lhe levava alguma seda, alguma joia; em verdade, você quer brigar comigo... Pois isto é coisa que se faça... um presente tão caro...

E, se era joia, dizia isto a contemplá-la entre os dedos, a procurar melhor luz, a ensaiá-la em si, e a rir, e a beijar-me com uma reincidência impetuosa e sincera; mas, protestando, derramava-lhe a felicidade dos olhos, e eu sentia-me feliz com vê-la assim. Gostava muito das nossas antigas dobras de ouro, e eu levava-lhe quantas podia obter; Marcela juntava-as todas dentro de uma caixinha de ferro, cuja chave ninguém nunca jamais soube onde ficava; escondia-a por medo dos escravos. A casa em que morava, nos Cajueiros, era própria. Eram sólidos e bons os móveis, de jacarandá lavrado, e todas as demais alfaias, espelhos, jarras, baixela – uma linda baixela da Índia, que lhe doara um desembargador. Baixela do diabo, deste-me grandes repelões aos nervos. Disse-o muita vez à própria dona; não lhe dissimulava o tédio que me faziam esses e outros despojos dos seus amores de antanho. Ela ouvia-me e ria, com expressão cândida, – cândida e outra coisa, que eu nesse tempo não entendia bem, mas agora, relembrando o caso, penso que era um riso misto, como devia ter a criatura que nascesse, por exemplo, de uma bruxa de Shakespeare com um serafim de Klopstock[40]. Não sei se me explico. E porque tinha notícia dos meus zelos tardios, parece que gostava de os açular mais. Assim foi que um dia, como eu lhe não pudesse dar certo colar, que ela vira num joalheiro, retorquiu-me que era um simples gracejo, que o nosso amor não precisava de tão vulgar estímulo.

– Não lhe perdoo, se você fizer de mim essa triste ideia, concluiu ameaçando-me com o dedo.

E logo, súbita como um passarinho, espalmou as mãos, cingiu-me com elas o rosto, puxou-me a si e fez um trejeito gracioso, um momo de criança. Depois, reclinada na marquesa, continuou a falar daquilo, com simplicidade e franqueza. Jamais consentiria que lhe comprassem os afetos. Vendera muita vez as aparências, mas a realidade, guardava-a para poucos. Duarte, por exemplo, o alferes Duarte, que ela amara deveras, dois anos antes, só a custo conseguia dar-lhe alguma coisa de valor, como me acontecia a mim; ela só lhe aceitava sem relutância os mimos de escasso preço, como a cruz de ouro, que lhe deu, uma vez, de festas.

---

40. Friedrich Gottlieb Klopstock (1724-1803) – poeta alemão, precursor do movimento romântico no seu país. Aqui, o narrador se refere à epopeia religiosa *Messias*, na qual um serafim é sempre retratado de forma irônica e ambígua – como a própria personalidade de Marcela.

– Esta cruz...

Dizia isto, metendo a mão no seio e tirando uma cruz fina, de ouro, presa a uma fita azul e pendurada ao colo.

– Mas essa cruz, observei eu, não me disseste que era teu pai que...

Marcela abanou a cabeça com um ar de lástima:

– Não percebeste que era mentira, que eu dizia isso para te não molestar? Vem cá, *chiquito*, não sejas assim desconfiado comigo... Amei a outro; que importa, se acabou? Um dia, quando nos separarmos...

– Não digas isso! bradei eu.

– Tudo cessa! Um dia...

Não pôde acabar; um soluço estrangulou-lhe a voz; estendeu as mãos, tomou das minhas, conchegou-me ao seio, e sussurrou-me baixo ao ouvido:

– Nunca, nunca, meu amor! Eu agradeci-lho com os olhos úmidos. No dia seguinte levei-lhe o colar que havia recusado.

– Para te lembrares de mim, quando nos separarmos, disse eu.

Marcela teve primeiro um silêncio indignado, depois fez um gesto magnífico: tentou atirar o colar à rua. Eu retive-lhe o braço; pedi-lhe muito que não me fizesse tal desfeita, que ficasse com a joia. Sorriu e ficou.

Entretanto, pagava-me à farta os sacrifícios; espreitava os meus mais recônditos pensamentos; não havia desejo a que não acudisse com alma, sem esforço, por uma espécie de lei da consciência e necessidade do coração. Nunca o desejo era razoável, mas um capricho puro, uma criancice, vê-la trajar de certo modo, com tais e tais enfeites, este vestido e não aquele, ir a passeio ou outra coisa assim, e ela cedia a tudo, risonha e tagarela.

– Você é das Arábias, dizia-me.

E ia pôr o vestido, a renda, os brincos, com uma obediência de encantar.

Capítulo 16

Uma reflexão imoral

Ocorre-me uma reflexão imoral, que é ao mesmo tempo uma correção de estilo. Cuido haver dito, no capítulo 14, que Marcela morria de amores pelo Xavier. Não morria, vivia. Viver não é a mesma coisa que morrer; assim o afirmam todos os joalheiros desse mundo, gente muito vista na gramática. Bons joalheiros, que seria do amor se não fossem os vossos dixes e fiados? Um terço ou um quinto do universal comércio dos corações. Esta é a reflexão imoral que eu pretendia fazer, a qual é ainda mais obscura do que imoral, porque não se entende bem o que eu quero dizer. O que eu quero dizer é que a mais bela testa do mundo não fica menos bela, se a cingir um diadema de pedras finas; nem menos bela, nem menos amada. Marcela, por exemplo, que era bem bonita, Marcela amou-me...

Capítulo 17

Do trapézio e outras coisas

...Marcela amou-me durante quinze meses e onze contos de réis; nada menos. Meu pai, logo que teve aragem dos onze contos, sobressaltou-se deveras; achou que o caso excedia as raias de um capricho juvenil.

Desta vez, disse ele, vais para a Europa; vais cursar uma universidade, provavelmente Coimbra; quero-te para homem sério e não para arruador e gatuno. E como eu fizesse um gesto de espanto: – Gatuno, sim, senhor; não é outra coisa um filho que me faz isto...

Sacou da algibeira os meus títulos de dívida, já resgatados por ele, e sacudiu-mos na cara. – Vês, peralta? é assim que um moço deve zelar o nome dos seus? Pensas que eu e meus avós ganhamos o dinheiro em casas de jogo ou a vadiar pelas ruas? Pelintra! Desta vez ou tomas juízo, ou ficas sem coisa nenhuma.

Estava furioso, mas de um furor temperado e curto. Eu ouvi-o calado, e nada opus à ordem da viagem, como de outras vezes fizera; ruminava a ideia de levar Marcela comigo. Fui ter com ela; expus-lhe a crise e fiz-lhe a proposta. Marcela ouviu-me com os olhos no ar, sem responder logo; como insistisse, disse-me que ficava, que não podia ir para a Europa.

– Por que não?

– Não posso, disse ela com ar dolente; não posso ir respirar aqueles ares enquanto me lembrar de meu pobre pai, morto por Napoleão...

– Qual deles: o hortelão ou o advogado?

Marcela franziu a testa, cantarolou uma seguidilha[41], entre dentes; depois queixou-se do calor, e mandou vir um copo de aluá. Trouxe-lho a mucama, numa salva de prata, que fazia parte dos meus onze contos. Marcela ofereceu-me polidamente o refresco; minha resposta foi dar com a mão no copo e na salva; entornou-lhe o líquido no regaço, a preta deu um grito, eu bradei-lhe que se fosse embora. Ficando a sós, derramei todo o desespero de meu coração; disse-lhe que ela era um monstro, que jamais me tivera amor, que me deixara descer a tudo, sem ter ao menos a desculpa da sinceridade; chamei-lhe muitos nomes feios, fazendo muitos gestos descompostos. Marcela deixara-se estar sentada, a estalar as unhas nos dentes, fria como um pedaço de mármore. Tive ímpetos de a estrangular; de a humilhar ao menos, subjugando-a a meus pés. Ia talvez fazê-lo; mas a ação trocou-se noutra; fui eu que me atirei aos pés dela, contrito e súplice; beijei-lhos, recordei aqueles meses da nossa felicidade solitária, repeti-lhe os nomes queridos de outro tempo, sentado no chão, com a cabeça entre os joelhos dela, apertando-lhe muito as mãos; ofegante desvairado, pedi-lhe com lágrimas que me não desamparasse... Marcela esteve alguns instantes a olhar para mim, calados ambos, até que brandamente me desviou e, com um ar enfastiado:

– Não me aborreça, disse.

Levantou-se, sacudiu o vestido, ainda molhado, e caminhou para a alcova. – Não! bradei eu; não hás

41. Dança popular espanhola, geralmente acompanhada de canto e guitarra, com ritmo marcado pelas castanholas.

de entrar... não quero... Ia a lançar-lhe as mãos: era tarde; ela entrara e fechara-se.

Saí desatinado; gastei duas mortais horas em vaguear pelos bairros mais excêntricos e desertos, onde fosse difícil dar comigo. Ia mastigando o meu desespero, com uma espécie de gula mórbida; evocava os dias, as horas, os instantes de delírio, e ora me comprazia em crer que eles eram eternos, que tudo aquilo era um pesadelo, ora, enganando-me a mim mesmo, tentava rejeitá-los de mim, como um fardo inútil. Então resolvia embarcar imediatamente para cortar a minha vida em duas metades, e deleitava-me com a ideia de que Marcela, sabendo da partida, ficaria ralada de saudades e remorsos. Que ela amara-me a tonta, devia de sentir alguma coisa, uma lembrança qualquer, como do alferes Duarte... Nisto, o dente do ciúme enterrava-me no coração; e toda a natureza me bradava que era preciso levar Marcela comigo.

– Por força... por força... dizia eu ferindo o ar com uma punhada.

Enfim, tive uma ideia salvadora... Ah! trapézio dos meus pecados, trapézio das concepções abstrusas! A ideia salvadora trabalhou nele, como a do emplasto (capítulo 2). Era nada menos que fasciná-la, fasciná-la muito, deslumbrá-la, arrastá-la; lembrou-me pedir-lhe por um meio mais concreto do que a súplica. Não medi as consequências: recorri a um derradeiro empréstimo; fui à Rua dos Ourives, comprei a melhor joia da cidade, três diamantes grandes, encastoados num pente de marfim; corri à casa de Marcela.

Marcela estava reclinada numa rede, o gesto mole e cansado, uma das pernas pendentes, a ver-lhe o pezinho calçado de meia de seda, os cabelos soltos, derramados, o olhar quieto e sonolento.

– Vem comigo, disse eu, arranjei recursos... temos muito dinheiro, terás tudo o que quiseres... Olha, toma.

E mostrei-lhe o pente com os diamantes. Marcela teve um leve sobressalto, ergueu metade do corpo, e, apoiada num cotovelo, olhou para o pente durante alguns instantes curtos; depois retirou os olhos; tinha-se dominado. Então, eu lancei-lhe as mãos aos cabelos, coligi-os, enlacei-os à pressa, improvisei um toucado, sem nenhum alinho, e rematei-o com o pente de diamantes; recuei, tornei a aproximar-me, corrigi-lhes as madeixas, abaixei-as de um lado, busquei alguma simetria naquela desordem, tudo com uma minuciosidade e um carinho de mãe.

– Pronto, disse eu.

– Doido! foi a sua primeira resposta.

A segunda foi puxar-me para si, e pagar-me o sacrifício com um beijo, o mais ardente de todos. Depois tirou o pente, admirou muito a matéria e o lavor, olhando a espaços para mim, e abanando a cabeça, com um ar de repreensão:

– Ora você! Dizia.

– Vens comigo?

Marcela refletiu um instante. Não gostei da expressão com que passeava os olhos de mim para a parede, e da parede para a joia; mas toda a má impressão se desvaneceu, quando ela me respondeu resolutamente:

– Vou. Quando embarcas?

– Daqui a dois ou três dias.

– Vou.

Agradeci-lho de joelhos. Tinha achado a minha Marcela dos primeiros dias, e disse-lho; ela sorriu, e foi guardar a joia, enquanto eu descia a escada.

Capítulo 18

Visão do corredor

No fim da escada, ao fundo do corredor escuro, parei alguns instantes para respirar, apalpar-me, convocar as ideias dispersas, reaver-me enfim no meio de tantas sensações profundas e contrárias. Achava-me feliz. Certo é que os diamantes corrompiam-me um pouco a felicidade; mas não é menos certo que uma dama bonita pode muito bem amar os gregos e os seus presentes. E depois eu confiava na minha boa Marcela; podia ter defeitos, mas amava-me...

– Um anjo! murmurei eu olhando para o teto do corredor.

E aí, como um escárnio, vi o olhar de Marcela, aquele olhar que pouco antes me dera uma sombra de desconfiança, o qual chispava de cima de um nariz, que era ao mesmo tempo o nariz de Bakbarah[42] e o meu. Pobre namorado das *Mil e uma noites!* Vi-te ali mesmo correr atrás da mulher do vizir, ao longo

---

42. Referência ao ciclo de narrativas *As mil e umas noites,* quando o personagem Bakbarah sofre todo tipo de humilhações ao entrar num palácio em busca de uma bela mulher, terminando expulso e espancado.

da galeria, ela a acenar-te com a posse, e tu a correr, a correr, a correr, até a alameda comprida, donde saíste à rua, onde todos os correeiros te apuparam e desancaram. Então pareceu-me que o corredor de Marcela era a alameda, e que a rua era a de Bagdá. Com efeito, olhando para a porta, vi na calçada três dos correeiros, um de batina, outro de libré[43], outro à paisana, os quais todos três entraram no corredor, tomaram-me pelos braços, meteram-me numa sege[44], meu pai à direita, meu tio cônego à esquerda, o da libré na boleia, e lá me levaram à casa do intendente de polícia, donde fui transportado a uma galera que devia seguir para Lisboa. Imaginem se resisti; mas toda a resistência era inútil.

Três dias depois segui barra fora, abatido e mudo. Não chorava sequer, tinha uma ideia fixa... Malditas ideias fixas! A dessa ocasião era dar um mergulho no oceano, repetindo o nome de Marcela.

Capítulo 19

A bordo

Éramos onze passageiros, um homem doido, acompanhado pela mulher, dois rapazes que iam a passeio, quatro comerciantes e dois criados. Meu pai recomendou-me a todos, começando pelo capitão do navio, que aliás tinha muito que cuidar de si, porque, além do mais, levava a mulher tísica em último grau.

---

43. *Libré* – espécie de uniforme, em outros contextos, também pode designar um tipo de farda.

44. *Sege* – antiga carruagem fechada.

Não sei se o capitão suspeitou alguma coisa do meu fúnebre projeto, ou se meu pai o pôs de sobreaviso; sei que não me tirava os olhos de cima; chamava-me para toda a parte. Quando não podia estar comigo, levava-me para a mulher. A mulher ia quase sempre numa cama rasa, a tossir muito, e a afiançar que me havia de mostrar os arredores de Lisboa. Não estava magra, estava transparente; era impossível que não morresse de uma hora para outra. O capitão fingia não crer na morte próxima, talvez por enganar-se a si mesmo. Eu não sabia nem pensava nada. Que me importava a mim o destino de uma mulher tísica, no meio do oceano? O mundo para mim era Marcela.

Uma noite, logo no fim de uma semana, achei ensejo propício para morrer. Subi cauteloso, mas encontrei o capitão, que, junto à amurada, tinha os olhos fitos no horizonte.

– Algum temporal? disse eu.

– Não, respondeu ele estremecendo; não; admiro o esplendor da noite. Veja; está celestial!

O estilo desmentia da pessoa, assaz rude e aparentemente alheia a locuções rebuscadas. Fitei-o; ele pareceu saborear o meu espanto. No fim de alguns segundos, pegou-me na mão e apontou para a lua, perguntando-me por que não fazia uma ode à noite; respondi-lhe que não era poeta. O capitão rosnou alguma coisa, deu dois passos, meteu a mão no bolso, sacou um pedaço de papel, muito amarrotado; depois, à luz de uma lanterna, leu uma ode horaciana sobre a liberdade da vida marítima. Eram versos dele.

– Que tal?

Não me lembra o que lhe disse; lembra-me que ele me apertou a mão com muita força e muitos agradecimentos; logo depois recitou-me dois sonetos; ia recitar-me outro, quando o vieram chamar da parte da mulher: – Lá vou, disse ele; e recitou-me o terceiro soneto, com pausa, com amor.

Fiquei só; mas a musa do capitão varrera-me do espírito os pensamentos maus; preferi dormir, que é modo interino de morrer. No dia seguinte, acordamos debaixo de um temporal, que meteu medo a toda a gente, menos ao doido; esse entrou a dar pulos, a dizer que a filha o mandava buscar, numa berlinda; a morte de uma filha fora a causa da loucura. Não, nunca me há de esquecer a figura hedionda do pobre homem, no meio do tumulto das gentes e dos uivos do furacão, a cantarolar e a bailar, com os olhos a saltarem-lhe da cara, pálido, cabelo arrepiado e longo. Às vezes parava, erguia ao ar as mãos ossudas, fazia umas cruzes com os dedos, depois um xadrez, depois umas argolas, e ria muito, desesperadamente. A mulher não podia já cuidar dele; entregue ao terror da morte, rezava por si mesma a todos os santos do céu. Enfim, a tempestade amainou. Confesso que foi uma diversão excelente à tempestade do meu coração. Eu, que meditava ir ter com a morte, não ousei fitá-la quando ela veio ter comigo.

O capitão perguntou-me se tivera medo, se estivera em risco, se não achara sublime o espetáculo: tudo isso com um interesse de amigo. Naturalmente a conversa versou sobre a vida do mar; o capitão perguntou-me se não gostava de idílios piscatórios; eu respondi-lhe ingenuamente que não sabia o que era.

– Vai ver, respondeu.

E recitou-me um poemazinho, depois outro – uma égloga –, e enfim cinco sonetos, com os quais rematou nesse dia a confidência literária. No dia seguinte, antes de me recitar nada, explicou-me o capitão que só por motivos graves abraçara a profissão marítima, porque a avó queria que ele fosse padre, e com efeito possuía algumas letras latinas; não chegou a ser padre, mas não deixou de ser poeta, que era a sua vocação natural. Para prová-lo, recitou-me logo, de corpo presente, uma centena de versos. Notei um fenômeno: os ademanes[45] que ele usava eram tais, que uma vez me fizeram rir; mas o capitão, quando recitava, de tal sorte olhava para dentro de si mesmo, que não viu nem ouviu nada. Os dias passavam, e as águas, e os versos, e com eles ia também passando a vida da mulher. Estava por pouco. Um dia, logo depois do almoço, disse-me o capitão que a enferma talvez não chegasse ao fim da semana.

– Já! exclamei.

– Passou muito mal a noite.

Fui vê-la; achei-a, na verdade, quase moribunda, mas falando ainda de descansar em Lisboa alguns dias, antes de ir comigo a Coimbra, porque era seu propósito levar-me à universidade. Deixei-a consternado; fui achar o marido a olhar para as vagas, que vinham morrer no costado do navio, e tratei de o consolar; ele agradeceu-me, relatou-me a história dos seus amores, elogiou a fidelidade e a dedicação da mulher, relembrou os versos que lhe fez, e recitou-os. Neste ponto

45. Espécie de gesto afetado, espalhafatoso, geralmente feito com as mãos.

vieram buscá-lo da parte dela; corremos ambos; era uma crise. Esse e o dia seguinte foram cruéis; o terceiro foi o da morte; eu fugi ao espetáculo, tinha-lhe repugnância. Meia hora depois encontrei o capitão, sentado num molho de cabos, com a cabeça nas mãos; disse-lhe alguma coisa de conforto.

– Morreu como uma santa, respondeu ele; e, para que estas palavras não pudessem ser levadas à conta de fraqueza, ergueu-se logo, sacudiu a cabeça, e fitou o horizonte, com um gesto longo e profundo. – Vamos, continuou, entreguemo-la à cova que nunca mais se abre.

Efetivamente, poucas horas depois, era o cadáver lançado ao mar, com as cerimônias do costume. A tristeza murchara todos os rostos; o do viúvo trazia a expressão de um cabeço rijamente lascado pelo raio. Grande silêncio. A vaga abriu o ventre, acolheu o despojo, fechou-se – uma leve ruga –, e a galera foi andando. Eu deixei-me estar alguns minutos, à popa, com os olhos naquele ponto incerto do mar em que ficava um de nós... Fui dali ter com o capitão, para distraí-lo.

– Obrigado, disse-me ele compreendendo a intenção; creia que nunca me esquecerei dos seus bons serviços. Deus é que lhos há de pagar. Pobre Leocádia! tu te lembrarás de nós no céu.

Enxugou com a manga uma lágrima importuna; eu busquei um derivativo na poesia, que era a paixão dele. Falei-lhe dos versos, que me lera, e ofereci-me para imprimi-los. Os olhos do capitão animaram-se um pouco. – Talvez aceite, disse ele; mas não sei... são bem frouxos versos. Jurei-lhe que não; pedi que os reunisse e mos desse antes do desembarque.

– Pobre Leocádia! murmurou ele sem responder ao pedido. Um cadáver... o mar... o céu... o navio...

No dia seguinte veio ler-me um epicédio[46] composto de fresco, em que estavam memoradas as circunstâncias da morte e da sepultura da mulher; leu-mo com a voz comovida deveras, e a mão trêmula; no fim perguntou-me se os versos eram dignos do tesouro que perdera.

– São, disse eu.

– Não haverá estro, ponderou ele, no fim de um instante, mas ninguém me negará sentimento, se não é que o próprio sentimento prejudicou a perfeição...

– Não me parece; acho os versos perfeitos.

– Sim, eu creio que... Versos de marujo.

– De marujo poeta.

Ele levantou os ombros, olhou para o papel, e tornou a recitar a composição, mas já então sem tremuras, acentuando as intenções literárias, dando relevo às imagens e melodia aos versos. No fim, confessou-me que era a sua obra mais acabada; eu disse-lhe que sim; ele apertou-me muito a mão e predisse-me um grande futuro.

Capítulo 20

Bacharelo-me

Um grande futuro! Enquanto esta palavra me batia no ouvido, devolvia eu os olhos, ao longe, no

---

46. Antigo gênero poético – espécie de discurso, homenagem – lido nos sepultamentos e situações fúnebres.

horizonte misterioso e vago. Uma ideia expelia outra, a ambição desmontava Marcela. Um grande futuro? Talvez naturalista, literato, arqueólogo, banqueiro, político ou até bispo – bispo que fosse –, uma vez que fosse um cargo, uma preeminência, uma grande reputação, uma posição superior. A ambição, dado que fosse águia, quebrou nessa ocasião o ovo, e desvendou a pupila fulva e penetrante. Adeus, amores! adeus, Marcela! dias de delírio, joias sem preço, vida sem regime, adeus. Cá me vou às fadigas e à glória; deixo-vos com as calcinhas da primeira idade.

E foi assim que desembarquei em Lisboa e segui para Coimbra. A universidade esperava-me com as suas matérias árduas; estudei-as muito mediocremente, e nem por isso perdi o grau de bacharel; deram-mo com a solenidade do estilo, após os anos da lei; uma bela festa que me encheu de orgulho e de saudades – principalmente de saudades. Tinha eu conquistado em Coimbra uma grande nomeada de folião; era um acadêmico estroina, superficial, tumultuário e petulante, dado às aventuras, fazendo romantismo prático e liberalismo teórico, vivendo na pura fé dos olhos pretos e das constituições escritas. No dia em que a universidade me atestou, em pergaminho, uma ciência que eu estava longe de trazer arraigada no cérebro, confesso que me achei de algum modo logrado, ainda que orgulhoso. Explico-me: o diploma era uma carta de alforria; se me dava a liberdade, dava-me a responsabilidade. Guardei-o, deixei as margens do Mondego, e vim por ali fora assaz desconsolado, mas sentindo já uns ímpetos, uma curiosidade, um desejo de acotovelar os outros, de influir, de gozar, de viver – de prolongar a universidade pela vida adiante...

Capítulo 21

O almocreve[47]

Vai então, empacou o jumento em que eu vinha montado; fustiguei-o, ele deu dois corcovos, depois mais três, enfim mais um, que me sacudiu fora da sela, e com tal desastre, que o pé esquerdo me ficou preso no estribo; tento agarrar-me ao ventre do animal, mas já então, espantado, disparou pela estrada afora. Digo mal: tentou disparar, e efetivamente deu dois saltos, mas um almocreve, que ali estava, acudiu a tempo de lhe pegar na rédea e detê-lo, não sem esforço nem perigo. Dominado o bruto, desvencilhei-me do estribo e pus-me de pé.

– Olhe do que vosmecê escapou, disse o almocreve.

E era verdade; se o jumento corre por ali fora, contundia-me deveras, e não sei se a morte não estaria no fim do desastre; cabeça partida, uma congestão, qualquer transtorno cá dentro, e lá se me ia a ciência em flor. O almocreve salvara-me talvez a vida; era positivo; eu sentia-o no sangue que me agitava o coração. Bom almocreve! Enquanto eu tornava à consciência de mim mesmo, ele cuidava de consertar os arreios do jumento, com muito zelo e arte. Resolvi dar-lhe três moedas de ouro das cinco que trazia comigo; não porque tal fosse o preço da minha vida – essa era inestimável; mas porque era uma recompensa digna da dedicação com que ele me salvou. Está dito, dou-lhe as três moedas.

---

47. Indivíduo, geralmente um tropeiro, cuja função era conduzir mulas de carga.

– Pronto, disse ele, apresentando-me a rédea da cavalgadura.

– Daqui a nada, respondi; deixa-me, que ainda não estou em mim...

– Ora qual!

– Pois não é certo que ia morrendo?

– Se o jumento corre por aí fora, é possível; mas, com a ajuda do Senhor, viu vosmecê que não aconteceu nada.

Fui aos alforjes, tirei um colete velho, em cujo bolso trazia as cinco moedas de ouro, e durante esse tempo cogitei se não era excessiva a gratificação, se não bastavam duas moedas. Talvez uma. Com efeito, uma moeda era bastante para lhe dar estremeções de alegria. Examinei-lhe a roupa; era um pobre-diabo, que nunca jamais vira uma moeda de ouro. Portanto, uma moeda. Tirei-a, via-a reluzir à luz do sol; não a viu o almocreve, porque eu tinha lhe voltado as costas; mas suspeitou-o talvez, entrou a falar ao jumento de um modo significativo; dava-lhe conselhos, dizia-lhe que tomasse juízo, que o "senhor doutor" podia castigá-lo; um monólogo paternal. Valha-me Deus! até ouvi estalar um beijo: era o almocreve que lhe beijava a testa.

– Olé! exclamei.

– Queira vosmecê perdoar, mas o diabo do bicho está a olhar para a gente com tanta graça...

Ri-me, hesitei, meti-lhe na mão um cruzado em prata, cavalguei o jumento, e segui a trote largo, um pouco vexado, melhor direi um pouco incerto do efeito da pratinha. Mas a algumas braças de distância, olhei para trás, o almocreve fazia-me grandes cortesias, com evidentes mostras de contentamento. Adverti que devia ser assim mesmo; eu pagara-lhe bem, pagara-lhe talvez demais. Meti os dedos no bolso do colete que trazia no corpo e senti umas moedas de cobre; eram os vinténs que eu devera ter dado ao almocreve, em lugar do cruzado em prata. Porque, enfim, ele não levou em mira nenhuma recompensa ou virtude, cedeu a um impulso natural, ao temperamento, aos hábitos do ofício; acresce que a circunstância de estar, não mais adiante nem mais atrás, mas justamente no ponto do desastre, parecia constituí-lo simples instrumento de Providência; e de um ou de outro modo, o mérito do ato era positivamente nenhum. Fiquei desconsolado com esta reflexão, chamei-me pródigo, lancei o cruzado à conta das minhas dissipações antigas; tive (por que não direi tudo?), tive remorsos.

Capítulo 22

Volta ao Rio

Jumento de uma figa, cortaste-me o fio às reflexões. Já agora não digo o que pensei dali até Lisboa, nem o que fiz em Lisboa, na península e em outros lugares da Europa, da velha Europa, que nesse tempo parecia remoçar. Não, não direi que assisti às alvoradas do romantismo, que também eu fui fazer poesia efetiva no regaço da Itália; não direi coisa nenhuma. Teria de escrever um diário de viagem e não umas memórias, como estas são, nas quais só entra a substância da vida.

Ao cabo de alguns anos de peregrinação, atendi às súplicas de meu pai: – "Vem, dizia ele na última carta; se não vieres depressa acharás tua mãe morta!" Esta última palavra foi para mim um golpe. Eu amava minha mãe; tinha ainda diante dos olhos as circunstâncias da última bênção que ela me dera, a bordo do navio. "Meu triste filho, nunca mais te verei", soluçava a pobre senhora apertando-me ao peito. E essas palavras ressoavam-me agora, como uma profecia realizada.

Note-se que eu estava em Veneza, ainda recendente aos versos de *lord* Byron; lá estava, mergulhado em pleno sonho, revivendo o pretérito, crendo-me na Sereníssima República. É verdade; uma vez aconteceu-me perguntar ao taberneiro se o doge ia a passeio nesse dia.

– Que doge, *signor mio*? Caí em mim, mas não confessei a ilusão; disse-lhe que a minha pergunta era um gênero de charada americana; ele mostrou compreender, e acrescentou que gostava muito das charadas americanas. Era um taberneiro. Pois deixei tudo isso, o taberneiro, o doge, a Ponte dos Suspiros, a gôndola, os versos do *lord*, as damas do Rialto, deixei tudo e disparei como uma bala na direção do Rio de Janeiro.

Vim... Mas não; não alonguemos este capítulo. Às vezes, esqueço-me a escrever, e a pena vai comendo papel, com grave prejuízo meu, que sou autor. Capítulos compridos quadram melhor a leitores pesadões; e nós não somos um público *in-folio*, mas *in-12*, pouco texto, larga margem, tipo elegante, corte dourado e vinhetas... principalmente vinhetas... Não, não alonguemos o capítulo.

Capítulo 23

Triste, mas curto

Vim. Não nego que, ao avistar a cidade natal, tive uma sensação nova. Não era efeito da minha pátria política, era-o do lugar da infância, a rua, a torre, o chafariz da esquina, a mulher de mantilha, o preto do ganho, as coisas e cenas da meninice, buriladas na memória. Nada menos que uma renascença. O espírito, como um pássaro, não se lhe deu da corrente dos anos, arrepiou o voo na direção da fonte original, e foi beber da água fresca e pura, ainda não mesclada do enxurro da vida.

Reparando bem, há aí um lugar-comum. Outro lugar-comum, tristemente comum, foi a consternação da família. Meu pai abraçou-me com lágrimas. – Tua mãe não pode viver, disse-me ele. Com efeito, não era já o reumatismo que a matava, era um cancro no estômago. A infeliz padecia de um modo cru, porque o cancro é indiferente às virtudes do sujeito; quando rói, rói; roer é o seu ofício. Minha irmã Sabina, já então casada com o Cotrim, andava a cair de fadiga. Pobre moça! dormia três horas por noite, nada mais. O próprio tio João estava abatido e triste. Dona Eusébia e algumas outras senhoras lá estavam também, não menos tristes e não menos dedicadas.

– Meu filho!

A dor suspendeu por um pouco as tenazes; um sorriso alumiou o rosto da enferma, sobre o qual a morte batia a asa eterna. Era menos um rosto do que uma caveira: a beleza passara, como um dia brilhante; restavam os ossos, que não emagrecem nunca. Mal poderia conhecê-la; havia oito ou nove anos que nos não víamos. Ajoelhado, ao pé da cama, com as mãos dela entre as minhas, fiquei mudo e quieto, sem ousar falar, porque cada palavra seria um soluço, e nós temíamos avisá-la do fim. Vão temor! Ela sabia que estava prestes a acabar; disse-mo; verificamo-lo na seguinte manhã.

Longa foi a agonia, longa e cruel, de uma crueldade minuciosa, fria, repisada, que me encheu de dor e estupefação. Era a primeira vez que eu via morrer alguém. Conhecia a morte de oitiva; quando muito tinha-a visto já petrificada no rosto de algum cadáver, que acompanhei ao cemitério, ou trazia-lhe a ideia embrulhada nas amplificações de retórica dos professores de coisas antigas – a morte aleivosa de César, a austera de Sócrates, a orgulhosa de Catão. Mas esse duelo do ser e do não ser, a morte em ação, dolorida, contraída, convulsa, sem aparelho político ou filosófico, a morte de uma pessoa amada, essa foi a primeira vez que a pude encarar. Não chorei; lembra-me que não chorei durante o espetáculo: tinha os olhos estúpidos, a garganta presa, a consciência boquiaberta. Quê? uma criatura tão dócil, tão meiga, tão santa, que nunca jamais fizera verter uma lágrima de desgosto, mãe carinhosa, esposa imaculada, era força que morresse assim, trateada, mordida pelo dente tenaz de uma doença sem misericórdia? Confesso que tudo aquilo me pareceu obscuro, incongruente, insano... Triste capítulo; passemos a outro mais alegre.

Capítulo 24

Curto, mas alegre

Fiquei prostrado. E contudo era eu, nesse tempo, um fiel compêndio de trivialidade e presunção. Jamais o problema da vida e da morte me oprimira o cérebro; nunca até esse dia me debruçara sobre o abismo do Inexplicável; faltava-me o essencial, que é o estímulo, a vertigem...

Para lhes dizer a verdade toda, eu refletia as opiniões de um cabeleireiro, que achei em Módena, e que se distinguia por não as ter absolutamente. Era a flor dos cabeleireiros; por mais demorada que fosse a operação do toucado, não enfadava nunca; ele intercalava as penteadelas com muitos motes e pulhas, cheios de um pico, de um sabor... Não tinha outra filosofia. Nem eu. Não digo que a universidade me não tivesse ensinado alguma; mas eu decorei-lhe só as fórmulas, o vocabulário, o esqueleto. Tratei-a como tratei o latim: embolsei três versos de Virgílio, dois de Horácio, uma dúzia de locuções morais e políticas, para as despesas da conversação. Tratei-os como tratei a história e a jurisprudência. Colhi de todas as coisas a fraseologia, a casca, a ornamentação.

Talvez espante ao leitor a franqueza com que lhe exponho e realço a minha mediocridade; advirta que a franqueza é a primeira virtude de um defunto. Na vida, o olhar da opinião, o contraste dos interesses, a luta das cobiças obrigam a gente a calar os trapos velhos, a disfarçar os rasgões e os remendos, a não estender ao mundo as revelações que faz à consciência; e o melhor da obrigação é quando, à força de embaçar os outros, embaça-se um homem a si mesmo, porque em tal caso poupa-se o vexame, que é uma sensação penosa, e a hipocrisia, que é um vício hediondo. Mas, na morte, que diferença! que desabafo! que liberdade! Como a gente pode sacudir fora a capa, deitar ao fosso as lentejoulas, despregar-se, despintar-se, desafeitar-se, confessar lisamente o que foi e o que deixou de ser! Porque, em suma, já não há vizinhos, nem amigos, nem inimigos, nem conhecidos, nem estranhos; não há plateia. O olhar da opinião, esse olhar agudo e judicial, perde a virtude, logo que pisamos o território da morte; não digo que ele se não estenda para cá, e nos não examine e julgue; mas a nós é que não se nos dá do exame nem do julgamento. Senhores vivos, não há nada tão incomensurável como o desdém dos finados.

Capítulo 25

Na Tijuca

Ui! lá me ia a pena a escorregar para o enfático. Sejamos simples, como era simples a vida que levei na Tijuca, durante as primeiras semanas depois da morte de minha mãe.

No sétimo dia, acabada a missa fúnebre, travei de uma espingarda, alguns livros, roupa, charutos, um moleque – o Prudêncio do capítulo 11 –, e fui meter-me numa velha casa de nossa propriedade. Meu pai forcejou por me torcer a resolução, mas eu é que não podia nem queria obedecer-lhe. Sabina desejava que eu fosse morar com ela algum tempo – duas semanas, ao menos; meu cunhado esteve a ponto de me levar à fina força. Era um bom rapaz este Cotrim; passara de estroina a circunspecto. Agora comerciava em gêneros de estiva, labutava de manhã até a noite, com ardor, com perseverança. De noite, sentado à janela, a encaracolar as suíças, não pensava em outra coisa. Amava a mulher e um filho, que então tinha, e que lhe morreu alguns anos depois. Diziam que era avaro.

Renunciei tudo; tinha o espírito atônito. Creio que por então é que começou a desabotoar em mim a hipocondria, essa flor amarela, solitária e mórbida, de um cheiro inebriante e sutil. – "Que bom que é estar triste e não dizer coisa nenhuma!" – Quando esta palavra de Shakespeare me chamou a atenção, confesso que senti em mim um eco, um eco delicioso. Lembra-me que estava sentado, debaixo de um tamarineiro, com o livro do poeta aberto nas mãos, e o espírito ainda mais cabisbaixo do que a figura – ou jururu, como dizemos das galinhas tristes. Apertava ao peito a minha dor taciturna, com uma sensação única, uma coisa a que poderia chamar volúpia do aborrecimento. Volúpia do aborrecimento: decora esta expressão, leitor; guarda-a, examina-a, e se não chegares a entendê-la, podes concluir que ignoras uma das sensações mais sutis desse mundo e daquele tempo.

Às vezes caçava, outras dormia, outras lia – lia muito –, outras enfim não fazia nada; deixava-me atolar de ideia em ideia, de imaginação em imaginação, como uma borboleta vadia ou faminta. As horas iam pingando uma a uma, o sol caía, as sombras da noite velavam a montanha e a cidade. Ninguém me visitava; recomendei expressamente que me deixassem só. Um dia, dois dias, três dias, uma semana inteira passada assim, sem dizer palavra, era bastante para sacudir-me da Tijuca fora e restituir-me ao bulício. Com efeito, ao cabo de sete dias, estava farto da solidão; a dor aplacara; o espírito já se não contentava com o uso da espingarda e dos livros, nem com a vista do arvoredo e do céu. Reagia a mocidade, era preciso viver. Meti no baú o problema da vida e da morte, os hipocondríacos do poeta, as camisas, as meditações, as gravatas, e ia fechá-lo, quando o moleque Prudêncio me disse que uma pessoa do meu conhecimento se mudara na véspera para uma casa roxa, situada a duzentos passos da nossa.

– Quem?

– Nhonhô talvez não se lembre mais de Dona Eusébia...

– Lembra-me... É ela?

Ela e a filha. Vieram ontem de manhã.

Ocorreu-me logo o episódio de 1814, e senti-me vexado; mas adverti que os acontecimentos tinham-me dado razão. Na verdade, fora impossível evitar as relações íntimas do Vilaça com a irmã do sargento-mor; antes mesmo do meu embarque, já se boquejava misteriosamente no nascimento de uma menina. Meu tio João mandou-me dizer depois que o Vilaça, ao morrer, deixara um bom legado a Dona Eusébia, coisa que deu muito que falar em todo o bairro. O próprio tio João, guloso de escândalos, não tratou de outro assunto na carta, aliás de muitas folhas. Tinham-me dado razão os acontecimentos. Ainda porém que ma não dessem, 1814 lá ia longe, e, com ele, a travessura, e o Vilaça, e o beijo da moita; finalmente, nenhumas relações estreitas existiam entre mim e ela. Fiz comigo essa reflexão e acabei de fechar o baú.

– Nhonhô não vai visitar sinhá Dona Eusébia? Perguntou-me o Prudêncio. Foi ela quem vestiu o corpo da minha defunta senhora.

Lembrei-me que a vira, entre outras senhoras, por ocasião da morte e do enterro; ignorava porém que ela houvesse prestado a minha mãe esse derradeiro obséquio. A ponderação do moleque era razoável; eu devia-lhe uma visita; determinei fazê-la imediatamente, e descer.

Capítulo 26

O autor hesita

Súbito ouço uma voz: – Olá, meu rapaz, isto não é vida! Era meu pai, que chegava com duas propostas na algibeira. Sentei-me no baú e recebi-o sem alvoroço. Ele esteve alguns instantes de pé, a olhar para mim; depois estendeu-me a mão com um gesto comovido:

– Meu filho, conforma-te com a vontade de Deus.

– Já me conformei, foi a minha resposta, e beijei-lhe a mão.

Não tinha almoçado; almoçamos juntos. Nenhum de nós aludiu ao triste motivo da minha reclusão. Uma só vez falamos nisso, de passagem, quando meu pai fez recair a conversa na Regência: foi então que aludiu à carta de pêsames que um dos Regentes lhe mandara. Trazia a carta consigo, já bastante amarrotada, talvez por havê-la lido a muitas outras pessoas. Creio haver dito que era de um dos Regentes.

Leu-ma duas vezes.

– Já lhe fui agradecer este sinal de consideração, concluiu meu pai, e acho que deves ir também...

– Eu?

– Tu; é um homem notável, faz hoje as vezes de Imperador. Demais trago comigo uma ideia, um projeto, ou... sim, digo-te tudo; trago dois projetos, um lugar de deputado e um casamento.

Meu pai disse isto com pausa, e não no mesmo tom, mas dando às palavras um jeito e disposição, cujo fim era cavá-las mais profundamente no meu espírito. A proposta, porém, desdizia tanto das minhas sensações últimas, que eu cheguei a não entendê-la bem. Meu pai não fraqueou e repetiu-a; encareceu o lugar e a noiva.

– Aceitas?

– Não entendo de política, disse eu depois de um instante; quanto à noiva... deixe-me viver como um urso, que sou.

– Mas os ursos casam-se, replicou ele.

– Pois traga-me uma ursa. Olhe, a Ursa Maior...

Riu-se meu pai, e depois de rir, tornou a falar sério. Era-me necessária a carreira política, dizia ele, por vinte e tantas razões, que deduziu com singular volubilidade, ilustrando-as com exemplos de pessoas do nosso conhecimento. Quanto à noiva, bastava que eu a visse; se a visse, iria logo pedi-la ao pai, logo, sem demora de um dia. Experimentou assim a fascinação, depois a persuasão, depois a intimação; eu não dava resposta, afiava a ponta de um palito ou fazia bolas de miolo de pão, a sorrir ou a refletir; e, para tudo dizer, nem dócil nem rebelde à proposta. Sentia-me aturdido. Uma parte de mim mesmo dizia que sim, que uma esposa formosa e uma posição política eram bens dignos de apreço; outra dizia que não; e a morte de minha mãe me parecia como um exemplo da fragilidade das coisas, das afeições, da família...

– Não vou daqui sem uma resposta definitiva, disse meu pai. De-fi-ni-ti-va! repetiu, batendo as sílabas com o dedo.

Bebeu o último gole de café; repoltreou-se, e entrou a falar de tudo, do Senado, da Câmara, da Regência, da restauração, do Evaristo, de um coche que pretendia comprar, da nossa casa de Matacavalos... Eu deixava-me estar ao canto da mesa, a escrever desvairadamente num pedaço de papel, com uma ponta de lápis; traçava uma palavra, uma frase, um verso, um nariz, um triângulo, e repetia-os muitas vezes, sem ordem, ao acaso, assim:

arma virumque cano[48]

A
Arma virumque cano
arma virumque cano
arma virumque
arma virumque cano
virumque

Maquinalmente tudo isto; e, não obstante, havia certa lógica, certa dedução; por exemplo, foi o *virumque* que me fez chegar ao nome do próprio poeta, por causa da primeira sílaba; ia a escrever *virumque* – e sai-me *Virgílio*, então continuei:

---

48. "Eu canto as armas e o varão" – fragmento do canto I da *Eneida*, de Virgílio. Camões fez uma intertextualidade n'*Os Lusíadas* ao expressar, na abertura desta epopeia, "As armas e os barões assinalados..."

Vir *Virgílio*

Virgílio *Virgílio*

Virgílio

Virgílio

Meu pai, um pouco despeitado com aquela indiferença, ergueu-se, veio a mim, lançou os olhos ao papel...

– Virgílio! exclamou. És tu, meu rapaz; a tua noiva chama-se justamente Virgília.

Capítulo 27
Virgília?

Virgília? Mas então era a mesma senhora que alguns anos depois...? A mesma; era justamente a senhora, que em 1869 devia assistir aos meus últimos dias, e que antes, muito antes, teve larga parte nas minhas mais íntimas sensações. Naquele tempo contava apenas uns quinze ou dezesseis anos; e era talvez a mais atrevida criatura da nossa raça, e, com certeza, a mais voluntariosa. Não digo que já lhe coubesse a primazia da beleza, entre as mocinhas do tempo, porque isto não é romance, em que o autor sobredoura a realidade e fecha os olhos às sardas e espinhas; mas também não digo que lhe maculasse o rosto nenhuma sarda ou espinha, não. Era bonita, fresca, saía das mãos da natureza, cheia daquele feitiço, precário e eterno, que o indivíduo passa a outro indivíduo, para os fins secretos da criação. Era isto Virgília, e era clara, muito clara, faceira, ignorante, pueril, cheia de uns ímpetos misteriosos; muita preguiça e alguma devoção –, devoção, ou talvez medo; creio que medo.

Aí tem o leitor, em poucas linhas, o retrato físico e moral da pessoa que devia influir mais tarde na minha vida; era aquilo com dezesseis anos. Tu que me lês, se ainda fores viva, quando estas páginas vierem à luz – tu que me lês, Virgília amada, não reparas na diferença entre a linguagem de hoje e a que primeiro empreguei quando te vi? Crê que era tão sincero então como agora; a morte não me tornou rabugento, nem injusto.

– Mas, dirás tu, como é que podes assim discernir a verdade daquele tempo, e exprimi-la depois de tantos anos?

Ah! indiscreta! ah! ignorantona! Mas é isso mesmo que nos faz senhores da terra, é esse poder de restaurar o passado, para tocar a instabilidade das nossas impressões e a vaidade dos nossos afetos. Deixa lá dizer Pascal que o homem é um caniço pensante. Não; é uma errata pensante, isso sim. Cada estação da vida é uma edição, que corrige a anterior, e que será corrigida também, até a edição definitiva, que o editor dá de graça aos vermes.

Capítulo 28

Contanto que...

Virgília? interrompi eu.

– Sim, senhor; é o nome da noiva. Um anjo, meu pateta, um anjo sem asas. Imagina uma moça assim, desta altura, viva como um azougue, e uns olhos... filha do Dutra...

– Que Dutra?

– O Conselheiro Dutra, não conheces; uma influência política. Vamos lá, aceitas?

Não respondi logo; fitei por alguns segundos a ponta do botim; declarei depois que estava disposto a examinar as duas coisas, a candidatura e o casamento, contanto que...

– Contanto quê?

– Contanto que não fique obrigado aceitar as duas; creio que posso ser separadamente homem casado ou homem público...

– Todo o homem público deve ser casado, interrompeu sentenciosamente meu pai. Mas seja como queres; estou por tudo; fico certo de que a vista fará fé! Demais, a noiva e o parlamento são a mesma coisa... isto é, não... saberás depois... Vá; aceito a dilação, contanto que...

– Contanto quê?... interrompi eu, imitando-lhe a voz.

– Ah! brejeiro! Contanto que não te deixes ficar aí inútil, obscuro, e triste; não gastei dinheiro, cuidados, empenhos, para te não ver brilhar, como deves, e te convém, e a todos nós; é preciso continuar o nosso nome, continuá-lo e ilustrá-lo ainda mais. Olha, estou com sessenta anos, mas se fosse necessário começar vida nova, começava, sem hesitar um só minuto. Teme a obscuridade, Brás; foge do que é ínfimo. Olha que os homens valem por diferentes modos, e que o mais seguro de todos é valer pela opinião dos outros homens. Não estragues as vantagens da tua posição, os teus meios...

E foi por diante o mágico, a agitar diante de mim um chocalho, como me faziam, em pequeno, para eu andar depressa, e a flor da hipocondria recolheu-se ao botão para deixar a outra flor menos amarela, e nada mórbida – o amor da nomeada, o emplasto Brás Cubas.

Capítulo 29
A visita

Vencera meu pai; dispus-me a aceitar o diploma e o casamento, Virgília e a Câmara dos Deputados. – As duas Virgílias, disse ele num assomo de ternura política. Aceitei-os; meu pai deu-me dois fortes abraços. Era o seu próprio sangue que ele, enfim, reconhecia.

– Desces comigo?

– Desço amanhã. Vou fazer primeiramente uma visita a Dona Eusébia...

Meu pai torceu o nariz, mas não disse nada; despediu-se e desceu. Eu, na tarde desse mesmo dia, fui visitar Dona Eusébia. Achei-a a repreender um preto jardineiro, mas deixou tudo para vir falar-me, com um alvoroço, um prazer tão sincero, que me desacanhou logo. Creio que chegou a cingir-me com o seu par de braços robustos. Fez me sentar ao pé de si, na varanda, entre muitas exclamações de contentamento:

– Ora, o Brasinho! Um homem! Quem diria, há anos... Um homenzarrão! E bonito! Qual! Você não se lembra bem de mim...

Disse-lhe que sim, que não era possível esquecer uma amiga tão familiar de nossa casa. Dona Eusébia começou a falar de minha mãe, com muitas saudades, com tantas saudades, que me cativou logo, posto me entristecesse. Ela percebeu-o nos meus olhos, e torceu a rédea à conversação; pediu-me que lhe contasse a viagem, os estudos, os namoros... Sim, os namoros também; confessou-me que era uma velha patusca. Nisto recordei-me do episódio de 1814, ela, o Vilaça, a moita, o beijo, o meu grito; e estando a recordá-lo, ouço um ranger de porta, um farfalhar de saias e esta palavra:

– Mamãe... mamãe...

Capítulo 30

A flor da moita

A voz e as saias pertenciam a uma mocinha morena, que se deteve à porta, alguns instantes, ao ver gente estranha. Silêncio curto e constrangido. Dona Eusébia quebrou-o, enfim, com resolução e franqueza:

– Vem cá, Eugênia, disse ela, cumprimenta o Doutor Brás Cubas, filho do Senhor Cubas; veio da Europa.

E voltando-se para mim:

– Minha filha Eugênia.

Eugênia, a flor da moita, mal respondeu ao gesto de cortesia que lhe fiz; olhou-me admirada e acanhada, e lentamente se aproximou da cadeira da mãe. A mãe arranjou-lhe uma das tranças do cabelo, cuja ponta se desmanchara. – Ah! travessa! dizia. Não imagina, doutor, o que isto é... E beijou-a com tão expansiva ternura que me comoveu um pouco; lembrou-me minha mãe, e – direi tudo – tive umas cócegas de ser pai.

– Travessa? disse eu. Pois já não está em idade própria, ao que parece.

– Quantos lhe dá?

– Dezessete.

– Menos um.

– Dezesseis. Pois então! é uma moça.

Não pôde Eugênia encobrir a satisfação que sentia com esta minha palavra, mas emendou-se logo, e ficou como dantes, ereta, fria e muda. Em verdade, ela parecia ainda mais mulher do que era; seria criança nos seus folgares de moça; mas assim quieta, impassível, tinha a compostura da mulher casada. Talvez essa circunstância lhe diminuía um pouco da graça virginal. Depressa nos familiarizamos; a mãe fazia-lhe grandes elogios, eu escutava-os de boa sombra, e ela sorria, com os olhos fúlgidos, como se lá dentro do cérebro lhe estivesse a voar uma borboletinha de asas de ouro e olhos de diamante...

Digo lá dentro, porque cá fora o que esvoaçou foi uma borboleta preta, que subitamente penetrou na varanda, e começou a bater as asas em derredor de Dona Eusébia. Dona Eusébia deu um grito, levantou-se, praguejou umas palavras soltas:

– T'esconjuro!... sai, diabo!... Virgem Nossa Senhora!...

– Não tenha medo, disse eu; e, tirando o lenço, expeli a borboleta. Dona Eusébia sentou-se outra vez, ofegante, um pouco envergonhada; a filha, pode ser que pálida de medo, dissimulava a impressão com muita força de vontade. Apertei-lhes a mão e saí, a rir comigo da superstição das duas mulheres, um rir filosófico, desinteressado, superior. De tarde, vi passar a cavalo a filha de Dona Eusébia, seguida de um pajem; fez-me um cumprimento com a ponta do chicote; e confesso que me lisonjeei com a ideia de que, alguns passos adiante, ela voltaria a cabeça para trás; mas não voltou.

Capítulo 31
A borboleta preta

No dia seguinte, como eu estivesse a preparar-me para descer, entrou no meu quarto uma borboleta, tão negra como a outra, e muito maior do que ela. Lembrou-me o caso da véspera, e ri-me; entrei logo a pensar na filha de Dona Eusébia, no susto que tivera e na dignidade que, apesar dele, soube conservar. A borboleta, depois de esvoaçar muito em torno de mim, pousou-me na testa. Sacudi-a, ela foi pousar na vidraça; e, porque eu sacudisse de novo, saiu dali e veio parar em cima de um velho retrato de meu pai. Era negra como a noite. O gesto brando com que, uma vez posta, começou a mover as asas, tinha um certo ar escarninho, que me aborreceu muito. Dei de ombros, saí do quarto; mas tornando lá, minutos depois, e achando-a ainda no mesmo lugar, senti um repelão dos nervos, lancei mão de uma toalha, bati-lhe e ela caiu.

Não caiu morta; ainda torcia o corpo e movia as farpinhas da cabeça. Apiedei-me; tomei-a na palma da mão e fui depô-la no peitoril da janela. Era tarde; a infeliz expirou dentro de alguns segundos. Fiquei um pouco aborrecido, incomodado.

– Também por que diabo não era ela azul? disse eu comigo.

E esta reflexão – uma das mais profundas que se tem feito desde a invenção das borboletas – me consolou do malefício, e me reconciliou comigo mesmo. Deixei-me estar a contemplar o cadáver, com alguma simpatia, confesso. Imaginei que ela saíra do mato, almoçada e feliz. A manhã era linda. Veio por ali fora, modesta e negra, espairecendo as suas borboletices, sob a vasta cúpula de um céu azul, que é sempre azul, para todas as asas. Passa pela minha janela, entra e dá comigo. Suponho que nunca teria visto um homem; não sabia, portanto, o que era o homem; descreveu infinitas voltas em torno do meu corpo, e viu que me movia, que tinha olhos, braços, pernas, um ar divino, uma estatura colossal. Então disse consigo: "Este é provavelmente o inventor das borboletas". A ideia subjugou-a, aterrou-a; mas o medo, que é também sugestivo, insinuou-lhe que o melhor modo de agradar ao seu criador era beijá-lo na testa, e beijou-me na testa. Quando enxotada por mim, foi pousar na vidraça, viu dali o retrato de meu pai, e não é impossível que descobrisse meia-verdade, a saber, que estava ali o pai do inventor das borboletas, e voou a pedir-lhe misericórdia.

Pois um golpe de toalha rematou a aventura. Não lhe valeu a imensidade azul, nem a alegria das flores, nem a pompa das folhas verdes, contra uma toalha de rosto, dois palmos de linho cru. Vejam como é bom ser superior às borboletas! Porque, é justo dizê-lo, se ela fosse azul, ou cor de laranja, não teria mais segura a vida; não era impossível que eu a atravessasse com um alfinete, para recreio dos olhos. Não era. Esta última ideia restituiu-me a consolação; uni o dedo grande ao polegar, despedi um piparote e o cadáver caiu no jardim. Era tempo; aí vinham já as próvidas formigas... Não, volto à primeira ideia; creio que para ela era melhor ter nascido azul.

Capítulo 32
Coxa de nascença

Fui dali acabar os preparativos da viagem. Já agora não me demoro mais. Desço imediatamente; desço, ainda que algum leitor circunspecto me detenha para perguntar se o capítulo passado é apenas uma sensaboria ou se chega a empulhação... Ai, não contava com Dona Eusébia. Estava pronto, quando me entrou por casa. Vinha convidar-me para transferir a descida, e ir lá jantar nesse dia. Cheguei a recusar; mas instou tanto, tanto, tanto, que não pude deixar de aceitar; demais, era-lhe devida aquela compensação; fui.

Eugênia desataviou-se nesse dia por minha causa. Creio que foi por minha causa – se é que não andava muita vez assim. Nem as bichas de ouro, que trazia na véspera, lhe pendiam agora das orelhas, duas orelhas finamente recortadas numa cabeça de ninfa. Um simples vestido branco, de cassa, sem enfeites, tendo ao colo, em vez de broche, um botão de madrepérola, e outro botão nos punhos, fechando as mangas, e nem sombra de pulseira.

Era isso no corpo; não era outra coisa no espírito. Ideias claras, maneiras chãs, certa graça natural, um ar de senhora, e não sei se alguma outra coisa; sim, a boca, exatamente a boca da mãe, a qual me lembrava o episódio de 1814, e então dava-me ímpetos de glosar o mesmo mote à filha...

– Agora vou mostrar-lhe a chácara, disse a mãe, logo que esgotamos o último gole de café.

Saímos à varanda, dali à chácara, e foi então que notei uma circunstância. Eugênia coxeava um pouco, tão pouco, que eu cheguei a perguntar-lhe se machucara o pé. A mãe calou-se; a filha respondeu sem titubear:

– Não, senhor, sou coxa de nascença.

Mandei-me a todos os diabos; chamei-me desastrado, grosseirão. Com efeito, a simples possibilidade de ser coxa era bastante para lhe não perguntar nada. Então lembrou-me que da primeira vez que a vi – na véspera – a moça chegara-se lentamente à cadeira da mãe, e que naquele dia, já a achei à mesa de jantar. Talvez fosse para encobrir o defeito; mas porque razão o confessava agora? Olhei para ela e reparei que ia triste.

Tratei de apagar os vestígios de meu desazo – não me foi difícil, porque a mãe era, segundo confessara, uma velha patusca, e prontamente travou de conversa comigo. Vimos toda a chácara, árvores, flores, tanque de patos, tanque de lavar, uma infinidade de coisas, que ela me ia mostrando, e comentando, ao passo que eu, de soslaio, perscrutava os olhos de Eugênia...

Palavra que o olhar de Eugênia não era coxo, mas direito, perfeitamente são; vinha de uns olhos pretos e tranquilos. Creio que duas ou três vezes baixaram, um pouco turvados; mas duas ou três vezes somente; em geral, fitavam me com franqueza, sem temeridade, nem biocos.

Capítulo 33

Bem-aventurados os que não descem

O pior é que era coxa. Uns olhos tão lúcidos, uma boca tão fresca, uma compostura tão senhoril; e coxa! Esse contraste faria suspeitar que a natureza é às vezes um imenso escárnio. Por que bonita, se coxa? Por que coxa, se bonita? Tal era a pergunta que eu vinha fazendo a mim mesmo ao voltar para casa, de noite, sem atinar com a solução do enigma. O melhor que há, quando se não resolve um enigma, é sacudi-lo pela janela fora; foi o que eu fiz; lancei mão de uma toalha e enxotei essa outra borboleta preta, que me adejava no cérebro. Fiquei aliviado e fui dormir. Mas o sonho, que é uma fresta do espírito, deixou novamente entrar o bichinho, e aí fiquei eu a noite toda a cavar o mistério, sem explicá-lo.

Amanheceu chovendo, transferi a descida; mas no outro dia, a manhã era límpida e azul, e apesar disso deixei-me ficar, não menos que no terceiro dia, e no quarto, até o fim da semana. Manhãs bonitas, frescas, convidativas; lá embaixo a família a chamar-me, e a noiva, e o Parlamento, e eu sem acudir a coisa nenhuma, enlevado ao pé da minha Vênus Manca. Enlevado é uma maneira de realçar o estilo; não havia enlevo, mas gosto, uma certa satisfação física e moral. Queria-lhe, é verdade; ao pé dessa criatura tão singela, filha espúria e coxa, feita de amor e desprezo, ao pé dela sentia-me bem, e ela creio que ainda se sentia melhor, ao pé de mim. E isto na Tijuca. Uma simples égloga. Dona Eusébia vigiava-nos, mas pouco; temperava a necessidade com a conveniência. A filha, nessa primeira explosão da natureza, entregava-me a alma em flor.

– O senhor desce amanhã? Disse-me ela no sábado.

– Pretendo.

– Não desça.

Não desci, e acrescentei um versículo ao Evangelho: – Bem-aventurados os que não descem, porque deles é o primeiro beijo das moças. Com efeito, foi no domingo esse primeiro beijo de Eugênia – o primeiro que nenhum outro varão jamais lhe tomara, e não furtado ou arrebatado, mas candidamente entregue, como um devedor honesto paga uma dívida. Pobre Eugênia! Se tu soubesses que ideias me vagavam pela mente fora naquela ocasião! Tu, trêmula de comoção, com os braços nos meus ombros, a contemplar em mim o teu bem-vindo esposo, e eu com os olhos em 1814, na moita, no Vilaça, e a suspeitar que não podias mentir ao teu sangue, à tua origem...

Dona Eusébia entrou inesperadamente, mas não tão súbita, que nos apanhasse ao pé um do outro. Eu fui até a janela. Eugênia sentou-se a consertar uma das tranças. Que dissimulação graciosa! que arte infinita e delicada! que tartufice profunda! e tudo isso natural, vivo, não estudado, natural como o apetite, natural como o sono. Tanto melhor! Dona Eusébia não suspeitou nada.

Capítulo 34

A uma alma sensível

Há aí, entre as cinco ou dez pessoas que me leem, há aí uma alma sensível, que está decerto um tanto agastada com o capítulo anterior, começa a tremer pela sorte de Eugênia, e talvez..., sim, talvez, lá no fundo de si mesma, me chame cínico. Eu cínico, alma sensível? Pela coxa de Diana[49]! Esta injúria merecia ser lavada com sangue, se o sangue lavasse alguma coisa nesse mundo. Não, alma sensível, eu não sou cínico, eu fui homem; meu cérebro foi um tablado em que se deram peças de todo gênero, o drama sacro, o austero, o piegas, a comédia louçã, a desgrenhada farsa, os autos, as bufonerias[50], um pandemônio, alma sensível, uma barafunda de coisas e pessoas, em que podias ver tudo, desde a rosa de Esmirna[51] até a arruda do teu quintal, desde o magnífico leito de Cleópatra até o recanto da praia em que o mendigo tirita o seu sono. Cruzavam-se nele pensamentos de vária casta e feição. Não havia ali a atmosfera somente da águia e do beija-flor; havia também a da lesma e do sapo. Retira, pois, a expressão, alma sensível, castiga os nervos, limpa os óculos – que isso às vezes é dos óculos – e acabemos de uma vez com esta flor da moita.

---

49. Trata-se de Diana, deusa romana da caça e da lua. Era filha de Júpiter e Latona, irmã gêmea de Febo.

50. Referência a diversos gêneros literários que exploram o cômico.

51. Esmirna é uma cidade no sudoeste da atual Turquia, banhada pelo Mar Egeu. A “rosa de Esmirna” é uma espécie rara e antiga desta flor, produzida apenas naquela região.

Capítulo 35

O caminho de Damasco

Ora aconteceu, que, oito dias depois, como eu estivesse no caminho de Damasco[52], ouvi uma voz misteriosa, que me sussurrou as palavras da Escritura (At 9,7): "Levanta-te, e entra na cidade". Essa voz saía de mim mesmo, e tinha duas origens: a piedade, que me desarmava ante a candura da pequena, e o terror de vir a amar deveras, e desposá-la. Uma mulher coxa! Quanto a este motivo da minha descida, não há duvidar que ela o achou e mo disse. Foi na varanda, na tarde de uma segunda-feira, ao anunciar-lhe que na seguinte manhã viria para baixo. – Adeus, suspirou ela estendendo-me a mão com simplicidade; faz bem. – E como eu nada dissesse, continuou:

– Faz bem em fugir ao ridículo de casar comigo. Ia dizer-lhe que não; ela retirou-se lentamente, engolindo as lágrimas. Alcancei-a a poucos passos, e jurei-lhe por todos os santos do céu que eu era obrigado a descer, mas que não deixava de lhe querer e muito; tudo hipérboles frias, que ela escutou sem dizer nada.

– Acredita-me? perguntei eu no fim.

– Não, e digo-lhe que faz bem.

Quis retê-la, mas o olhar que me lançou não foi já de súplica, senão de império. Desci da Tijuca, na manhã seguinte, um pouco amargurado, outro pouco

52. Referência ao fato ocorrido com Saulo de Tarso que, segundo a tradição cristã, converteu-se ao Cristianismo no caminho para Damasco, mudando seu nome para Paulo, um dos principais apóstolos da Igreja primitiva.

satisfeito. Vinha dizendo a mim mesmo que era justo obedecer a meu pai, que era conveniente abraçar a carreira política... que a constituição... que a minha noiva... que o meu cavalo...

Capítulo 36

A propósito de botas

Meu pai, que me não esperava, abraçou-me cheio de ternura e agradecimento. – Agora é deveras? disse ele. Posso enfim...?

Deixei-o nessa reticência, e fui descalçar as botas, que estavam apertadas. Uma vez aliviado, respirei à larga, e deitei-me a fio comprido, enquanto os pés, e todo eu atrás deles, entrávamos numa relativa bem-aventurança. Então considerei que as botas apertadas são uma das maiores venturas da terra, porque, fazendo doer os pés, dão azo ao prazer de as descalçar. Mortifica os pés, desgraçado, desmortifica-os depois, e aí tens a felicidade barata, ao sabor dos sapateiros e de Epicuro[53]. Enquanto esta ideia me trabalhava no famoso trapézio, lançava eu os olhos para a Tijuca, e via a aleijadinha perder-se no horizonte do pretérito, e sentia que o meu coração não tardaria também a descalçar as suas botas. E descalçou-as o lascivo. Quatro ou cinco dias depois, saboreava esse rápido, inefável e incoercível momento de gozo, que sucede a uma dor pungente, a uma preocupação, a um incômodo...

---

53. Epicuro de Samos (341a.C.-270 a.C.) – filósofo grego, cuja base filosófica era a busca da felicidade.

Daqui inferi eu que a vida é o mais engenhoso dos fenômenos, porque só aguça a fome, com o fim de deparar a ocasião de comer, e não inventou os calos, senão porque eles aperfeiçoam a felicidade terrestre. Em verdade vos digo que toda a sabedoria humana não vale um par de botas curtas.

Tu, minha Eugênia, é que não as descalçaste nunca; foste aí pela estrada da vida, manquejando da perna e do amor, triste como os enterros pobres, solitária, calada, laboriosa, até que vieste também para esta outra margem... O que eu não sei é se a tua existência era muito necessária ao século. Quem sabe? Talvez um comparsa de menos fizesse patear a tragédia humana.

Capítulo 37

Enfim!

Enfim! eis aqui Virgília. Antes de ir à casa do Conselheiro Dutra, perguntei a meu pai se havia algum ajuste prévio de casamento.

– Nenhum ajuste. Há tempos, conversando com ele a teu respeito, confessei-lhe o desejo que tinha de te ver deputado; e de tal modo falei, que ele prometeu fazer alguma coisa, e creio que o fará. Quanto à noiva, é o nome que dou a uma criaturinha, que é uma joia, uma flor, uma estrela, uma coisa rara... é a filha dele; imaginei que, se casasses com ela, mais depressa serias deputado.

– Só isto?

– Só isto.

Fomos dali à casa do Dutra. Era uma pérola esse homem, risonho, jovial, patriota, um pouco irritado com os males públicos, mas não desesperando de os curar depressa. Achou que a minha candidatura era legítima; convinha, porém, esperar alguns meses. E logo me apresentou à mulher – uma estimável senhora – e à filha, que não desmentiu em nada o panegírico de meu pai. Juro-vos que em nada. Relede o capítulo 27. Eu, que levava ideias a respeito da pequena, fitei-a de certo modo; ela, que não sei se as tinha, não me fitou de modo diferente; e o nosso olhar primeiro foi pura e simplesmente conjugal. No fim de um mês estávamos íntimos.

Capítulo 38
A quarta edição

– Venha cá jantar amanhã, disse-me o Dutra uma noite.

Aceitei o convite. No dia seguinte, mandei que a sege me esperasse no Largo de São Francisco de Paula, e fui dar várias voltas. Lembra-vos ainda a minha teoria das edições humanas? Pois sabei que, naquele tempo, estava eu na quarta edição, revista e emendada, mas ainda inçada de descuidos e barbarismos; defeito que, aliás, achava alguma compensação no tipo, que era elegante, e na encadernação, que era luxuosa. Dadas as voltas, ao passar pela Rua dos Ourives, consulto o relógio e cai-me o vidro na calçada. Entro na primeira loja que tinha à mão; era um cubículo – pouco mais – empoeirado e escuro.

Ao fundo, por trás do balcão, estava sentada uma mulher, cujo rosto amarelo e bexiguento não se destacava logo à primeira vista; mas logo que se destacava era um espetáculo curioso. Não podia ter sido feia; ao contrário, via-se que fora bonita, e não pouco bonita; mas a doença e uma velhice precoce destruíram-lhe a flor das graças. As bexigas tinham sido terríveis; os sinais, grandes e muitos, faziam saliências e encarnas, declives e aclives, e davam uma sensação de lixa grossa, enormemente grossa. Eram os olhos a melhor parte do vulto, e aliás tinham uma expressão singular e repugnante, que mudou, entretanto, logo que eu comecei a falar. Quanto ao cabelo, estava ruço e quase tão poento como os portais da loja. Num dos dedos da mão esquerda fulgia-lhe um diamante. Crê-lo-eis, pósteros? essa mulher era Marcela.

Não a conheci logo; era difícil; ela porém conheceu-me apenas lhe dirigi a palavra. Os olhos chisparam e trocaram a expressão usual por outra, meio doce e meio triste. Vi-lhe um movimento como para esconder-se ou fugir; era o instinto da vaidade, que não durou mais de um instante. Marcela acomodou-se e sorriu.

– Quer comprar alguma coisa? disse ela estendendo-me a mão.

Não respondi nada. Marcela compreendeu a causa do meu silêncio (não era difícil), e só hesitou, creio eu, em decidir o que dominava mais, se o assombro do presente, se a memória do passado. Deu-me uma cadeira, e, com o balcão permeio, falou-me longamente de si, da vida que levara, das lágrimas que eu lhe fizera verter, das saudades, dos desastres, enfim das bexigas, que lhe escalavraram o rosto, e do tempo, que ajudou a moléstia, adiantando-lhe a decadência. Verdade é que tinha a alma decrépita. Vendera tudo, quase tudo; um homem, que a amara outrora, e lhe morreu nos braços, deixara-lhe aquela loja de ourivesaria, mas, para que a desgraça fosse completa, era agora pouco buscada a loja – talvez pela singularidade de a dirigir uma mulher. Em seguida pediu-me que lhe contasse a minha vida. Gastei pouco tempo em dizer-lha; não era longa, nem interessante.

– Casou? disse Marcela no fim de minha narração.

– Ainda não, respondi secamente.

Marcela lançou os olhos para a rua, com a atonia de quem reflete ou relembra; eu deixei-me ir então ao passado, e, no meio das recordações e saudades, perguntei a mim mesmo por que motivo fizera tanto desatino. Não era esta certamente a Marcela de 1822; mas a beleza de outro tempo valia uma terça parte dos meus sacrifícios? Era o que eu buscava saber, interrogando o rosto de Marcela. O rosto dizia-me que não; ao mesmo tempo os olhos me contavam que, já outrora, como hoje, ardia neles a flama da cobiça. Os meus é que não souberam ver-lha; eram olhos da primeira edição.

– Mas por que entrou aqui? Viu-me da rua? Perguntou ela, saindo daquela espécie de torpor.

– Não, supunha entrar numa casa de relojoeiro; queria comprar um vidro para este relógio; vou a outra parte; desculpe-me; tenho pressa.

Marcela suspirou com tristeza. A verdade é que eu me sentia pungido e aborrecido, ao mesmo tempo, e ansiava por me ver fora daquela casa. Marcela, entretanto, chamou um moleque, deu-lhe o relógio, e, apesar da minha oposição, mandou-o, a uma loja na vizinhança, comprar o vidro. Não havia remédio; sentei-me outra vez. Disse ela que desejava ter a proteção dos conhecidos de outro tempo; ponderou que mais tarde ou mais cedo era natural que me casasse, e afiançou que me daria finas joias por *preços baratos*. Não disse preços baratos, mas usou uma metáfora delicada e transparente. Entrei a desconfiar que não padecera nenhum desastre (salvo a moléstia), que tinha o dinheiro a bom recado, e que negociava com o único fim de acudir à paixão do lucro, que era o verme roedor daquela existência; foi isso mesmo que me disseram depois.

Capítulo 39

O vizinho

Enquanto eu fazia comigo mesmo aquela reflexão, entrou na loja um sujeito baixo, sem chapéu, trazendo pela mão uma menina de quatro anos.

– Como passou de hoje de manhã? disse ele a Marcela.

– Assim, assim. Vem cá, Maricota.

O sujeito levantou a criança pelos braços e passou-a para dentro do balcão.

– Anda, disse ele; pergunta a Dona Marcela como passou a noite. Estava ansiosa por vir cá, mas a mãe não tinha podido vesti-la... Então, Maricota? Toma a bênção... Olha a vara de marmelo! Assim... Não imagina o que ela é lá em casa; fala na senhora a todos os instantes, e aqui parece uma pamonha. Ainda ontem... Digo, Maricota?

– Não diga, não, papai.

– Então foi alguma coisa feia? perguntou Marcela batendo na cara da menina.

– Eu lhe digo; a mãe ensina-lhe a rezar todas as noites um padre-nosso e uma ave-maria, oferecidos a Nossa Senhora; mas a pequena ontem veio pedir-me com voz muito humilde... imagine o quê?... que queria oferecê-los a Santa Marcela.

– Coitadinha! disse Marcela beijando-a.

– É um namoro, uma paixão, como a senhora não imagina... A mãe diz que é feitiço...

Contou mais algumas coisas o sujeito, todas mui agradáveis, até que saiu levando a menina, não sem deitar-me um olhar interrogativo ou suspeitoso. Perguntei a Marcela quem era ele.

– É um relojoeiro de vizinhança, um bom homem; a mulher também; e a filha é galante, não? Parecem gostar muito de mim... é boa gente.

Ao proferir estas palavras havia um tremor de alegria na voz de Marcela; e no rosto como que se lhe espraiou uma onda de ventura...

Capítulo 40

Na sege

Nisto entrou o moleque trazendo o relógio com o vidro novo. Era tempo; já me custava estar ali; dei uma moedinha de prata ao moleque; disse a Marcela que voltaria noutra ocasião, e saí a passo largo. Para dizer tudo, devo confessar que o coração me batia um pouco; mas era uma espécie de dobre de finados. O espírito ia travado de impressões opostas. Notem que aquele dia amanhecera alegre para mim. Meu pai, ao almoço, repetiu-me, por antecipação, o primeiro discurso que eu tinha de proferir na Câmara dos Deputados; rimo-nos muito, e o sol também, que estava brilhante, como nos mais belos dias do mundo; do mesmo modo que Virgília devia rir, quando eu lhe contasse as nossas fantasias do almoço. Vai senão quando, cai-me o vidro do relógio; entro na primeira loja que me fica à mão; e eis me surge o passado, ei-lo que me lacera e beija; ei-lo que me interroga, com um rosto cortado de saudades e bexigas...

Lá o deixei; meti-me às pressas na sege, que me esperava no Largo de São Francisco de Paula, e ordenei ao boleeiro[54] que rodasse pelas ruas fora. O boleeiro atiçou as bestas, a sege entrou a sacolejar-me, as molas gemiam, as rodas sulcavam rapidamente a lama que deixara a chuva recente, e tudo isso me parecia estar parado. Não há, às vezes, um certo vento morno, não forte nem áspero, mas abafadiço, que nos não leva o chapéu da cabeça, nem rodomoinha nas saias das mulheres, e todavia é ou parece ser pior do que se fizesse uma e outra coisa, porque abate, afrouxa, e como que dissolve os espíritos? Pois eu tinha esse vento comigo; e, certo de que ele me soprava por achar-me naquela espécie de garganta entre o passado e o presente, almejava por sair à planície do futu-

---

54. Cocheiro, quem conduzia seges e carruagens em geral.

ro. O pior é que a sege não andava. – João, bradei eu ao boleeiro. Esta sege anda ou não anda?

– Uê! nhonhô! Já estamos parados na porta de sinhô Conselheiro.

Capítulo 41
A alucinação

E era verdade. Entrei apressado; achei Virgília ansiosa, mau humor, fronte nublada. A mãe, que era surda, estava na sala com ela. No fim dos cumprimentos disse-me a moça com sequidão: – Esperávamos que viesse mais cedo.

Defendi-me do melhor modo; falei do cavalo que empacara, e de um amigo, que me detivera. De repente morre-me a voz nos lábios, fico tolhido de assombro. Virgília... seria Virgília aquela moça? Fitei-a muito, e a sensação foi tão penosa, que recuei um passo e desviei a vista. Tornei a olhá-la. As bexigas tinham-lhe comido o rosto; a pele, ainda na véspera tão fina, rosada e pura, aparecia-me agora amarela, ferida pelo mesmo flagelo que devastara o rosto da espanhola. Os olhos, que eram travessos, fizeram-se murchos; tinha o lábio triste e a atitude cansada. Olhei-a bem; peguei-lhe na mão, e chamei-a brandamente a mim. Não me enganava; eram as bexigas. Creio que fiz um gesto de repulsa.

Virgília afastou-se, e foi sentar-se no sofá. Eu fiquei algum tempo a olhar para os meus próprios pés. Devia sair ou ficar? Rejeitei o primeiro alvitre, que era simplesmente absurdo, e encaminhei-me para Virgília, que lá estava sentada e calada. Céus! Era outra vez a fresca, a juvenil, a florida Virgília. Em vão procurei no rosto dela algum vestígio da doença; nenhum havia; era a pele fina e branca do costume.

– Nunca me viu? perguntou Virgília, vendo que a encarava com insistência.

– Tão bonita, nunca.

Sentei-me, enquanto Virgília, calada, fazia estalar as unhas. Seguiram-se alguns segundos de pausa. Falei-lhe de coisas estranhas ao incidente; ela porém não me respondia nada, nem olhava para mim. Menos o estalido, era a estátua do Silêncio. Uma só vez me deitou os olhos, mas muito de cima, soerguendo a pontinha esquerda do lábio, contraindo as sobrancelhas, ao ponto de as unir; e todo esse conjunto de coisas dava-lhe ao rosto uma expressão média entre cômica e trágica.

Havia alguma afetação naquele desdém; era um arrebique do gesto. Lá dentro, ela padecia, e não pouco – ou fosse mágoa pura, ou só despeito; e porque a dor que se dissimula dói mais, é mui provável que Virgília padecesse em dobro do que realmente devia padecer. Creio que isto é metafísica.

Capítulo 42

Que escapou a Aristóteles

Outra coisa que também me parece metafísica é isto: – Dá-se movimento a uma bola, por exemplo; rola esta, encontra outra bola, transmite-lhe o impulso, e eis a segunda bola a rolar como a primeira rolou. Suponhamos que a primeira bola se chama... Marcela – é uma simples suposição; a segunda, Brás Cubas; – a terceira, Virgília. Temos que Marcela, recebendo um piparote do passado rolou até tocar em Brás Cubas – o qual, cedendo à força impulsiva, entrou a rolar também até esbarrar em Virgília, que não tinha nada com a primeira bola; e eis aí como, pela simples transmissão de uma força, se tocam os extremos sociais, e se estabelece uma coisa que poderemos chamar – solidariedade do aborrecimento humano. Como é que este capítulo escapou a Aristóteles?

Capítulo 43

Marquesa, porque eu serei marquês

Positivamente, era um diabrete Virgília, um diabrete angélico, se querem, mas era-o, e então...

Então apareceu o Lobo Neves, um homem que não era mais esbelto que eu, nem mais elegante, nem mais lido, nem mais simpático, e todavia foi quem me arrebatou Virgília e a candidatura, dentro de poucas semanas, com um ímpeto verdadeiramente cesariano. Não precedeu nenhum despeito; não houve a menor violência de família. Dutra veio dizer-me, um dia, que esperasse outra aragem, porque a candidatura de Lobo Neves era apoiada por grandes influências. Cedi; tal foi o começo da minha derrota. Uma semana depois, Virgília perguntou ao Lobo Neves, a sorrir, quando seria ele ministro.

– Pela minha vontade, já; pela dos outros, daqui a um ano.

Virgília replicou:

– Promete que algum dia me fará baronesa?

– Marquesa, porque eu serei marquês.

Desde então fiquei perdido. Virgília comparou a águia e o pavão, e elegeu a águia, deixando o pavão com o seu espanto, o seu despeito, e três ou quatro beijos que lhe dera. Talvez cinco beijos; mas dez que fossem não queria dizer coisa nenhuma. O lábio do homem não é como a pata do cavalo de Átila[55], que esterilizava o solo em que batia; é justamente o contrário.

Capítulo 44
Um Cubas

Meu pai ficou atônito com o desenlace, e quer-me parecer que não morreu de outra coisa. Eram tantos os castelos que engenhara, tantos e tantíssimos os sonhos, que não podia vê-los assim esboroados, sem padecer um forte abalo no organismo. A princípio não quis crê-lo. Um Cubas! um galho da árvore ilustre dos Cubas! E dizia isto com tal convicção, que eu, já então informado da nossa tanoaria, esqueci um instante a volúvel dama, para só contemplar aquele

55. Átila (406 – 453), também conhecido como Praga de Deus ou Flagelo de Deus, foi rei dos Hunos e governou grande parte da Europa Central e o norte da África. Foi o maior adversário do Império Romano e um conquistador implacável. Segundo uma antiga lenda, por onde passava o cavalo de Átila, o respectivo solo se tornava estéril.

fenômeno, não raro, mas curioso: uma imaginação graduada em consciência.

– Um Cubas! Repetia-me ele na seguinte manhã, ao almoço.

Não foi alegre o almoço; eu próprio estava a cair de sono. Tinha velado uma parte da noite. De amor? Era impossível; não se ama duas vezes a mesma mulher, e eu, que tinha de amar aquela, tempos depois, não lhe estava agora preso por nenhum outro vínculo, além de uma fantasia passageira, alguma obediência e muita fatuidade. E isto basta a explicar a vigília; era despeito, um despeitozinho agudo como ponta de alfinete, o qual se desfez, com charutos, murros, leituras truncadas, até romper a aurora, a mais tranquila das auroras.

Mas eu era moço, tinha o remédio em mim mesmo. Meu pai é que não pôde suportar facilmente a pancada. Pensando bem, pode ser que não morresse precisamente do desastre; mas que o desastre lhe complicou as últimas dores, é positivo. Morreu daí a quatro meses – acabrunhado, triste, com uma preocupação intensa e contínua, à semelhança de remorso, um desencanto mortal que lhe substituiu os reumatismos e tosses. Teve ainda uma meia hora de alegria; foi quando um dos ministros o visitou. Vi-lhe – lembra-me bem –, vi-lhe o grato sorriso de outro tempo, e nos olhos uma concentração de luz, que era, por assim dizer, o último lampejo da alma expirante. Mas a tristeza tomou logo, a tristeza de morrer sem me ver posto em algum lugar alto, como aliás me cabia.

– Um Cubas!

Morreu alguns dias depois da visita do ministro, uma manhã de maio, entre os dois filhos, Sabina e eu, e mais o tio Ildefonso e meu cunhado. Morreu sem lhe poder valer a ciência dos médicos, nem o nosso amor, nem os cuidados, que foram muitos, nem coisa nenhuma; tinha de morrer, morreu.

– Um Cubas!

Capítulo 45
Notas

Soluços, lágrimas, casa armada, veludo preto nos portais, um homem que veio vestir o cadáver, outro que tomou a medida do caixão, essa, tocheiros, convites, convidados que entravam, lentamente, a passo surdo, e apertavam a mão à família, alguns tristes, todos sérios e calados, padre e sacristão, rezas, aspersões d'água-benta, o fechar do caixão a prego e martelo, seis pessoas que o tomam da essa, e o levantam, e o descem a custo pela escada, não obstante os gritos, soluços e novas lágrimas da família, e vão até o coche fúnebre, e o colocam em cima e traspassam e apertam as correias, o rodar do coche, o rodar dos carros, um a um... Isto que parece um simples inventário, eram notas que eu havia tomado para um capítulo triste e vulgar que não escrevo.

Capítulo 46
A herança

Veja-nos agora o leitor, oito dias depois da morte de meu pai – minha irmã sentada num sofá –, pouco adiante, o Cotrim, de pé, encostado a um consolo, com os braços cruzados e a morder o bigode – eu a passear de um lado para outro, com os olhos no chão. Luto pesado. Profundo silêncio.

– Mas afinal, disse Cotrim; esta casa pouco mais pode valer de trinta contos; demos que valha trinta e cinco...

– Vale cinquenta, ponderei; a Sabina sabe que custou cinquenta e oito...

– Podia custar até sessenta, tornou Cotrim; mas não se segue que os valesse, e menos ainda que os valha hoje. Você sabe que as casas, aqui há anos, baixaram muito. Olhe, se esta vale os cinquenta contos, quantos não vale a que você deseja para si, a do Campo?

– Não fale nisso! Uma casa velha.

– Velha! exclamou Sabina, levantando as mãos ao teto.

– Parece-lhe nova, aposto?

– Ora, mano, deixe-se dessas coisas, disse Sabina, erguendo-se do sofá; podemos arranjar tudo em boa amizade, e com lisura. Por exemplo, o Cotrim não aceita os pretos, quer só o boleeiro de papai e o Paulo...

– O boleeiro não, acudi eu; fico com a sege e não hei de ir comprar outro.

– Bem, fico com o Paulo e o Prudêncio.

– O Prudêncio está livre.

– Livre?

– Há dois anos.

– Livre? Como seu pai arranjava estas coisas cá por casa, sem dar parte a ninguém! Está direito. Quanto à prata... creio que não libertou a prata?

Tínhamos falado na prata, a velha prataria do tempo de Dom José I, a porção mais grave da herança, já pelo lavor, já pela vetustez, já pela origem da propriedade; dizia meu pai que o Conde da Cunha, quando vice-rei do Brasil, a dera de presente a meu bisavô Luís Cubas.

– Quanto à prata, continuou o Cotrim, eu não faria questão nenhuma, se não fosse o desejo que sua irmã tem de ficar com ela; e acho-lhe razão. Sabina é casada, e precisa de uma copa digna, apresentável. Você é solteiro, não recebe, não...

– Mas posso casar.

– Para quê? interrompeu Sabina.

Era tão sublime esta pergunta, que por alguns instantes me fez esquecer os interesses. Sorri; peguei na mão de Sabina, bati-lhe levemente na palma, tudo isso com tão boa sombra, que o Cotrim interpretou o gesto como de aquiescência, e agradeceu-mo.

– Que é lá? redargui; não cedi coisa nenhuma, nem cedo.

– Nem cede?

Abanei a cabeça.

– Deixa, Cotrim, disse minha irmã ao marido; vê se ele quer ficar também com a nossa roupa do corpo, é só o que falta.

– Não falta mais nada. Quer a sege, quer o boleeiro, quer a prata, quer tudo. Olhe, é muito mais sumário citar-nos a juízo e provar com testemunhas que Sabina não é sua irmã, que eu não sou seu cunhado, e que Deus não é Deus. Faça isto, e não perde nada, nem uma colherinha. Ora, meu amigo, outro ofício!

Estava tão agastado, e eu não menos, que entendi oferecer um meio de conciliação: dividir a prata. Riu-se e perguntou-me a quem caberia o bule e a quem o açucareiro; e depois desta pergunta, declarou que teríamos tempo de liquidar a pretensão, quando menos em juízo. Entretanto, Sabina fora até a janela que dava para a chácara – e depois de um instante, voltou, e propôs ceder o Paulo e outro preto, com a condição de ficar com a prata; eu ia dizer que não me convinha, mas o Cotrim adiantou-se e disse a mesma coisa.

– Isso nunca! não faço esmolas!, disse ele.

Jantamos tristes. Meu tio cônego apareceu à sobremesa, e ainda presenciou uma pequena altercação.

– Meus filhos, disse ele, lembrem-se que meu irmão deixou um pão bem grande para ser repartido por todos.

Mas Cotrim:

– Creio, creio. A questão, porém, não é de pão, é de manteiga. Pão seco é que eu não engulo.

Fizeram-se finalmente as partilhas, mas nós estávamos brigados. E digo-lhes que, ainda assim, custou-me muito a brigar com Sabina. Éramos tão amigos! Jogos pueris, fúrias de crianças, risos e tristezas da idade adulta, dividimos muita vez esse pão da alegria e da miséria, irmãmente, como bons irmãos que éramos. Mas estávamos brigados. Tal qual a beleza de Marcela, que se esvaiu com as bexigas.

Capítulo 47

O recluso

Marcela, Sabina, Virgília... aí estou eu a fundir todos os contrastes, como se esses nomes e pessoas não fossem mais do que modos de ser da minha afeição interior. Pena de maus costumes, ata uma gravata ao estilo, veste-lhe um colete menos sórdido; e depois sim, depois vem comigo, entra nessa casa, estira-te nessa rede que me embalou a melhor parte dos anos que decorreram desde o inventário de meu pai até 1842. Vem; se te cheirar a algum aroma de toucador, não cuides que o mandei derramar para meu regalo; é um vestígio da N. ou da Z. ou da U. – que todas essas letras maiúsculas embalaram aí a sua elegante abjeção. Mas, se além do aroma, quiseres outra coisa, fica-te com o desejo, porque eu não guardei retratos, nem cartas, nem memórias; a mesma comoção esvaiu-se e só me ficaram as letras iniciais.

Vivi meio recluso, indo de longe em longe a algum baile, ou teatro, ou palestra, mas a maior parte do tempo passei-a comigo mesmo. Vivia; deixava-me ir ao curso e recurso dos sucessos e dos dias, ora buliçoso, ora apático, entre a ambição e o desânimo. Escrevia política e fazia literatura. Mandava artigos e versos para as folhas públicas e cheguei a alcançar certa reputação de polemista e de poeta. Quando me lembrava do Lobo Neves, que era já deputado, e de Virgília, futura marquesa, perguntava a mim mesmo por que não seria melhor deputado e melhor marquês do que o Lobo Neves – eu, que valia mais, muito mais do que ele –, e dizia isto a olhar para a ponta do nariz...

Capítulo 48

Um primo de Virgília

– Sabe quem chegou ontem de São Paulo? Perguntou-me uma noite Luís Dutra.

Luís Dutra era um primo de Virgília, que também privava com as musas. Os versos dele agradavam e valiam mais do que os meus; mas ele tinha necessidade da sanção de alguns, que lhe confirmasse o aplauso dos outros. Como fosse acanhado, não interrogava a ninguém; mas deleitava-se com ouvir alguma palavra de apreço; então criava novas forças e arremetia juvenilmente ao trabalho.

Pobre Luís Dutra! Apenas publicava alguma coisa, corria à minha casa, e entrava a girar em volta de mim, à espreita de um juízo, de uma palavra, de um gesto, que lhe aprovasse a recente produção, e eu falava-lhe de mil coisas diferentes – do último baile do Catete, da discussão das câmaras, de berlindas e cavalos – de tudo, menos dos seus versos ou prosas. Ele respondia-me, a princípio com animação, depois mais frouxo, torcia a rédea da conversa para o assunto dele, abria um livro, perguntava-me se tinha algum trabalho novo, e eu dizia-lhe que sim ou que não, mas torcia a rédea para o outro lado, e lá ia ele atrás de mim, até que empacava de todo e saía triste. Minha intenção era fazê-lo duvidar de si mesmo, desanimá-lo, eliminá-lo. E tudo isto a olhar para a ponta do nariz...

Capítulo 49

A ponta do nariz

Nariz, consciência sem remorsos, tu me valeste muito na vida... Já meditaste alguma vez no destino do nariz, amado leitor? A explicação do Doutor Pangloss[56] é que o nariz foi criado para uso dos óculos – e tal explicação confesso que até certo tempo me pareceu definitiva; mas veio um dia, em que, estando a ruminar esse e outros pontos obscuros de filosofia, atinei com a única, verdadeira e definitiva explicação.

Com efeito, bastou-me atentar no costume do faquir. Sabe o leitor que o faquir gasta longas horas a olhar para a ponta do nariz, com o fim único de ver a luz celeste. Quando ele finca os olhos na ponta do nariz, perde o sentimento das coisas externas, embeleza-se no invisível, apreende o impalpável, desvincula-se da terra, dissolve-se, eteriza-se. Essa sublimação do ser pela ponta do nariz é o fenômeno mais excelso do espírito, e a faculdade de a obter não pertence ao faquir somente: é universal. Cada homem tem necessidade e poder de contemplar o seu próprio nariz, para o fim de ver a luz celeste, e tal contemplação, cujo efeito é a subordinação do universo a um nariz somente, constitui o equilíbrio das sociedades. Se os narizes se contemplassem exclusivamente uns aos outros, o gênero humano não chegaria a durar dois séculos: extinguia-se com as primeiras tribos.

---

56. Referência ao personagem Dr. Pangloss do romance *Cândido*, de Voltaire, caracterizado por um profundo otimismo em relação à vida e às pessoas.

Ouço daqui uma objeção do leitor: – Como pode ser assim, diz ele, se nunca jamais ninguém não viu estarem os homens a contemplar o seu próprio nariz?

Leitor obtuso, isso prova que nunca entraste no cérebro de um chapeleiro. Um chapeleiro passa por uma loja de chapéus; é a loja de um rival, que a abriu há dois anos; tinha então duas portas, hoje tem quatro; promete ter seis e oito. Nas vidraças ostentam-se os chapéus do rival; pelas portas entram os fregueses do rival; o chapeleiro compara aquela loja com a sua, que é mais antiga e tem só duas portas, e aqueles chapéus com os seus, menos buscados, ainda que de igual preço.

Mortifica-se naturalmente; mas vai andando, concentrado, com os olhos para baixo ou para a frente, a indagar as causas da prosperidade do outro e do seu próprio atraso, quando ele chapeleiro é muito melhor chapeleiro do que o outro chapeleiro... Nesse instante é que os olhos se fixam na ponta do nariz.

A conclusão, portanto, é que há duas forças capitais: o amor, que multiplica a espécie, e o nariz, que a subordina ao indivíduo. Procriação, equilíbrio.

Capítulo 50

Virgília casada

– Quem chegou de São Paulo foi minha prima Virgília, casada com o Lobo Neves, continuou Luís Dutra.

– Ah!

– E só hoje é que eu soube uma coisa, seu maganão...

– Que foi?

– Que você quis casar com ela.

– Ideias de meu pai. Quem lhe disse isso?

– Ela mesma. Falei-lhe muito em você, e ela então contou-me tudo.

No dia seguinte, estando na Rua do Ouvidor, à porta da tipografia do Plancher[57], vi assomar, a distância, uma mulher esplêndida. Era ela; só a reconheci a poucos passos, tão outra estava, a tal ponto a natureza e a arte lhe haviam dado o último apuro. Cortejamo-nos; ela seguiu; entrou com o marido na carruagem, que os esperava um pouco acima; fiquei atônito.

Oito dias depois, encontrei-a num baile; creio que chegamos a trocar duas ou três palavras. Mas noutro baile, dado daí a um mês, em casa de uma senhora, que ornara os salões do primeiro reinado, e não desornava então os do segundo, a aproximação foi maior e mais longa, porque conversamos e valsamos. A valsa é uma deliciosa coisa. Valsamos; e não nego que, ao conchegar ao meu corpo aquele corpo flexível e magnífico, tive uma singular sensação, uma sensação de homem roubado.

– Está muito calor, disse ela, logo que acabamos. Vamos ao terraço?

– Não; pode constipar-se. Vamos à outra sala.

Na outra sala estava Lobo Neves, que me fez muitos cumprimentos, acerca dos meus escritos políticos, acrescentando que nada dizia dos literários, por não entender

---

57. Pierre François Plancher (1779-1844) – editor e jornalista francês que veio para o Brasil fugindo do regime napoleônico. Em 1824, na Rua do Ouvidor, fundou a primeira tipografia do Rio de Janeiro; em 1827, adquiriu o *Diário Mercantil*, fundando o *Jornal do Commercio*, seu empreendimento mais famoso.

deles; mas os políticos eram excelentes, bem pensados e bem escritos. Respondi-lhe com iguais esmeros de cortesia, e separamo-nos contentes um do outro.

Cerca de três semanas depois recebi um convite dele para uma reunião íntima. Fui; Virgília recebeu-me com esta graciosa palavra: – O senhor hoje há de valsar comigo. – Em verdade, eu tinha fama e era valsista emérito; não admira que ela me preferisse. Valsamos uma vez, e mais outra vez. Um livro perdeu Francesca; cá foi a valsa que nos perdeu. Creio que nessa noite apertei-lhe a mão com muita força, e ela deixou-a ficar, como esquecida, e eu a abraçá-la e todos com os olhos em nós, e nos outros que também se abraçavam e giravam... Um delírio.

Capítulo 51
É minha!

É minha! disse eu comigo, logo que a passei a outro cavalheiro; e confesso que durante o resto da noite, foi-me a ideia entranhando no espírito, não à força de martelo, mas de verruma, que é mais insinuativa.

– É minha! dizia eu ao chegar à porta de casa.

Mas aí, como se o destino ou o acaso, ou o que quer que fosse, se lembrasse de dar algum pasto aos meus arroubos possessórios, luziu-me no chão uma coisa redonda e amarela. Abaixei-me; era uma moeda de ouro, uma meia dobra.

– É minha! repeti eu a rir-me, e meti-a no bolso.

Nessa noite não pensei mais na moeda; mas no dia seguinte, recordando o caso, senti uns repelões da consciência, e uma voz que me perguntava por que diabo seria minha uma moeda que eu não herdara nem ganhara, mas somente achara na rua. Evidentemente não era minha; era de outro, daquele que a perdera, rico ou pobre, e talvez fosse pobre, algum operário que não teria com que dar de comer à mulher e aos filhos; mas se fosse rico, o meu dever ficava o mesmo. Cumpria restituir a moeda e o melhor meio, o único meio, era fazê-lo por intermédio de um anúncio ou da polícia. Enviei uma carta ao chefe de polícia, remetendo-lhe o achado, e rogando-lhe que, pelos meios a seu alcance, fizesse devolvê-lo às mãos do verdadeiro dono.

Mandei a carta e almocei tranquilo, posso até dizer que jubiloso. Minha consciência valsara tanto na véspera, que chegou a ficar sufocada, sem respiração; mas a restituição da meia dobra foi uma janela que se abriu para o outro lado da moral; entrou uma onda de ar puro, e a pobre dama respirou à larga. Ventilai as consciências! não vos digo mais nada. Todavia, despido de quaisquer outras circunstâncias, o meu ato era bonito, porque exprimia um justo escrúpulo, um sentimento de alma delicada. Era o que me dizia a minha dama interior, com um modo austero e meigo a um tempo; é o que ela me dizia, reclinada ao peitoril da janela aberta.

– Fizeste bem, Cubas; andaste perfeitamente. Este ar não é só puro, é balsâmico, é uma transpiração dos eternos jardins. Queres ver o que fizeste, Cubas?

E a boa dama sacou um espelho e abriu-mo diante dos olhos. Vi, claramente vista, a meia dobra da véspera, redonda, brilhante, nítida, multiplicando-se por si mesma – ser dez, depois trinta, depois quinhentas –, exprimindo assim o benefício que me daria na vida e na morte o simples ato da restituição. E eu espraiava todo o meu ser na contemplação daquele ato, revia-me nele, achava-me bom, talvez grande. Uma simples moeda, hem? Vejam o que é ter valsado um pouquinho mais. Assim, eu, Brás Cubas, descobri uma lei sublime, a lei da equivalência das janelas, e estabeleci que o modo de compensar uma janela fechada é abrir outra, a fim de que a moral possa arejar continuamente a consciência. Talvez não entendas o que aí fica; talvez queiras uma coisa mais concreta, um embrulho, por exemplo, um embrulho misterioso. Pois toma lá o embrulho misterioso.

Capítulo 52

O embrulho misterioso

Foi o caso que, alguns dias depois, indo eu a Botafogo, tropecei num embrulho, que estava na praia. Não digo bem; houve menos tropeção que pontapé. Vendo um embrulho, não grande, mas limpo e corretamente feito, atado com um barbante rijo, uma coisa que parecia alguma coisa, lembrou-me bater-lhe com o pé, assim por experiência, e bati, e o embrulho resistiu. Relanceei os olhos em volta de mim; a praia estava deserta; ao longe uns meninos brincavam – um pescador curava as redes ainda mais longe –, ninguém que pudesse ver a minha ação; inclinei-me, apanhei o embrulho e segui.

Segui, mas não sem receio. Podia ser uma pulha de rapazes. Tive ideia de devolver o achado à praia, mas apalpei-o e rejeitei a ideia. Um pouco adiante, desandei o caminho e guiei para casa.

– Vejamos, disse eu ao entrar no gabinete.

E hesitei um instante, creio que por vergonha; assaltou-me outra vez o receio da pulha. E certo que não havia ali nenhuma testemunha externa; mas eu tinha dentro de mim mesmo um garoto, que havia de assobiar, guinchar, grunhir, patear, apupar, cacarejar, fazer o diabo, se me visse abrir o embrulho e achar dentro uma dúzia de lenços velhos ou duas dúzias de goiabas podres. Era tarde; a curiosidade estava aguçada, como deve estar a do leitor; desfiz o embrulho, e vi... achei... contei... recontei nada menos de cinco contos de réis. Nada menos. Talvez uns dez mil réis mais. Cinco contos em boas notas e dobras, tudo asseadinho e arranjadinho, um achado raro. Embrulhei-as de novo. Ao jantar pareceu-me que um dos moleques falara a outro com os olhos. Ter-me-iam espreitado? Interroguei-os discretamente, e concluí que não. Sobre o jantar, fui outra vez ao gabinete, examinei o dinheiro, e ri-me dos meus cuidados maternais a respeito de cinco contos – eu, que era abastado.

Para não pensar mais naquilo fui de noite à casa do Lobo Neves, que instara muito comigo não deixasse de frequentar as recepções da mulher. Lá encontrei o chefe de polícia; fui-lhe apresentado; ele lembrou-se logo da carta e da meia dobra que eu lhe remetera alguns dias antes. Aventou o caso; Virgília pareceu saborear o meu procedimento, e cada um dos presentes acertou de contar uma anedota análoga, que eu ouvi com impaciências de mulher histérica.

De noite, no dia seguinte, em toda aquela semana pensei o menos que pude nos cinco contos, e até confesso que os deixei muito quietinhos na gaveta da secretária. Gostava de falar de todas as coisas, menos de dinheiro, e principalmente de dinheiro achado; todavia não era crime achar dinheiro, era uma felicidade, um bom acaso, era talvez um lance da Providência. Não podia ser outra coisa. Não se perdem cinco contos, como se perde um lenço de tabaco. Cinco contos levam-se com trinta mil sentidos, apalpam-se a miúdo, não se lhes tiram os olhos de cima, nem as mãos, nem o pensamento, e para se perderem assim totalmente, numa praia, é necessário que... Crime é que não podia ser o achado; nem crime, nem desonra, nem nada que embaciasse o caráter de um homem. Era um achado, um acerto feliz, como a sorte grande, como as apostas de cavalo, como os ganhos de um jogo honesto e até direi que a minha felicidade era merecida, porque eu não me sentia mau, nem indigno dos benefícios da Providência.

– Estes cinco contos, dizia eu comigo, três semanas depois, hei de empregá-los em alguma ação boa, talvez um dote a alguma menina pobre, ou outra coisa assim... hei de ver...

Nesse mesmo dia levei-os ao Banco do Brasil. Lá me receberam com muitas e delicadas alusões ao caso da meia dobra, cuja notícia andava já espalhada entre as pessoas do meu conhecimento; respondi enfadado que a coisa não valia a pena de tamanho estrondo; louvaram-me então a modéstia – e porque eu me encolerizasse, replicaram-me que era simplesmente grande.

Capítulo 53

....

Virgília é que já se não lembrava da meia dobra; toda ela estava concentrada em mim, nos meus olhos, na minha vida, no meu pensamento; – era o que dizia, e era verdade.

Há umas plantas que nascem e crescem depressa; outras são tardias e pecas. O nosso amor era daquelas; brotou com tal ímpeto e tanta seiva, que, dentro em pouco, era a mais vasta, folhuda e exuberante criatura dos bosques. Não lhes poderei dizer, ao certo, os dias que durou esse crescimento. Lembra-me, sim, que, em certa noite, abotoou-se a flor, ou o beijo, se assim lhe quiserem chamar, um beijo que ela me deu, trêmula – coitadinha –, trêmula de medo, porque era ao portão da chácara. Uniu-nos esse beijo único – breve como a ocasião, ardente como o amor, prólogo de uma vida de delícias, de terrores, de remorsos, de prazeres que rematavam em dor, de aflições que desabrochavam em alegria –, uma hipocrisia paciente e sistemática, único freio de uma paixão sem freio –, vida de agitações, de cóleras, de desesperos e de ciúmes, que uma hora pagava à farta e de sobra; mas outra hora vinha e engolia aquela, como tudo mais, para deixar à tona as agitações e o resto, e o resto do resto, que é o fastio e a saciedade: tal foi o livro daquele prólogo.

Capítulo 54

A pêndula

Saí dali a saborear o beijo. Não pude dormir; estirei-me na cama, é certo, mas foi o mesmo que nada. Ouvi as horas todas da noite. Usualmente, quando eu perdia o sono, o bater da pêndula fazia-me muito mal; esse tique-taque soturno, vagaroso e seco, parecia dizer a cada golpe que eu ia ter um instante menos de vida. Imaginava então um velho diabo, sentado entre dois sacos, o da vida e o da morte, a tirar as moedas da vida para dá-las à morte, e a contá-las assim:

– Outra de menos...

– Outra de menos...

– Outra de menos...

– Outra de menos...

O mais singular é que, se o relógio parava, eu dava-lhe corda, para que ele não deixasse de bater nunca, e eu pudesse contar todos os meus instantes perdidos. Invenções há, que se transformam ou acabam; as mesmas instituições morrem; o relógio é definitivo e perpétuo; o derradeiro homem, ao despedir-se do sol frio e gasto, há de ter um relógio na algibeira, para saber a hora exata em que morre.

Naquela noite não padeci essa triste sensação de enfado, mas outra, e deleitosa. As fantasias tumultuavam-me cá dentro, vinham umas sobre outras, à semelhança de devotas que se abalroam para ver o anjo-cantor das procissões. Não ouvia os instantes perdidos, mas os minutos ganhados; de certo tempo em diante não ouvi coisa nenhuma, porque o meu pensamento, ardiloso e traquinas, saltou pela janela fora e bateu as asas na direção da casa de Virgília. Aí achou ao peitoril de uma janela o pensamento de Virgília, saudaram-se e ficaram de palestra. Nós a rolarmos na cama, talvez com frio, necessitados de repouso, e os dois vadios ali postos, a repetirem o velho diálogo de Adão e Eva.

Capítulo 55

O velho diálogo de Adão e Eva

Brás Cubas...?

Virgília......

Brás Cubas.....................................

Virgília.................!

Brás Cubas..............

Virgília...
.... ? ....
....
Brás Cubas....................... Virgília..............................
Brás Cubas ....
.........................!...........................!..........................!
Virgília..?
Brás Cubas........................! Virgília.............................!

Capítulo 56

O momento oportuno

Mas, com a breca! quem me explicará a razão desta diferença?

Um dia vimo-nos, tratamos o casamento, desfizemo-lo e separamo-nos, a frio, sem dor, porque não houvera paixão nenhuma; mordeu-me apenas algum despeito e nada mais. Correm anos, torno a vê-la, damos três ou quatro giros de valsa, e eis-nos a amar um ao outro com delírio. A beleza de Virgília chegara, é certo, a um alto grau de apuro, mas nós éramos substancialmente os mesmos, e eu, à minha parte, não me tornara mais bonito nem mais elegante. Quem me explicará a razão dessa diferença?

A razão não podia ser outra senão o momento oportuno. Não era oportuno o primeiro momento, porque, se nenhum de nós estava verde para o amor, ambos o estávamos para o nosso amor; distinção fundamental. Não há amor possível sem a oportunidade dos sujeitos. Esta explicação achei-a eu mesmo, dois anos depois do beijo, um dia que Virgília se me queixava de um pintalegrete[58] que lá ia e tenazmente a galanteava.

– Que importuno! dizia ela fazendo uma careta de raiva.

Estremeci, fitei-a, vi que a indignação era sincera; então ocorreu-me que talvez eu tivesse provocado alguma vez aquela mesma careta, e compreendi logo toda a grandeza da minha evolução. Tinha vindo de importuno a oportuno.

---

58. *Pintalegrete* – possui duas acepções: a) pessoa vaidosa, pedante ou b) pessoa que se veste de forma exagerada, chamando a atenção de todos por conta de algum aspecto específico.

Capítulo 57

Destino

Sim senhor, amávamos. Agora, que todas as leis sociais no-lo impediam, agora é que nos amávamos deveras. Achávamo-nos jungidos um ao outro, como as duas almas que o poeta encontrou no Purgatório:

Di pari, come buoi, che vanno a giogo[59];

e digo mal, comparando-nos a bois, porque nós éramos outra espécie de animal menos tardo, mais velhaco e lascivo. Eis-nos a caminhar sem saber até onde, nem por que estradas escusas; problema que me assustou, durante algumas semanas, mas cuja solução entreguei ao destino. Pobre Destino! Onde andarás agora, grande procurador dos negócios humanos? Talvez estejas a criar pele nova, outra cara, outras maneiras, outro nome, e não é impossível que... Já me não lembra onde estava... Ah! nas estradas escusas. Disse eu comigo que já agora seria o que Deus quisesse. Era a nossa sorte amar-nos; se assim não fora, como explicaríamos a valsa e o resto? Virgília pensava a mesma coisa. Um dia, depois de me confessar que tinha momentos de remorsos, como eu lhe dissesse que, se tinha remorsos, é porque me não tinha amor, Virgília cingiu-me com os seus magníficos braços, murmurando:

– Amo-te, é a vontade do céu.

E esta palavra não vinha à toa; Virgília era um pouco religiosa. Não ouvia missa aos domingos, é ver-

---

59. "Aos pares, como bois que vão ao jugo" – paráfrase do canto XII da *Divina Comédia* (no Purgatório).

dade, e creio até que só ia às igrejas em dia de festa, e quando havia lugar vago em alguma tribuna. Mas rezava todas as noites, com fervor, ou, pelo menos, com sono. Tinha medo às trovoadas; nessas ocasiões, tapava os ouvidos, e resmungava todas as orações do catecismo. Na alcova dela havia um oratoriozinho de jacarandá, obra de talha, de três palmos de altura, com três imagens dentro; mas não falava dele às amigas; ao contrário, tachava de beatas as que eram só religiosas. Algum tempo desconfiei que havia nela certo vexame de crer, e que a sua religião era uma espécie de camisa de flanela preservativa e clandestina; mas evidentemente era engano meu.

Capítulo 58
Confidência

Lobo Neves, a princípio, metia-me grandes sustos. Pura ilusão! Como adorasse a mulher, não se vexava de mo dizer muitas vezes; achava que Virgília era a perfeição mesma, um conjunto de qualidades sólidas e finas, amorável, elegante, austera, um modelo. E a confiança não parava aí. De fresta que era, chegou à porta escancarada. Um dia confessou-me que trazia uma triste carcoma na existência; faltava-lhe a glória pública. Animei-o; disse-lhe muitas coisas bonitas, que ele ouviu com aquela unção religiosa de um desejo que não quer acabar de morrer; então compreendi que a ambição dele andava cansada de bater as asas, sem poder abrir o voo. Dias depois disse-me todos os seus tédios e desfalecimentos, as amarguras engolidas, as raivas sopitadas; contou-me que a vida política era um tecido de invejas, despeitos, intrigas, perfídias, interesses, vaidades. Evidentemente havia aí uma crise de melancolia; tratei de combatê-la.

– Sei o que lhe digo, replicou-me com tristeza. Não pode imaginar o que tenho passado. Entrei na política por gosto, por família, por ambição, e um pouco por vaidade. Já vê que reuni em mim só todos os motivos que levam o homem à vida pública; faltou-me só o interesse de outra natureza. Vira o teatro pelo lado da plateia; e, palavra, que era bonito! Soberbo cenário, vida, movimento e graça na representação. Escriturei-me; deram-me um papel que... Mas para que o estou a fatigar com isto? Deixe-me ficar com as minhas amofinações. Creia que tenho passado horas e dias... Não há constância de sentimentos, não há gratidão, não há nada... nada... nada...

Calou-se profundamente abatido, com os olhos no ar, parecendo não ouvir coisa nenhuma, a não ser o eco de seus próprios pensamentos. Após alguns instantes, ergueu-se e estendeu-me a mão: – O senhor há de rir-se de mim, disse ele; mas desculpe aquele desabafo; tinha um negócio, que me mordia o espírito. E ria, de um jeito sombrio e triste; depois pediu-me que não referisse a ninguém o que se passara entre nós; ponderei-lhe que a rigor não se passara nada. Entraram dois deputados e um chefe político da paróquia. Lobo Neves recebeu-os com alegria, a princípio um tanto postiça, mas logo depois natural. No fim de meia hora, ninguém diria que ele não era o mais afortunado dos homens; conversava, chasqueava, e ria, e riam todos.

Capítulo 59

Um encontro

Deve ser um vinho bem enérgico a política, dizia eu comigo, ao sair da casa de Lobo Neves; e fui andando, fui andando, até que na Rua dos Barbonos vi uma sege, e dentro um dos ministros, meu antigo companheiro de colégio. Corteja-nos afetuosamente, a sege seguiu, e eu fui andando... andando... andando... – Por que não serei eu ministro?

Esta ideia, rútila e grande – trajada ao bizarro, como diria o padre Bernardes –, esta ideia começou uma vertigem de cabriolas e eu deixei-me estar com os olhos nela, a achar-lhe graça. Não pensei mais na tristeza de Lobo Neves; senti a atração do abismo. Recordei aquele companheiro de colégio, as correrias nos morros, as alegrias e travessuras, e comparei o menino com o homem, e perguntei a mim mesmo por que não seria eu como ele. Entrava então no Passeio Público, e tudo me parecia dizer a mesma coisa. – Por que não serás ministro, Cubas? – Cubas, por que não serás ministro de Estado? Ao ouvi-lo, uma deliciosa sensação me refrescava todo o organismo. Entrei, fui sentar-me num banco, a remoer aquela ideia. E Virgília que havia de gostar! Alguns minutos depois vejo encaminhar-se para mim uma cara, que me não pareceu desconhecida. Conhecia-a, fosse donde fosse.

Imaginem um homem de trinta e oito a quarenta anos, alto, magro e pálido. As roupas, salvo o feitio, pareciam ter escapado ao cativeiro de Babilônia; o chapéu era contemporâneo do de Gessler[60]. Imaginem agora uma sobrecasaca, mais larga do que pediam as carnes – ou, literalmente, os ossos da pessoa; a cor preta ia cedendo o passo a um amarelo sem brilho; o pelo desaparecia aos poucos; dos oito primitivos botões restavam três. As calças, de brim pardo, tinham duas fortes joelheiras, enquanto as bainhas eram roídas pelo tacão de um botim sem misericórdia nem graxa. Ao pescoço flutuavam as pontas de uma gravata de duas cores, ambas desmaiadas, apertando um colarinho de oito dias. Creio que trazia também colete, um colete de seda escura, roto a espaços, e desabotoado.

– Aposto que me não conhece, Senhor Doutor Cubas? disse ele.

– Não me lembra...

– Sou o Borba, o Quincas Borba.

Recuei espantado... Quem me dera agora o verbo solene de um Bossuet[61] ou de Vieira[62], para contar tamanha desolação! Era o Quincas Borba, o gracioso menino de outro tempo, o meu companheiro de colégio, tão inteligente e abastado. O Quincas Borba! Não; impossível; não pode ser. Não podia acabar de crer que essa figura esquálida, essa barba pintada de branco, esse maltrapilho avelhentado, que toda essa

---

60. Albrecht Gessler foi um herói germânico do séc. XIV.

61. Jacques Bossuet (1627-1704) – bispo francês e grande orador, responsável pela teoria do “Direito Divino”, a qual defendia que os reis recebiam o poder de governar diretamente de Deus.

62. Referência ao Pe. Antônio Vieira (1608-1697) – grande orador e sermonista dos Barrocos português e brasileiro.

ruína fosse o Quincas Borba. Mas era. Os olhos tinham um resto da expressão de outro tempo, e o sorriso não perdera certo ar escarninho, que lhe era peculiar. Entretanto, ele suportava com firmeza o meu espanto. No fim de algum tempo arredei os olhos; se a figura repelia, a comparação acabrunhava.

– Não é preciso contar-lhe nada, disse ele enfim; o senhor adivinha tudo. Uma vida de misérias, de atribulações e de lutas. Lembra-se das nossas festas, em que eu figurava de rei? Que trambolhão! Acabo mendigo...

E alçando a mão direita e os ombros, com um ar de indiferença, parecia resignado aos golpes da fortuna, e não sei até se contente. Talvez contente. Com certeza, impassível. Não havia nele a resignação cristã, nem a conformidade filosófica. Parece que a miséria lhe calejara a alma, a ponto de lhe tirar a sensação de lama. Arrastava os andrajos, como outrora a púrpura: com certa graça indolente.

– Procure-me, disse eu, poderei arranjar-lhe alguma coisa.

Um sorriso magnífico lhe abriu os lábios. – Não é o primeiro que me promete alguma coisa, replicou, e não sei se será o último que não me fará nada. E para quê? Eu nada peço, a não ser dinheiro; dinheiro sim, porque é necessário comer, e as casas de pasto não fiam. Nem as quitandeiras. Uma coisa de nada, uns dois vinténs de angu, nem isso fiam as malditas quitandeiras... Um inferno, meu... ia dizer meu amigo... Um inferno! o diabo! todos os diabos! Olhe, ainda hoje não almocei.

– Não?

– Não; saí muito cedo de casa. Sabe onde moro? No terceiro degrau das escadas de São Francisco, à esquerda de quem sobe; não precisa bater na porta. Casa fresca, extremamente fresca. Pois saí cedo, e ainda não comi...

Tirei a carteira, escolhi uma nota de cinco mil réis – a menos limpa – e dei-lha. Ele recebeu-ma com os olhos cintilantes de cobiça. Levantou a nota ao ar, e agitou-a entusiasmado.

– *In hoc signo vinces!*[63] bradou.

E depois beijou-a, com muitos ademanes de ternura, e tão ruidosa expansão, que me produziu um sentimento misto de nojo e lástima. Ele, que era arguto, entendeu-me; ficou sério, grotescamente sério, e pediu-me desculpa da alegria, dizendo que era alegria de pobre que não via, desde muitos anos, uma nota de cinco mil réis.

– Pois está em suas mãos ver outras muitas, disse eu.

– Sim? acudiu ele, dando um bote para mim.

– Trabalhando, conclui eu.

Fez um gesto de desdém; calou-se alguns instantes; depois disse-me positivamente que não queria trabalhar. Eu estava enjoado dessa abjeção tão cômica e tão triste, e preparei-me para sair.

– Não vá sem eu lhe ensinar a minha filosofia da miséria, disse ele, escarranchando-se diante de mim.

---

63. "Com este sinal vencerás".

Capítulo 60

O abraço

Cuidei que o pobre-diabo estivesse doido, e ia afastar-me, quando ele me pegou no pulso, e olhou alguns instantes para o brilhante que eu trazia no dedo. Senti-lhe na mão uns estremeções de cobiça, uns pruridos de posse.

– Magnífico! disse ele.

Depois começou a andar à roda de mim e a examinar-me muito.

– O senhor trata-se, disse ele. Joias, roupa fina, elegante e... Compare esses sapatos aos meus; que diferença! Pudera, não! Digo-lhe que se trata. E moças? Como vão elas? Está casado?

– Não.

– Nem eu.

– Moro na rua...

– Não quero saber onde mora, atalhou Quincas Borba. Se alguma vez nos virmos, dê-me outra nota de cinco mil réis; mas permita-me que não a vá buscar à sua casa. É uma espécie de orgulho... Agora, adeus; vejo que está impaciente.

– Adeus!

– E obrigado. Deixa-me agradecer-lhe de mais perto?

E dizendo isto abraçou-me com tal ímpeto que não pude evitá-lo. Separamo-nos finalmente, eu a passo largo, com a camisa amarrotada do abraço, enfadado e triste. Já não dominava em mim a parte simpática da sensação, mas a outra. Quisera ver-lhe a miséria digna. Contudo, não pude deixar de comparar outra vez o homem de agora com o de outrora, entristecer-me e encarar o abismo que separa as esperanças de um tempo da realidade de outro tempo...

– Ora adeus! Vamos jantar, disse comigo.

Meto a mão no colete e não acho o relógio. Última desilusão! o Borba furtara-mo no abraço.

Capítulo 61
Um projeto

Jantei triste. Não era a falta do relógio que me pungia, era a imagem do autor do furto, e as reminiscências de criança, e outra vez a comparação, e a conclusão... Desde a sopa, começou a abrir em mim a flor amarela e mórbida do capítulo 25, e então jantei depressa, para correr à casa de Virgília. Virgília era o presente; eu queria refugiar-me nele, para escapar às opressões do passado, porque o encontro do Quincas Borba tornara me aos olhos o passado, não qual fora deveras, mas um passado roto, abjeto, mendigo e gatuno.

Saí de casa, mas era cedo; iria achá-los à mesa. Outra vez pensei no Quincas Borba, e tive então um desejo de tornar ao Passeio Público, a ver se o achava; a ideia de o regenerar surgiu-me como uma forte necessidade. Fui; mas já não o achei. Indaguei do guarda; disse-me que efetivamente “esse sujeito” ia por ali às vezes.

– A que horas?

– Não tem hora certa.

Não era impossível encontrá-lo noutra ocasião; prometi a mim mesmo lá voltar. A necessidade de o regenerar, de o trazer ao trabalho e ao respeito de sua pessoa enchia-me o coração; eu começava a sentir um bem-estar, uma elevação, uma admiração de mim próprio... Nisto caia a noite; fui ter com Virgília.

Capítulo 62

O travesseiro

Fui ter com Virgília; bem depressa esqueci o Quincas Borba. Virgília era o travesseiro do meu espírito, um travesseiro mole, tépido, aromático, enfronhado em cambraia e bruxelas. Era ali que ele costumava repousar de todas as sensações más, simplesmente enfadonhas, ou até dolorosas. E, bem pesadas as coisas, não era outra a razão da existência de Virgília; não podia ser. Cinco minutos bastaram para olvidar inteiramente o Quincas Borba; cinco minutos de uma contemplação mútua, com as mãos presas umas nas outras; cinco minutos e um beijo. E lá se foi a lembrança do Quincas Borba... Escrófula[64] da vida, andrajo do passado, que me importa que exista, que molestes os olhos dos outros, se eu tenho dois palmos de um travesseiro divino, para fechar os olhos e dormir?

---

64. Esta palavra tem duas interpretações: a) tuberculose linfática ou b) doença incurável em geral.

Capítulo 63

Fujamos!

Ai! nem sempre dormir. Três semanas depois, indo à casa de Virgília – eram quatro horas da tarde –, achei-a triste e abatida. Não me quis dizer o que era; mas, como eu instasse muito:

– Creio que o Damião desconfia alguma coisa. Noto agora umas esquisitices nele... Não sei... Trata-me bem, não há dúvida; mas o olhar parece que não é o mesmo. Durmo mal; ainda esta noite acordei, aterrada; estava sonhando que ele me ia matar. Talvez seja ilusão, mas eu penso que ele desconfia...

Tranquilizei-a como pude; disse que podiam ser cuidados políticos. Virgília concordou que seriam, mas ficou ainda muito excitada e nervosa. Estávamos na sala de visitas, que dava justamente para a chácara, onde trocáramos o beijo inicial. Uma janela aberta deixava entrar o vento, que sacudia frouxamente as cortinas, e eu fiquei a olhar para as cortinas, sem as ver. Empunhara o binóculo da imaginação; lobrigava, ao longe, uma casa nossa, uma vida nossa, um mundo nosso, em que não havia Lobo Neves, nem casamento, nem moral, nem nenhum outro liame, que nos tolhesse a expansão da vontade. Esta ideia embriagou-me; eliminados assim o mundo, a moral e o marido, bastava penetrar naquela habitação dos anjos.

– Virgília, disse, eu proponho-te uma coisa.

– Que é?

– Amas-me?

– Oh! suspirou ela, cingindo-me os braços ao pescoço.

Virgília amava-me com fúria; aquela resposta era a verdade patente. Com os braços ao meu pescoço, calada, respirando muito, deixou-se ficar a olhar para mim, com os seus grandes e belos olhos, que davam uma sensação singular de luz úmida; eu deixei-me estar a vê-los, a namorar-lhe a boca, fresca como a madrugada, e insaciável como a morte. A beleza de Virgília tinha agora um tom grandioso, que não possuíra antes de casar. Era dessas figuras talhadas em pentélico[65], de um lavor nobre, rasgado e puro, tranquilamente bela, como as estátuas, mas não apática nem fria. Ao contrário, tinha o aspecto das naturezas cálidas, e podia-se dizer que, na realidade, resumia todo o amor. Resumia-o sobretudo naquela ocasião, em que exprimia mudamente tudo quanto pode dizer a pupila humana. Mas o tempo urgia; deslacei-lhe as mãos, peguei-lhe nos pulsos, e, fito nela, perguntei-lhe se tinha coragem.

– De quê?

– De fugir. Iremos para onde nos for mais cômodo, uma casa grande ou pequena, à tua vontade, na roça ou na cidade, ou na Europa, onde te parecer, onde ninguém nos aborreça, e não haja perigos para ti, onde vivamos um para o outro... Sim? fujamos. Tarde ou cedo, ele pode descobrir alguma coisa, e estarás perdida... ouves? perdida... morta... e ele também, porque eu o matarei, juro-te.

Interrompi-me; Virgília empalidecera muito, deixou cair os braços e sentou-se no canapé. Esteve assim alguns instantes, sem me dizer palavra, não sei se vacilante na escolha, se aterrada com a ideia da descoberta e da morte. Fui-me a ela, insisti na proposta,

---

65. Tipo de mármore natural do Monte Pentélico, na Grécia.

disse-lhe todas as vantagens de uma vida a sós, sem zelos, nem terrores, nem aflições. Virgília ouvia-me calada; depois disse:

– Não escaparíamos talvez; ele iria ter comigo e matava-me do mesmo modo. Mostrei-lhe que não. O mundo era assaz vasto, e eu tinha os meios de viver onde quer que houvesse ar puro e muito sol; ele não chegaria até lá; só as grandes paixões são capazes de grandes ações, e ele não a amava tanto que pudesse ir buscá-la, se ela estivesse longe. Virgília fez um gesto de espanto e quase indignação; murmurou que o marido gostava muito dela.

– Pode ser, respondi eu; pode ser que sim...

Fui até a janela, e comecei a rufar com os dedos no peitoril. Virgília chamou-me; deixei-me estar, a remoer os meus zelos, a desejar estrangular o marido, se o tivesse ali à mão... Justamente, nesse instante, apareceu na chácara o Lobo Neves. Não tremas assim, leitora pálida; descansa, que não hei de rubricar esta lauda com um pingo de sangue. Logo que apareceu na chácara, fiz-lhe um gesto amigo, acompanhado de uma palavra graciosa; Virgília retirou-se apressadamente da sala, onde ele entrou daí a três minutos.

– Está cá há muito tempo? Disse-me ele.

– Não.

Entrara sério, pesado, derramando os olhos de um modo distraído, costume seu, que trocou logo por uma verdadeira expansão de jovialidade, quando viu chegar o filho, o Nhonhô, o futuro bacharel do capítulo; tomou-o nos braços, levantou-o ao ar, beijou-o muitas vezes. Eu, que tinha ódio ao menino, afastei-me de ambos. Virgília tornou à sala.

– Ah! respirou Lobo Neves, sentando-se preguiçosamente no sofá.

– Cansado? perguntei eu.

– Muito; aturei duas maçadas de primeira ordem, uma na câmara e outra na rua. E ainda temos terceira, acrescentou, olhando para a mulher.

– Que é? perguntou Virgília.

– Um... Adivinha!

Virgília sentara-se ao lado dele, pegou-lhe numa das mãos, compôs-lhe a gravata, e tornou a perguntar o que era.

– Nada menos que um camarote.

– Para a Candiani?[66]

– Para a Candiani.

Virgília bateu palmas, levantou-se, deu um beijo no filho, com um ar de alegria pueril, que destoava muito da figura; depois perguntou se o camarote era de boca ou do centro, consultou o marido, em voz baixa, acerca da *toilette* que faria, da ópera que se cantava, e de não sei que outras coisas.

– Você janta conosco, doutor, disse-me Lobo Neves.

– Veio para isso mesmo, confirmou a mulher; diz que você possui o melhor vinho do Rio de Janeiro.

– Nem por isso bebe muito.

Ao jantar, desmenti-o; bebi mais do que costumava; ainda assim, menos do que era preciso para perder a razão. Já estava excitado, fiquei um pouco mais. Era

---

66. Augusta Candiani (1820-1890) – cantora lírica italiana que viveu muitos anos no Brasil, tendo alcançado imenso sucesso nos palcos teatrais do Rio de Janeiro.

a primeira grande cólera que eu sentia contra Virgília. Não olhei uma só vez para ela durante o jantar; falei de política, da imprensa, do ministério, creio que falaria de teologia, se a soubesse, ou se me lembrasse. Lobo Neves acompanhava-me com muita placidez e dignidade, e até com certa benevolência superior; e tudo aquilo me irritava também, e me tornava mais amargo e longo o jantar. Despedi-me apenas nos levantamos da mesa.

– Até logo, não? perguntou Lobo Neves.

– Pode ser.

E saí.

Capítulo 64
A transação

Vaguei pelas ruas e recolhi-me às nove horas. Não podendo dormir, atirei-me a ler e escrever. Às onze horas estava arrependido de não ter ido ao teatro, consultei o relógio, quis vestir-me, e sair. Julguei, porém, que chegaria tarde; demais, era dar prova de fraqueza. Evidentemente, Virgília começava a aborrecer-se de mim, pensava eu. E esta ideia fez-me sucessivamente desesperado e frio, disposto a esquecê-la e a matá-la. Via-a dali mesmo, reclinada no camarote, com os seus magníficos braços nus – os braços que eram meus, só meus – fascinando os olhos de todos, com o vestido soberbo que havia de ter, o colo de leite, os cabelos postos em cachos, à maneira do tempo, e os brilhantes, menos luzidios que os olhos dela... Via-a assim, e doía-me que a vissem outros. Depois, começava a despi-la, a pôr de lado as joias e sedas, a despenteá-la com as minhas mãos sôfregas e lascivas, a torná-la – não sei se mais bela, se mais natural –, a torná-la minha, somente minha, unicamente minha.

No dia seguinte, não me pude ter; fui cedo à casa de Virgília; achei-a com os olhos vermelhos de chorar.

– Que houve? perguntei.

– Você não me ama, foi a sua resposta; nunca me teve a menor soma de amor. Tratou-me ontem como se me tivesse ódio. Se eu ao menos soubesse o que é que fiz! Mas não sei. Não me dirá o que foi?

– Que foi o quê? Creio que não houve nada.

– Nada? Tratou-me como não se trata um cachorro...

A esta palavra, peguei-lhe nas mãos, beijei-as, e duas lágrimas rebentaram-lhe dos olhos.

– Acabou, acabou, disse eu.

Não tive ânimo de arguir, e, aliás, argui-la de quê? Não era culpa dela se o marido a amava. Disse-lhe que não me fizera coisa nenhuma, que eu tinha necessariamente ciúmes do outro, que nem sempre o podia suportar de cara alegre; acrescentei que talvez houvesse nele muita dissimulação, e que o melhor meio de fechar a porta aos sustos e às dissensões era aceitar a minha ideia da véspera.

– Pensei nisso, acudiu Virgília; uma casinha só nossa, solitária, metida num jardim, em alguma rua escondida, não é? Acho a ideia boa; mas para que fugir?

Disse isto com o tom ingênuo e preguiçoso de quem não cuida em mal, e o sorriso que lhe derreava os cantos da boca trazia a mesma expressão de candidez. Então, afastando-me, respondi:

– Você é que nunca me teve amor.

– Eu?

– Sim, é uma egoísta! prefere ver-me padecer todos os dias... é uma egoísta sem nome!

Virgília desatou a chorar, e para não atrair gente, metia o lenço na boca, recalcava os soluços; explosão que me desconcertou. Se alguém a ouvisse, perdia-se tudo. Inclinei-me para ela, travei-lhe dos pulsos, sussurrei-lhe os nomes mais doces da nossa intimidade; mostrei-lhe o perigo; o terror apaziguou-a.

– Não posso, disse ela daí a alguns instantes; não deixo meu filho; se o levar, estou certa de que *ele* me irá buscar ao fim do mundo. Não posso; mate-me você, se o quiser, ou deixe-me morrer... Ah! meu Deus! meu Deus!

– Sossegue; olhe que podem ouvi-la.

– Que ouçam! Não me importa.

Estava ainda excitada; pedi-lhe que esquecesse tudo, que me perdoasse, que eu era um doido, mas que a minha insânia provinha dela e com ela acabaria. Virgília enxugou os olhos e estendeu-me a mão.

Sorrimos ambos; minutos depois, tornávamos ao assunto da casinha solitária, em alguma rua escusa...

Capítulo 65

Olheiros e escutas

Interrompeu-nos o rumor de um carro na chácara. Veio um escravo dizer que era a baronesa X. Virgília consultou-me com os olhos.

– Se a senhora está assim com dor de cabeça, disse eu, parece que o melhor é não receber.

– Já se apeou? perguntou Virgília ao escravo.

– Já se apeou; diz que precisa muito de falar com sinhá!

– Que entre!

A baronesa entrou daí a pouco. Não sei se contava comigo na sala; mas era impossível mostrar maior alvoroço.

– Bons olhos o vejam! explodiu ela. Onde se mete o senhor que não aparece em parte nenhuma? Pois olhe, ontem admirou-me não o ver no teatro. A Candiani esteve deliciosa. Que mulher! Gosta da Candiani? É natural. Os senhores são todos os mesmos. O barão dizia ontem, no camarote, que uma só italiana vale por cinco brasileiras. Que desaforo! e desaforo de velho, que é pior. Mas por que é que o senhor não foi ontem ao teatro?

– Uma enxaqueca.

– Qual! Algum namoro; não acha, Virgília? Pois, meu amigo, apresse-se, porque o senhor deve estar com quarenta anos... ou perto disso... Não tem quarenta anos?

– Não lhe posso dizer com certeza, respondi eu; mas se me dá licença vou consultar a certidão de batismo.

– Vá, vá... E estendendo-me a mão: – Até quando? Sábado ficamos em casa; o barão está com umas saudades suas...

Chegando à rua, arrependi-me de ter saído. A baronesa era uma das pessoas que mais desconfiavam de nós. Cinquenta e cinco anos, que pareciam quarenta, macia, risonha, vestígios de beleza, porte elegante e maneiras finas. Não falava muito nem sempre; possuía a grande arte de escutar os outros, espiando-os; reclinava-se então na cadeira, desembainhava um olhar afiado e comprido, e deixava-se estar. Os outros, não sabendo o que era, falavam, olhavam, gesticulavam, ao tempo que ela olhava só, ora fixa, ora móbil, levando a astúcia ao ponto de olhar às vezes para dentro de si, porque deixava cair as pálpebras; mas, como as pestanas eram rótulas, o olhar continuava o seu ofício, remexendo a alma e a vida dos outros.

A segunda pessoa era um parente de Virgília, o Viegas, um cangalho de setenta invernos, chupado e amarelado, que padecia de um reumatismo teimoso, de uma asma não menos teimosa e de uma lesão do coração: era um hospital concentrado. Os olhos porém luziam de muita vida e saúde. Virgília, nas primeiras semanas, não lhe tinha medo nenhum; dizia-me que, quando o Viegas parecia espreitar, com o olhar fixo, estava simplesmente contando dinheiro. Com efeito, era um grande avaro.

Havia ainda o primo de Virgília, o Luís Dutra, que eu agora desarmava à força de lhe falar nos versos e prosas, e de o apresentar aos conhecidos. Quando estes, ligando o nome à pessoa, se mostravam contentes da apresentação, não há dúvida que Luís Dutra exultava de felicidade; mas eu curava-me da felicidade com a esperança de que ele nos não denunciasse nunca. Havia, enfim, umas duas ou três senhoras, vários vadios, e os fâmulos, que naturalmente se desforravam assim da condição servil, e tudo isso constituía uma verdadeira floresta de olheiros e escutas, por entre os quais tínhamos de resvalar com a tática e maciez das cobras.

Capítulo 66

As pernas

Ora, enquanto eu pensava naquela gente, iam-me as pernas levando, ruas abaixo, de modo que insensivelmente me achei à porta do Hotel Pharoux. De costume jantava aí; mas, não tendo deliberadamente andado, nenhum merecimento da ação me cabe, e sim às pernas, que a fizeram. Abençoadas pernas! E há quem vos trate com desdém ou indiferença. Eu mesmo, até então, tinha-vos em má conta, zangava-me quando vos fatigáveis, quando não podíeis ir além de certo ponto, e me deixáveis com o desejo a avoaçar, à semelhança de galinha atada pelos pés.

Aquele caso, porém, foi um raio de luz. Sim, pernas amigas, vós deixastes à minha cabeça o trabalho de pensar em Virgília, e dissestes uma à outra: – Ele precisa comer, são horas de jantar, vamos levá-lo ao Pharoux; dividamos a consciência dele, uma parte fique lá com a dama, tomemos nós a outra, para que ele vá direito, não abalroe as gentes e as carroças, tire o chapéu aos conhecidos, e finalmente chegue são e salvo ao hotel. E cumpristes à risca o vosso propósito, amáveis pernas, o que me obriga a imortalizar-vos nesta página.

Capítulo 67

A casinha

Jantei e fui a casa. Lá achei uma caixa de charutos, que me mandara o Lobo Neves, embrulhada em papel de seda, e ornada de fitinhas cor-de-rosa. Entendi, abria-a, e tirei este bilhete:

> *Meu B...*
> *Desconfiam de nós; tudo está perdido; esqueça-me para sempre. Não nos veremos mais. Adeus; esqueça-se da infeliz.*
>
> *V... a.*

Foi um golpe esta carta; não obstante, apenas fechou a noite, corri à casa de Virgília. Era tempo; estava arrependida. Ao vão de uma janela, contou-me o que se passara com a baronesa. A baronesa disse-lhe francamente que se falara muito, no teatro, na noite anterior, a propósito da minha ausência do camarote do Lobo Neves; tinham comentado as minhas relações na casa; em suma, éramos objeto da suspeita pública. Concluiu dizendo que não sabia que fazer.

– O melhor é fugirmos, insinuei.

– Nunca, respondeu ela abanando a cabeça.

Vi que era impossível separar duas coisas que no espírito dela estavam inteiramente ligadas: o nosso amor e a consideração pública. Virgília era capaz de iguais e grandes sacrifícios para conservar ambas as vantagens, e a fuga só lhe deixava uma. Talvez senti alguma coisa semelhante a despeito; mas as comoções daqueles dois dias eram já muitas, e o despeito morreu depressa. Vá lá; arranjemos a casinha.

Com efeito, achei-a, dias depois, expressamente feita num recanto da Gamboa. Um brinco! Nova, caiada de fresco, com quatro janelas na frente e duas de cada lado todas com venezianas cor de tijolo – trepadeira nos cantos, jardim na frente; mistério e solidão. Um brinco!

Convencionamos que iria morar ali uma mulher, conhecida de Virgília, em cuja casa fora costureira e agregada. Virgília exercia sobre ela verdadeira fascinação. Não se lhe diria tudo; ela aceitaria facilmente o resto.

Para mim era aquilo uma situação nova do nosso amor, uma aparência de posse exclusiva, de domínio absoluto, alguma coisa que me faria adormecer a consciência e resguardar o decoro. Já estava cansado das cortinas do outro, das cadeiras, do tapete, do canapé, de todas essas coisas, que me traziam aos olhos constantemente a nossa duplicidade. Agora podia evitar os jantares frequentes, o chá de todas as noites, enfim a presença do filho deles, meu cúmplice e meu inimigo. A casa resgatava-me tudo; o mundo vulgar terminaria à porta – dali para dentro era o infinito, um mundo eterno, superior, excepcional, nosso, somente nosso, sem leis, sem instituições, sem baronesas, sem olheiros, sem escutas – um só mundo, um só casal, uma só vida, uma só vontade, uma só afeição –, a unidade moral de todas as coisas pela exclusão das que me eram contrárias.

Capítulo 68

O vergalho

Tais eram as reflexões que eu vinha fazendo, por aquele Valongo fora, logo depois de ver e ajustar a casa. Interrompeu-mas um ajuntamento; era um preto que vergalhava outro na praça. O outro não se atrevia a fugir; gemia somente estas únicas palavras: – "Não, perdão, meu senhor; meu senhor, perdão!" Mas o primeiro não fazia caso, e, a cada súplica, respondia com uma vergalhada nova.

– Toma, diabo! dizia ele; toma mais perdão, bêbado!

– Meu senhor! gemia o outro.

– Cala a boca, besta! replicava o vergalho.

Parei, olhei... justos céus! Quem havia de ser o do vergalho? Nada menos que o meu moleque Prudêncio – o que meu pai libertara alguns anos antes. Cheguei-me; ele deteve-se logo e pediu-me a bênção; perguntei-lhe se aquele preto era escravo dele.

– É, sim nhonhô.

– Fez-te alguma coisa?

– É um vadio e um bêbado muito grande. Ainda hoje deixei ele na quitanda, enquanto eu ia lá embaixo na cidade, e ele deixou a quitanda para ir na venda beber.

– Está bom, perdoa-lhe, disse eu.

– Pois não, nhonhô manda, não pede. Entra para casa, bêbado!

Saí do grupo, que me olhava espantado e cochichava as suas conjeturas. Segui caminho, a desfiar uma infinidade de reflexões, que sinto haver inteiramente perdido; aliás, seria matéria para um bom capítulo, e talvez alegre. Eu gosto dos capítulos alegres; é o meu fraco. Exteriormente, era torvo o episódio do Valongo; mas só exteriormente. Logo que meti mais dentro a faca do raciocínio achei-lhe um miolo gaiato, fino e até profundo. Era um modo que o Prudêncio tinha de se desfazer das pancadas recebidas, transmitindo-as a outro. Eu, em criança, montava-o, punha-lhe um freio na boca, e desancava-o sem compaixão; ele gemia e sofria. Agora, porém, que era livre, dispunha de si mesmo, dos braços, das pernas, podia trabalhar, folgar, dormir, desagrilhoado da antiga condição, agora é que ele se desbancava: comprou um escravo, e ia-lhe pagando, com alto juro, as quantias que de mim recebera. Vejam as sutilezas do maroto!

Capítulo 69

Um grão de sandice

Este caso faz-me lembrar um doido que conheci. Chamava-se Romualdo e dizia ser Tamerlão. Era a sua grande e única mania, e tinha uma curiosa maneira de a explicar.

– Eu sou o ilustre Tamerlão, dizia ele. Outrora fui Romualdo, mas adoeci, e tomei tanto tártaro, tanto tártaro, tanto tártaro, tanto tártaro, que fiquei Tártaro, e até rei dos Tártaros. O tártaro tem a virtude de fazer Tártaros.

Pobre Romualdo! A gente ria da resposta, mas é provável que o leitor não se ria, e com razão; eu não lhe acho graça nenhuma. Ouvida, tinha algum chiste; mas assim contada, no papel, e a propósito de um vergalho recebido e transferido, força é confessar que é muito melhor voltar à casinha da Gamboa; deixemos os Romualdos e Prudêncios.

Capítulo 70

Dona Plácida

Voltemos à casinha. Não serias capaz de lá entrar hoje, curioso leitor; envelheceu, enegreceu, apodreceu, e o proprietário deitou-a abaixo para substituí-la por outra, três vezes maior, mas juro-te que muito menor que a primeira. O mundo era estreito para Alexandre; um desvão de telhado é o infinito para as andorinhas.

E vê agora a neutralidade deste globo, que nos leva, através dos espaços, como uma lancha de náufragos, que vai dar à costa: dorme hoje um casal de virtudes no mesmo espaço de chão que sofreu um casal de pecados. Amanhã pode lá dormir um eclesiástico, depois um assassino, depois um ferreiro, depois um poeta, e todos abençoarão esse canto de terra, que lhes deu algumas ilusões.

Virgília fez daquilo um brinco; designou as alfaias mais idôneas, e dispô-las com a intuição estética da mulher elegante; eu levei para lá alguns livros, e tudo ficou sob a guarda de Dona Plácida, suposta, e, a certos respeitos, verdadeira dona da casa. Custou-lhe muito a aceitar a casa; farejara a intenção, e doía-lhe o ofício; mas afinal cedeu. Creio que chorava, a princípio: tinha nojo de si mesma. Ao menos, é certo que não levantou os olhos para mim durante os primeiros dois meses; falava-me com eles baixos, séria, carrancuda, às vezes triste. Eu queria angariá-la, e não me dava por ofendido, tratava-a com carinho e respeito; forcejava por obter-lhe a benevolência, depois a confiança. Quando obtive a confiança, imaginei uma história patética dos meus amores com Virgília, um caso anterior ao casamento, a resistência do pai, a dureza do marido, e não sei que outros toques de novela. Dona Plácida não rejeitou uma só página da novela; aceitou-as todas. Era uma necessidade da consciência. Ao cabo de seis meses quem nos visse a todos três juntos diria que Dona Plácida era minha sogra.

Não fui ingrato; fiz-lhe um pecúlio de cinco contos – os cinco contos achados em Botafogo –, como um pão para a velhice. Dona Plácida agradeceu-me com lágrimas nos olhos, e nunca mais deixou de rezar por mim, todas as noites, diante de uma imagem da Virgem que tinha no quarto. Foi assim que lhe acabou o nojo.

Capítulo 71
O senão do livro

Começo a arrepender-me deste livro. Não que ele me canse; eu não tenho que fazer; e, realmente, expedir alguns magros capítulos para esse mundo sempre é tarefa que distrai um pouco da eternidade. Mas o livro é enfadonho, cheira a sepulcro, traz certa contração cadavérica; vício grave, e aliás ínfimo, porque o maior defeito deste livro és tu, leitor. Tu tens pressa de envelhecer, e o livro anda devagar; tu amas a narração direita e nutrida, o estilo regular e fluente, e este livro e o meu estilo são como os ébrios, guinam à direita e à esquerda, andam e param, resmungam, urram, gargalham, ameaçam o céu, escorregam e caem...

E caem! – Folhas misérrimas do meu cipreste, heis de cair, como quaisquer outras belas e vistosas; e, se eu tivesse olhos, daria uma lágrima de saudade. Esta é a grande vantagem da morte, que, se não deixa boca para rir, também não deixa olhos para chorar... Heis de cair.

Capítulo 72
O bibliômano[67]

Talvez suprima o capítulo anterior; entre outros motivos, há aí, nas últimas linhas, uma frase muito parecida com despropósito, e eu não quero dar pasto à crítica do futuro.

Olhai: daqui a setenta anos, um sujeito magro, amarelo, grisalho, que não ama nenhuma outra coisa além dos livros, inclina-se sobre a página anterior, a ver se lhe descobre o despropósito; lê, relê, treslê, desengonça as palavras, saca uma sílaba, depois outra, mais outra, e as restantes, examina-as por dentro e por fora, por todos os lados, contra a luz, espaneja-as, esfrega-as no joelho, lava-as, e nada; não acha o despropósito.

É um bibliômano. Não conhece o autor; este nome de Brás Cubas não vem nos seus dicionários biográficos. Achou o volume – por acaso, no pardieiro de um alfarrabista. Comprou-o por duzentos réis. Indagou, pesquisou, esgaravatou, e veio a descobrir que era um exemplar único... Único! Vós, que não só amais os livros, senão que padeceis a mania deles, vós sabeis mui bem o valor desta palavra, e adivinhais, portanto, as delícias de meu bibliômano. Ele rejeitaria a coroa das Índias, o papado, todos os museus da Itália e da Ho-

67. Bibliomaníaco, amante compulsivo de livros.

landa, se os houvesse de trocar por esse único exemplar; e não porque seja o das minhas *Memórias*, faria a mesma coisa com o *Almanaque* de Laemmert[68], uma vez que fosse único.

O pior é o despropósito. Lá continua o homem inclinado sobre a página, com uma lente no olho direito, todo entregue à nobre e áspera função de decifrar o despropósito. Já prometeu a si mesmo escrever uma breve memória, na qual relate o achado do livro e a descoberta da sublimidade, se a houver por baixo daquela frase obscura. Ao cabo, não descobre nada e contenta-se com a posse. Fecha o livro, mira-o, remira-o, chega-se à janela e mostra-o ao sol. Um exemplar único! Nesse momento passa-lhe por baixo da janela um César ou um Cromwell, a caminho do poder. Ele dá de ombros, fecha a janela, estira-se na rede e folheia o livro devagar, com amor, aos goles... Um exemplar único!

Capítulo 73

O *luncheon*[69]

O despropósito fez-me perder outro capítulo. Que melhor não era dizer as coisas lisamente, sem todos estes solavancos! Já comparei o meu estilo ao andar dos ébrios. Se a ideia vos parece indecorosa, di-

---

68. O *Almanaque Laemmert* é considerado o primeiro almanaque publicado no Brasil, foi editado no Rio de Janeiro, entre 1844 e 1889, pelos irmãos Eduard e Heinrich Laemmert.

69. A refeição do meio-dia.

rei que ele é o que eram as minhas refeições com Virgília, na casinha da Gamboa, onde às vezes fazíamos a nossa patuscada, o nosso *luncheon*. Vinho, frutas, compotas. Comíamos, é verdade, mas era um comer virgulado de palavrinhas doces, de olhares ternos, de criancices, uma infinidade desses apartes do coração, aliás o verdadeiro, o ininterrupto discurso do amor. Às vezes vinha o arrufo temperar o nímio adocicado da situação. Ela deixava-me, refugiava-se num canto do canapé, ou ia para o interior ouvir as denguices de Dona Plácida. Cinco ou dez minutos depois, reatávamos a palestra, como eu reato a narração, para desatá-la outra vez. Note-se que, longe de termos horror ao método, era nosso costume convidá-lo, na pessoa de Dona Plácida, a sentar-se conosco à mesa; mas Dona Plácida não aceitava nunca.

– Você parece que não gosta mais de mim, disse-lhe um dia Virgília.

– Virgem Nossa Senhora! exclamou a boa dama alçando as mãos para o teto. Não gosto de Iaiá! Mas então de quem é que eu gostaria neste mundo?

E, pegando-lhe nas mãos, olhou-a fixamente, fixamente, fixamente, até molharem-lhe os olhos, de tão fixo que era. Virgília acariciou-a muito; eu deixei-lhe uma pratinha na algibeira do vestido.

Capítulo 74

História de Dona Plácida

Não te arrependas de ser generoso; a pratinha rendeu-me uma confidência de Dona Plácida, e conseguintemente este capítulo. Dias depois, como eu a achasse só em casa, travamos palestra, e ela contou-me em breves termos a sua história. Era filha natural de um sacristão da Sé e de uma mulher que fazia doces para fora. Perdeu o pai aos dez anos. Já então ralava coco e fazia não sei que outros trabalhos de doceira, compatíveis com a idade. Aos quinze ou dezesseis casou com um alfaiate, que morreu tísico algum tempo depois, deixando-lhe uma filha. Viúva e moça, ficaram a seu cargo a filha, com dois, e a mãe, cansada de trabalhar. Tinha de sustentar a três pessoas. Fazia doces, que era o seu ofício, mas cosia também, de dia e de noite, com afinco, para três ou quatro lojas e ensinava algumas crianças do bairro, a dez tostões por mês. Com isto iam-se passando os anos, não, não a beleza, porque não a tivera nunca. Apareceram-lhe alguns namoros, propostas, seduções, a que resistia.

– Se eu pudesse encontrar outro marido, disse-me ela, creia que me teria casado; mas ninguém queria casar comigo.

Um dos pretendentes conseguiu fazer-se aceito; não sendo, porém, mais delicado que os outros, Dona Plácida despediu-o do mesmo modo, e, depois de o despedir, chorou muito. Continuou a coser para fora e a escumar os tachos. A mãe tinha a rabugem do temperamento, dos anos e da necessidade; mortificava a filha para que tomasse um dos maridos de empréstimo e de ocasião que lha pediam. E bradava:

– Queres ser melhor do que eu? Não sei donde te vêm essas fidúcias de pessoa rica. Minha camarada, a vida não se arranja à toa; não se come vento. Ora esta! Moços tão bons como o Policarpo da venda, coitado... Esperas algum fidalgo, não é?

Dona Plácida jurou-me que não esperava fidalgo nenhum. Era gênio. Queria ser casada. Sabia muito bem que a mãe o não fora, e conhecia algumas que tinham só o seu moço delas; mas era gênio e queria ser casada. Não queria também que a filha fosse outra coisa. Trabalhava muito, queimando os dedos ao fogão, e os olhos ao candeeiro, para comer e não cair. Emagreceu, adoeceu, perdeu a mãe, enterrou-a por subscrição, e continuou a trabalhar. A filha estava com quatorze anos; mas era muito fraquinha, e não fazia nada, a não ser namorar os capadócios que lhe rondavam a rótula. Dona Plácida vivia com imensos cuidados, levando-a consigo, quando tinha de ir entregar costuras. – A gente das lojas arregalava e piscava os olhos, convencida de que ela a levava para colher marido ou outra coisa. Alguns diziam graçolas, faziam cumprimentos; a mãe chegou a receber propostas de dinheiro...

Interrompeu-se um instante, e continuou logo:

– Minha filha fugiu-me; foi com um sujeito, nem quero saber... Deixou-me só, mas tão triste, tão triste, que pensei morrer. Não tinha ninguém mais no mundo e estava quase velha e doente. Foi por esse tempo que conheci a família de Iaiá: boa gente, que me deu que fazer, e até chegou a me dar casa. Estive lá muitos meses, um ano, mais de um ano, agregada, costurando. Saí quando Iaiá casou. Depois vivi como Deus foi servido. Olhe os meus dedos, olhe estas mãos... E mostrou-me as mãos grossas e gretadas, as pontas dos dedos picadas da agulha. – Não se cria isto à toa, meu senhor; Deus sabe como é que isto se cria... Felizmente, Iaiá me protegeu, e o senhor doutor também... Eu tinha um medo de acabar na rua, pedindo esmola...

Ao soltar a última frase, Dona Plácida teve um calafrio. Depois, como se tornasse a si, pareceu atentar na inconveniência daquela confissão ao amante de uma mulher casada, e começou a rir, a desdizer-se, a chamar-se tola, "cheia de fidúcias[70]", como lhe dizia a mãe; enfim, cansada do meu silêncio, retirou-se da sala. Eu fiquei a olhar para a ponta do botim.

Capítulo 75
Comigo

Podendo acontecer que algum dos meus leitores tenha pulado o capítulo anterior, observo que é preciso lê-lo para entender o que eu disse comigo, logo depois que Dona Plácida saiu da sala. O que eu disse foi isto:

– Assim, pois, o sacristão da Sé, um dia, ajudando à missa, viu entrar a dama, que devia ser sua colaboradora na vida de Dona Plácida. Viu-a outros dias, durante semanas inteiras, gostou, disse-lhe alguma graça, pisou-lhe o pé, ao acender os altares, nos dias de festa. Ela gostou dele, acercaram-se, amaram-se. Dessa conjunção de luxúrias vadias brotou Dona Plácida. E de crer que Dona Plácida não falasse ainda quando nasceu, mas se falasse podia dizer aos autores de seus dias: – Aqui estou. Para que me chamastes? E o sacristão e a sacristã naturalmente lhe responderiam: – Chamamos-te para queimar os dedos nos tachos, os olhos na costura, comer mal, ou não comer, andar de

70. Atrevimento, audácia.

um lado para outro, na faina, adoecendo e sarando, com o fim de tornar a adoecer e sarar outra vez, triste agora, logo desesperada, amanhã resignada, mas sempre com as mãos no tacho e os olhos na costura, até acabar um dia na lama ou no hospital; foi para isso que te chamamos, num momento de simpatia.

Capítulo 76

O estrume

Súbito deu-me a consciência um repelão, acusou-me de ter feito capitular a probidade de Dona Plácida, obrigando-a a um papel torpe, depois de uma longa vida de trabalho e privações. Medianeira não era melhor que concubina, e eu tinha-a baixado a esse ofício, à custa de obséquios e dinheiros. Foi o que me disse a consciência; fiquei uns dez minutos sem saber que lhe replicasse. Ela acrescentou que eu me aproveitara da fascinação exercida por Virgília sobre a ex-costureira, da gratidão desta, enfim da necessidade. Notou a resistência de Dona Plácida, as lágrimas dos primeiros dias, as caras feias, os silêncios, os olhos baixos, e a minha arte em suportar tudo isso, até vencê-la. E repuxou-me outra vez de um modo irritado e nervoso.

Concordei que assim era, mas aleguei que a velhice de Dona Plácida estava agora ao abrigo da mendicidade: era uma compensação. Se não fossem os meus amores, provavelmente Dona Plácida acabaria como tantas outras criaturas humanas; donde se poderia deduzir que o vício é muitas vezes o estrume da virtude. O que não impede que a virtude seja uma flor cheirosa e sã. A consciência concordou, e eu fui abrir a porta a Virgília.

Capítulo 77
Entrevista

Virgília entrou risonha e sossegada. Os tempos tinham levado os sustos e vexames. Que doce que era vê-la chegar, nos primeiros dias, envergonhada e trêmula! Ia de sege, velado o rosto, envolvido numa espécie de manta, que lhe disfarçava as ondulações do talhe. Da primeira vez deixou-se cair no canapé, ofegante, escarlate, com os olhos no chão; e, palavra! em nenhuma outra ocasião a achei tão bela, talvez porque nunca me senti mais lisonjeado.

Agora, porém, como eu dizia, tinham acabado os sustos e vexames; as entrevistas entravam no período cronométrico. A intensidade de amor era a mesma; a diferença é que a chama perdera o tresloucado dos primeiros dias para constituir-se um simples feixe de raios, tranquilo e constante, como nos casamentos.

– Estou muito zangada com você, disse ela sentando-se.

– Por quê?

– Porque não foi lá ontem, como me tinha dito. O Damião perguntou muitas vezes se você não iria, ao menos, tomar chá. Por que é que não foi?

Com efeito, eu havia faltado à palavra que dera, e a culpa era toda de Virgília. Questão de ciúmes.

Essa mulher esplêndida sabia que o era, e gostava de o ouvir dizer, fosse em voz alta ou baixa. Na antevéspera, em casa da baronesa, valsara duas vezes com o mesmo peralta, depois de lhe escutar as cortesanices, ao canto de uma janela. Estava tão alegre! tão derramada! tão cheia de si! Quando descobriu, entre as minhas sobrancelhas, a ruga interrogativa e ameaçadora, não teve nenhum sobressalto, nem ficou subitamente séria; mas deitou ao mar o peralta e as cortesanices. Veio depois a mim, tomou-me o braço, e levou-me a outra sala, menos povoada, onde se me queixou de cansaço, e disse muitas outras coisas, com o ar pueril que costumava ter, em certas ocasiões, e eu ouvi-a quase sem responder nada.

Agora mesmo, custava-me responder alguma coisa, mas enfim contei-lhe o motivo da minha ausência... Não, eternas estrelas, nunca vi olhos mais pasmados. A boca semiaberta, as sobrancelhas arqueadas, uma estupefação visível, tangível, que se não podia negar, tal foi a primeira réplica de Virgília; abanou a cabeça com um sorriso de piedade e ternura, que inteiramente me confundiu.

– Ora você!

E foi tirar o chapéu, lépida, jovial, como a menina que torna do colégio; depois veio a mim, que estava sentado, deu-me pancadinhas na testa, com um só dedo, a repetir:

– Isto, isto; – e eu não tive remédio senão rir também, e tudo acabou em galhofa. Era claro que me enganara.

Capítulo 78

A presidência

Certo dia, meses depois, entrou Lobo Neves em casa, dizendo que iria talvez ocupar uma presidência de província. Olhei para Virgília, que empalideceu; ele, que a viu empalidecer, perguntou-lhe:

– A modo que não gostaste, Virgília?

Virgília abanou a cabeça.

– Não me agrada muito, foi a sua resposta.

Não se disse mais nada; mas de noite Lobo Neves insistiu no projeto, um pouco mais resolutamente do que de tarde; dois dias depois declarou à mulher que a presidência era coisa definitiva. Virgília não pôde dissimular a repugnância que isto lhe causava. O marido respondia a tudo com as necessidades políticas.

– Não posso recusar o que me pedem; é até conveniência nossa, do nosso futuro, dos teus brasões, meu amor, porque eu prometi que serias marquesa, e nem baronesa estás. Dirás que sou ambicioso? Sou-o deveras, mas é preciso que me não ponhas um peso nas asas da ambição.

Virgília ficou desorientada. No dia seguinte achei-a triste, na casa da Gamboa, à minha espera; tinha dito tudo a Dona Plácida, que buscava consolá-la como podia. Não fiquei menos abatido.

– Você há de ir conosco, disse-me Virgília.

– Está doida? Seria uma insensatez.

– Mas então?

– Então, é preciso desfazer o projeto.

– É impossível.

– Já aceitou?

– Parece que sim.

Levantei-me, atirei o chapéu a uma cadeira, e entrei a passear de um lado para outro, sem saber o que faria. Cogitei largamente, e não achei nada. Enfim, cheguei-me a Virgília, que estava sentada, e travei-lhe da mão; Dona Plácida foi à janela.

– Nesta pequenina mão está toda a minha existência, disse eu; você é responsável por ela; faça o que lhe parecer.

Virgília teve um gesto aflitivo; eu fui encostar-me ao consolo fronteiro. Decorreram alguns instantes de silêncio; ouvíamos somente o latir de um cão, e não sei se o rumor da água que morria na praia. Vendo que não falava, olhei para ela. Virgília tinha os olhos no chão, parados, sem luz, as mãos deixadas sobre os joelhos, com os dedos cruzados, na atitude de suprema desesperança. Noutra ocasião, por diferente motivo, é certo que eu me lançaria aos pés dela, e a ampararia com a minha razão e a minha ternura; agora, porém, era preciso compeli-la ao esforço de si mesma, ao sacrifício, à responsabilidade da nossa vida comum, e conseguintemente desampará-la, deixá-la, e sair; foi o que fiz.

– Repito, a minha felicidade está nas tuas mãos, disse eu.

Virgília quis agarrar-me, mas eu já estava fora da porta. Cheguei a ouvir um prorromper de lágrimas, e digo-lhes que estive a ponto de voltar, para as enxugar com um beijo; mas subjuguei-me e saí.

Capítulo 79

Compromisso

Não acabaria se houvesse de contar pelo miúdo o que padeci nas primeiras horas. Vacilava entre um querer e um não querer, entre a piedade que me empuxava à casa de Virgília e outro sentimento – egoísmo, suponhamos – que me dizia: – Fica; deixa-a a sós com o problema, deixa-a que ela o resolverá no sentido do amor. Creio que essas duas forças tinham igual intensidade, investiam e resistiam ao mesmo tempo, com ardor, com tenacidade, e nenhuma cedia definitivamente. Às vezes sentia um dentezinho de remorso; parecia-me que abusava da fraqueza de uma mulher amante e culpada, sem nada sacrificar nem arriscar de mim próprio; e, quando ia capitular, vinha outra vez o amor, e me repetia o conselho egoísta, e eu ficava irresoluto e inquieto, desejoso de a ver, e receoso de que a vista me levasse a compartir a responsabilidade da solução.

Por fim interveio um compromisso entre o egoísmo e a piedade; eu iria vê-la em casa, e só em casa, em presença do marido, para lhe não dizer nada, à espera do efeito da minha intimação. Deste modo poderia conciliar as duas forças. Agora, que isto escrevo, quer-me parecer que o compromisso era uma burla, que essa piedade era ainda uma forma de egoísmo, e que a resolução de ir consolar Virgília não passava de uma sugestão de meu próprio padecimento.

Capítulo 80

De secretário

Na noite seguinte fui efetivamente à casa do Lobo Neves; estavam ambos, Virgília muito triste, ele muito jovial. Juro que ela sentiu certo alívio, quando os nossos olhos se encontraram, cheios de curiosidade e ternura. Lobo Neves contou-me os planos que levava para a presidência, as dificuldades locais, as esperanças, as resoluções; estava tão contente! tão esperançado! Virgília, ao pé da mesa, fingia ler um livro, mas por cima da página olhava-me de quando em quando, interrogativa e ansiosa.

– O pior, disse-me de repente o Lobo Neves, é que ainda não achei secretário.

– Não?

– Não, e tenho uma ideia.

– Ah!

– Uma ideia... Quer você dar um passeio ao Norte?

Não sei o que lhe disse.

– Você é rico, continuou ele, não precisa de um magro ordenado; mas se quisesse obsequiar-me, ia de secretário comigo.

Meu espírito deu um salto para trás, como se descobrisse uma serpente diante de si. Encarei o Lobo Neves, fixamente, imperiosamente, a ver se lhe apanhava algum pensamento oculto... Nem sombra disso; o olhar vinha direito e franco, a placidez do rosto era natural, não violenta, uma placidez salpicada de alegria. Respirei, e não tive ânimo de olhar para Virgília;

senti por cima da página o olhar dela, que me pedia também a mesma coisa, e disse que sim, que iria. Na verdade, um presidente, uma presidenta, um secretário, era resolver as coisas de um modo administrativo.

Capítulo 81
A reconciliação

Contudo, ao sair de lá, tive umas sombras de dúvida; cogitei se não ia expor insanamente a reputação de Virgília, se não haveria outro meio razoável de combinar o Estado e a Gamboa. Não achei nada. No dia seguinte, ao levantar-me da cama, trazia o espírito feito e resoluto a aceitar a nomeação. Ao meio-dia, veio o criado dizer-me que estava na sala uma senhora, coberta com um véu. Corro; era minha irmã Sabina.

– Isto não pode continuar assim, disse ela; é preciso que, de uma vez por todas, façamos as pazes. Nossa família está acabando; não havemos de ficar como dois inimigos.

– Mas se eu não te peço outra coisa, mana! bradei eu estendendo-lhe os braços.

Sentei-a ao pé de mim, e falei-lhe do marido, da filha, dos negócios, de tudo. Tudo ia bem; a filha estava linda como os amores. O marido viria mostrar-ma, se eu consentisse.

– Ora essa! irei eu mesmo vê-la.

– Sim?

– Palavra.

– Tanto melhor! respirou Sabina. É tempo de acabar com isto.

Achei-a mais gorda, e talvez mais moça. Parecia ter vinte anos, e contava mais de trinta. Graciosa, afável, nenhum acanhamento, nenhum ressentimento. Olhávamos um para o outro, com as mãos seguras, falando de tudo e de nada, como dois namorados. Era a minha infância que ressurgia, fresca, travessa e loura; os anos iam caindo como as fileiras de cartas de jogar encurvadas, com que eu brincava em pequeno, e deixavam-me ver a nossa casa, a nossa família, as nossas festas. Suportei a recordação com algum esforço; mas um barbeiro da vizinhança lembrou-se de zangarrear na clássica rabeca, e essa voz – porque até então a recordação era muda –, essa voz do passado, fanhosa e saudosa, a tal ponto me comoveu, que...

Os olhos dela estavam secos. Sabina não herdara a flor amarela e mórbida. Que importa? Era minha irmã, meu sangue, um pedaço de minha mãe, e eu disse-lho com ternura, com sinceridade... Súbito, ouço bater à porta da sala; vou abrir; era um anjinho de cinco anos.

– Entra, Sara, disse Sabina.

Era minha sobrinha. Apanhei-a do chão, beijei-a muitas vezes; a pequena, espantada, empurrava-me o ombro com a mãozinha, quebrando o corpo para descer... Nisto, aparece-me à porta um chapéu, e logo um homem, o Cotrim, nada menos que o Cotrim. Eu estava tão comovido, que deixei a filha e lancei-me aos braços do pai. Talvez essa efusão o desconcertou um pouco; é certo que me pareceu acanhado. Simples prólogo. Daí a pouco falávamos como bons amigos velhos. Nenhuma alusão ao passado, muitos planos de futuro, promessa de jantarmos em casa um do outro. E não deixei de dizer que essa troca de jantares podia ser que tivesse uma curta interrupção, porque eu andava com ideais de uma viagem ao Norte. Sabina olhou para o Cotrim, o Cotrim para Sabina; ambos concordaram que essas ideias não tinham senso comum. Que diacho podia eu achar no Norte? Pois não era na corte, em plena corte, que devia continuar a luzir, a meter num chinelo os rapazes do tempo? Que, na verdade, nenhum havia que se me comparasse; ele, Cotrim, acompanhava-me de longe, e, não obstante uma briga ridícula, teve sempre interesse, orgulho, vaidade nos meus triunfos. Ouvia o que se dizia a meu respeito, nas ruas e nas salas; era um concerto de louvores e admirações. E deixa-se isso para ir passar alguns meses na província, sem necessidade, sem motivo sério? A menos que não fosse política...

– Justamente política, disse eu.

– Nem assim, replicou ele daí a um instante. – E depois de outro silêncio: – Seja como for, venha jantar hoje conosco.

– Certamente que vou; mas, amanhã ou depois, hão de vir jantar comigo.

– Não sei, não sei, objetou Sabina; casa de homem solteiro... Você precisa casar, mano. Também eu quero uma sobrinha, ouviu?

Cotrim reprimiu-a com um gesto, que não entendi bem. Não importa; a reconciliação de uma família vale bem um gesto enigmático.

Capítulo 82

Questão de botânica

Digam o que quiserem dizer os hipocondríacos: a vida é uma coisa doce. Foi o que eu pensei comigo, ao ver Sabina, o marido e a filha descerem de tropel as escadas, dizendo muitas palavras afetuosas para cima, onde eu ficava – no patamar – a dizer-lhes outras tantas para baixo. Continuei a pensar que, na verdade, era feliz. Amava-me uma mulher, tinha a confiança do marido, ia por secretário de ambos, e reconciliava-me com os meus. Que podia desejar mais, em vinte e quatro horas?

Nesse mesmo dia, tratando de aparelhar os ânimos, comecei a espalhar que talvez fosse para o Norte como secretário de província, a fim de realizar certos desígnios políticos, que me eram pessoais. Disse-o na Rua do Ouvidor, repeti-o no dia seguinte, no Pharoux e no teatro. Alguns, ligando a minha nomeação à do Lobo Neves, que já andava em boatos, sorriam maliciosamente, outros batiam-me no ombro. No teatro disse-me uma senhora que era levar muito longe o amor da escultura. Referia-se às belas formas de Virgília.

Mas a alusão mais rasgada que me fizeram foi em casa de Sabina, três dias depois. Fê-la um certo Garcez, velho cirurgião, pequenino, trivial e grulha, que podia chegar aos setenta, aos oitenta, aos noventa anos, sem adquirir jamais aquela compostura austera, que é a gentileza do ancião. A velhice ridícula é, porventura, a mais triste e derradeira surpresa da natureza humana.

– Já sei, desta vez vai ler Cícero, disse-me ele, ao saber da viagem.

– Cícero! exclamou Sabina.

– Pois então? Seu mano é um grande latinista. Traduz Virgílio de relance. Olhe que é Virgílio e não Virgília... não confunda...

E ria, de um riso grosso, rasteiro e frívolo. Sabina olhou para mim, receosa de alguma réplica; mas sorriu, quando me viu sorrir, e voltou o rosto para disfarçá-lo. As outras pessoas olhavam-me com um ar de curiosidade, indulgência e simpatia: era transparente que não acabavam de ouvir nenhuma novidade. O caso dos meus amores andava mais público do que eu podia supor. Entretanto sorri, um sorriso curto, fugitivo e guloso –, palreiro como as pegas de Sintra. Virgília era um belo erro, e é tão fácil confessar um belo erro! Costumava ficar carrancudo, a princípio, quando ouvia alguma alusão aos nossos amores; mas, palavra de honra! sentia cá dentro uma impressão suave e lisonjeira. Uma vez, porém, aconteceu-me sorrir, e continuei a fazê-lo das outras vezes. Não sei se há alguém que explique o fenômeno. Eu explico-o assim: a princípio, o contentamento, sendo interior, era por assim dizer o mesmo sorriso, mas abotoado; andando o tempo, desabotoou-se em flor, e apareceu aos olhos do próximo. Simples questão de botânica.

Capítulo 83

13

Cotrim tirou-me daquele gozo, levando-me à janela. – Você quer que lhe diga uma coisa? perguntou ele; – não faça essa viagem; é insensata, é perigosa.

– Por quê?

– Você bem sabe porque, tornou ele: é, sobretudo, perigosa, muito perigosa. Aqui na corte, um caso desses perde-se na multidão da gente e dos interesses; mas na província muda de figura; e tratando-se de personagens políticos, é realmente insensatez. As gazetas de oposição, logo que farejarem o negócio, passam a imprimi-lo com todas as letras, e aí virão as chufas, os remoques, as alcunhas...

– Mas não entendo...

– Entende, entende. Em verdade, seria bem pouco amigo nosso, se me negasse o que toda a gente sabe. Eu sei disso há longos meses. Repito, não faça semelhante viagem; suporte a ausência, que é melhor, e evite algum grande escândalo e maior desgosto...

Disse isto, e foi para dentro. Eu deixei-me estar com os olhos no lampião da esquina – um antigo lampião de azeite –, triste, obscuro e recurvado, como um ponto de interrogação. Que me cumpria fazer? Era o caso de Hamlet: ou dobrar-me à fortuna, ou lutar com ela e subjugá-la. Por outros termos: embarcar ou não embarcar. Esta era a questão. O lampião não me dizia nada. As palavras do Cotrim ressoavam-me aos ouvidos da memória, de um modo mui diverso do das palavras do Garcez. Talvez Cotrim tivesse razão; mas podia eu separar-me de Virgília?

Sabina veio ter comigo, e perguntou-me em que estava pensando. Respondi que em coisa nenhuma, que tinha sono e ia para casa. Sabina esteve um instante calada. – O que você precisa, sei eu; é uma noiva. Deixe, que eu ainda arranjo uma noiva para você. Saí de lá opresso, desorientado. Tudo pronto para embarcar – espírito e coração –, e eis aí me surge esse porteiro das conveniências, que me pede o cartão de ingresso. Dei ao diabo as conveniências, e com elas a constituição, o corpo legislativo, o ministério, tudo.

No dia seguinte, abro uma folha política e leio a notícia de que, por decreto de 13, tínhamos sido nomeados presidente e secretário da província de *** o Lobo Neves e eu. Escrevi imediatamente a Virgília, e segui duas horas depois para a Gamboa. Coitada de Dona Plácida! Estava cada vez mais aflita; perguntou-me se esqueceríamos a nossa velha, se a ausência era grande e se a província ficava longe. Consolei-a; mas eu próprio precisava de consolações; a objeção do Cotrim afligia-me. Virgília chegou daí a pouco, lépida como uma andorinha; mas, ao ver-me triste, ficou muito séria.

– Que aconteceu?

– Vacilo, disse eu; não sei se devo aceitar...

– Virgília deixou-se cair, no canapé, a rir.

– Por quê? Disse ela.

– Não é conveniente, dá muito na vista...

– Mas nós já não vamos.

– Como assim?

Contou-me que o marido ia recusar a nomeação, e por motivo que só lhe disse, a ela, pedindo-lhe o maior segredo; não podia confessá-lo a ninguém mais. – É pueril, observou ele, é ridículo; mas em suma, é um motivo poderoso para mim. Referiu-lhe que o decreto trazia a data de 13, e que esse número significava para ele uma recordação fúnebre. O pai morreu num dia 13, treze dias depois de um jantar em que havia treze pessoas. A casa em que morrera a mãe tinha o número 13. *Et coetera*. Era um algarismo fatídico. Não podia alegar semelhante coisa ao ministro; diria que tinha razões particulares para não aceitar. Eu fiquei como há de estar o leitor – um pouco assombrado com esse sacrifício a um número; mas, sendo ele ambicioso, o sacrifício devia ser sincero...

Capítulo 84

O conflito

Número fatídico, lembras-te que te abençoei muitas vezes? Assim também as virgens ruivas de Tebas deviam abençoar a égua, de ruiva crina, que as substituiu no sacrifício de Pelópidas[71] – uma elegante égua, que lá morreu, coberta de flores, sem que ninguém lhe desse nunca uma palavra de saudade. Pois douta eu, égua piedosa, não só pela morte havida, como porque, entre as donzelas escapas, não é impossível que figurasse uma avó dos Cubas... Número fatídico, tu foste a nossa salvação. Não me confessou o marido a causa da recusa; disse-me também que eram negócios particulares, e o rosto sério, convencido, com que eu o escutei, fez honra à dissimulação humana. Ele é que mal podia encobrir a tristeza profunda que o minava; falava pouco, absorvia-se, metia-se em casa, a ler. Outras vezes recebia, e então conversava e ria muito, com estrépito e afetação. Oprimiam-no duas

---

71. Pelópidas (420 a.C-364 a.C.) – político e militar tebano, herói na Batalha do Peloponeso.

coisas – a ambição, que um escrúpulo desabara, e logo depois a dúvida, e talvez o arrependimento –, mas um arrependimento, que viria outra vez, se se repetisse a hipótese, porque o fundo supersticioso existia. Duvidava da superstição, sem chegar a rejeitá-la. Essa persistência de um sentimento, que repugna ao mesmo indivíduo, era um fenômeno digno de alguma atenção. Mas eu preferia a pura ingenuidade de Dona Plácida, quando confessava não poder ver um sapato voltado para o ar.

– Que tem isso? Perguntava-lhe eu.

– Faz mal, era a sua resposta.

Isto somente, esta única resposta, que valia para ela o livro dos sete selos. Faz mal. Disseram-lhe isso em criança, sem outra explicação, e ela contentava-se com a certeza do mal. Já não acontecia a mesma coisa quando se falava de apontar uma estrela com o dedo; aí sabia perfeitamente que era caso de criar uma verruga.

Ou verruga ou outra coisa, que valia isso, para quem não perde uma presidência de província? Tolera-se uma superstição gratuita ou barata; é insuportável a que leva uma parte da vida. Este era o caso do Lobo Neves com o acréscimo da dúvida e do terror de haver sido ridículo. E mais este outro acréscimo, que o ministro não acreditou nos motivos particulares; atribuiu a recusa do Lobo Neves a manejos políticos, ilusão complicada de algumas aparências; tratou-o mal, comunicou a desconfiança aos colegas; sobrevieram incidentes; enfim, com o tempo, o presidente resignatário foi para a oposição.

Capítulo 85

O cimo da montanha

Quem escapa a um perigo ama a vida com outra intensidade. Entrei a amar Virgília com muito mais ardor, depois que estive a pique de a perder, e a mesma coisa lhe aconteceu a ela. Assim, a presidência não fez mais do que avivar a afeição primitiva; foi a droga com que tornamos mais saboroso o nosso amor, e mais prezado também. Nos primeiros dias, depois daquele incidente, folgávamos de imaginar a dor da separação, se houvesse separação, a tristeza de um e de outro, à proporção que o mar, como uma toalha elástica, se fosse dilatando entre nós; e, semelhantes às crianças, que se achegam ao regaço das mães, para fugir a uma simples careta, fugíamos do suposto perigo, apertando-nos com abraços.

– Minha boa Virgília!

– Meu amor!

– Tu és minha, não?

– Tua, tua...

E assim reatamos o fio da aventura, como a sultana Scheherazade[72] o dos seus contos. Esse foi, cuido eu, o ponto máximo do nosso amor, o cimo da montanha, donde por algum tempo divisamos os vales de leste e de oeste, e por cima de nós o céu tranquilo e azul. Repousado esse tempo, começamos a descer a

---

72. É a narradora da coleção de contos árabes *As mil e uma noites.*

encosta, com as mãos presas ou soltas, mas a descer, a descer...

Capítulo 86

O mistério

Serra abaixo, como eu a visse um pouco diferente, não sei se abatida ou outra coisa, perguntei-lhe o que tinha; calou-se, fez um gesto de enfado, de mal-estar, de fadiga; ateimei, ela disse-me que... Um fluido sutil percorreu todo o meu corpo: sensação forte, rápida, singular, que eu não chegarei jamais a fixar no papel. Travei-lhe das mãos, puxei-a levemente a mim, e beijei-a na testa, com uma delicadeza de zéfiro e uma gravidade de Abraão. Ela estremeceu, colheu-me a cabeça entre as palmas, fitou-me os olhos, depois afagou-me com um gesto maternal... Eis aí um mistério; deixemos ao leitor o tempo de decifrar este mistério.

Capítulo 87

Geologia

Sucedeu por esse tempo um desastre: a morte do Viegas. O Viegas passou aí de relance, num capítulo, com os seus setenta anos, abafados de asma, desconjuntados de reumatismo, e uma lesão de coração por quebra. Foi um dos finos espreitadores da nossa aventura. Virgília nutria grandes esperanças em que esse velho parente, avaro como um sepulcro, lhe amparasse o futuro do filho, com algum legado; e, se o marido tinha iguais pensamentos, encobria-os ou estrangulava-os. Tudo se deve dizer: havia no Lobo Neves certa dignidade fundamental, uma camada de rocha, que resistia ao comércio dos homens. As outras, as camadas de cima, terra solta e areia, levou-lhes a vida, que é um enxurro perpétuo. Se o leitor ainda se lembra do capítulo 23, observará que é agora a segunda vez que eu comparo a vida a um enxurro; mas também há de reparar que desta vez acrescento-lhe um adjetivo – perpétuo. E Deus sabe a força de um adjetivo, principalmente em países novos e cálidos.

O que é novo neste livro é a geologia moral do Lobo Neves, e provavelmente a do cavalheiro, que me está lendo. Sim, essas camadas de caráter, que a vida altera, conserva ou dissolve, conforme a resistência delas, essas camadas mereciam um capítulo, que eu não escrevo, por não alongar a narração. Digo apenas que o homem mais probo que conheci em minha vida foi um certo Jacob Medeiros ou Jacob Valadares, não me recorda bem o nome. Talvez fosse Jacob Rodrigues; em suma, Jacob. Era a probidade em pessoa; podia ser rico, violentando um pequenino escrúpulo, e não quis; deixou ir pelas mãos fora nada menos de uns quatrocentos contos; tinha a probidade tão exemplar, que chegava a ser miúda e cansativa. Um dia, como nos achássemos, a sós, em casa dele, em boa palestra, vieram dizer que o procurava o Doutor B., um sujeito enfadonho. Jacob mandou dizer que não estava em casa.

– Não pega, bradou uma voz do corredor; cá estou de dentro.

E, com efeito, era o Doutor B., que apareceu logo à porta da sala. O Jacob foi recebê-lo, afirmando que cuidava ser outra pessoa, e não ele, e acrescentando que tinha muito prazer com a visita, o que nos rendeu hora e meia de enfado mortal, e isto mesmo porque o Jacob tirou o relógio; o Doutor B. perguntou-lhe então se ia sair.

– Com minha mulher, disse o Jacob.

Retirou-se o Doutor B. e respiramos. Uma vez respirados, disse eu ao Jacob que ele acabava de mentir quatro vezes, em menos de duas horas: a primeira, negando-se; a segunda, alegrando-se com a presença do importuno; a terceira, dizendo que ia sair; a quarta, acrescentando que com a mulher. Jacob refletiu um instante, depois confessou a justeza da minha observação, mas desculpou-se dizendo que a veracidade absoluta era incompatível com um estado social adiantado, e que a paz das cidades só se podia obter à custa de embaçadelas recíprocas... Ah! lembra-me agora: chamava-se Jacob Tavares.

Capítulo 88

O enfermo

Não é preciso dizer que refutei tão perniciosa doutrina, com os mais elementares argumentos; mas ele estava tão vexado do meu reparo, que resistiu até o fim, mostrando certo calor fictício, talvez para atordoar a consciência.

O caso de Virgília tinha alguma gravidade mais. Ela era menos escrupulosa que o marido; manifestava claramente as esperanças que trazia no legado, cumulava o parente de todas as cortesias, atenções e afagos que poderiam render, pelo menos, um codicilo. Propriamente, adulava-o; mas eu observei que a adulação das mulheres não é a mesma coisa que a dos homens. Esta orça pela servilidade; a outra confunde-se com a afeição. As formas graciosamente curvas, a palavra doce, a mesma fraqueza física dão à ação lisonjeira da mulher uma cor local, um aspecto legítimo. Não importa a idade do adulado; a mulher há de ter sempre para ele uns ares de mãe ou de irmã – ou ainda de enfermeira, outro ofício feminil, em que o mais hábil dos homens carecerá sempre de um *quid*[73], um fluido, alguma coisa.

Era o que eu pensava comigo, quando Virgília se desfazia toda em afagos ao velho parente. Ela ia recebê-lo à porta, falando e rindo, tirava-lhe o chapéu e a bengala, dava-lhe o braço e levava-o a uma cadeira, ou até à cadeira, porque havia lá na casa a "cadeira do Viegas", obra especial, conchegada, feita para gente enferma ou anciã. Ia fechar a janela próxima, se havia alguma brisa, ou abri-la, se estava calor, mas com cuidado, combinando de modo que lhe não desse um golpe de ar.

– Então? hoje está mais fortezinho...

– Qual! Passei mal a noite; o diabo da asma não me deixa.

E bufava o homem, repousando a pouco e pouco do cansaço da entrada e da subida, não do caminho, porque ia sempre de sege. Ao lado, um pouco mais

---

73. Um quê, algo.

para a frente, sentava-se Virgília, numa banquinha, com as mãos nos joelhos do enfermo. Entretanto, o nhonhô chegava à sala, sem os pulos do costume, mas discreto, meigo, sério. Viegas gostava muito dele.

– Vem cá, nhonhô, dizia-lhe; e a custo introduzia a mão na ampla algibeira, tirava uma caixinha de pastilhas, metia uma na boca e dava outra ao pequeno. Pastilhas antiasmáticas. O pequeno dizia que eram muito boas.

Repetia-se isto, com variantes. Como o Viegas gostasse de jogar damas, Virgília cumpria-lhe o desejo, aturando-o por largo tempo, a mover as pedras com a mão frouxa e tarda. Outras vezes, desciam a passear na chácara, dando-lhe ela o braço, que ele nem sempre aceitava, por dizer-se rijo e capaz de andar uma légua. Iam, sentavam-se, tornavam a ir, a falar de coisas várias, ora de um negócio de família, ora de uma bisbilhotice de sala, ora enfim de uma casa que ele meditava construir, para residência própria, casa de feitio moderno, porque a dele era das antigas, contemporânea de el-rei Dom João VI, à maneira de algumas, que ainda hoje (creio eu) se podem ver no Bairro de São Cristóvão, com as suas grossas colunas na frente. Parecia-lhe que o casarão em que morava podia ser substituído, e já tinha encomendado o risco a um pedreiro de fama. Ah! então sim, então é que Virgília chegaria a ver o que era um velho de gosto.

Falava, como se pode supor, lentamente e a custo, intervalado de uma arfagem incômoda para ele e para os outros. De quando em quando, vinha um acesso de tosse; curvo, gemendo, levava o lenço à boca, e investigava-o; passado o acesso, tornava ao plano da casa, que devia ter tais e tais quartos, um terraço, cocheira, um primor.

Capítulo 89

In extremis[74]

– Amanhã vou passar o dia em casa do Viegas, disse-me ela uma vez. Coitado! não tem ninguém...

Viegas caíra na cama, definitivamente; a filha, casada, adoecera justamente agora, e não podia fazer-lhe companhia. Virgília ia lá de quando em quando. Eu aproveitei a circunstância para passar todo aquele dia ao pé dela. Eram duas horas da tarde quando cheguei. Viegas tossia com tal força que me fazia arder o peito; no intervalo dos acessos debatia o preço de uma casa, com um sujeito magro. O sujeito oferecia trinta contos, o Viegas exigia quarenta. O comprador instava como quem receia perder o trem da estrada de ferro, mas Viegas não cedia; recusou primeiramente os trinta contos, depois mais dois, depois mais três, enfim teve um forte acesso, que lhe tolheu a fala durante quinze minutos. O comprador acarinhou-o muito, arranjou-lhe os travesseiros, ofereceu-lhe trinta e seis contos.

– Nunca! gemeu o enfermo.

Mandou buscar um maço de papéis à escrivaninha; não tendo forças para tirar a fita de borracha que prendia os papéis, pediu-me que os deslaçasse:

---

74. "ao extremo".

fi-lo. Eram as contas das despesas com a construção da casa: contas de pedreiro, de carpinteiro, de pintor; contas do papel da sala de visitas, da sala de jantar, das alcovas, dos gabinetes; contas das ferragens; custo do terreno. Ele abria-as, uma por uma, com a mão trêmula, e pedia-me que as lesse, e eu lia-as.

– Veja; mil e duzentos, papel de mil e duzentos a peça. Dobradiças francesas... Veja, é de graça, concluiu ele depois de lida a última conta.

– Pois bem... mas...

– Quarenta contos; não lhe dou por menos. Só os juros... faça a conta dos juros...

Vinham tossidas estas palavras, às golfadas, às sílabas, como se fossem migalhas de um pulmão desfeito. Nas órbitas fundas rolavam os olhos lampejantes, que me faziam lembrar a lamparina da madrugada. Sob o lençol desenhava-se a estrutura óssea do corpo, pontudo em dois lugares, nos joelhos e nos pés; a pele amarelada, bamba, rugosa, revestia apenas a caveira de um rosto sem expressão; uma carapuça de algodão branco cobria-lhe o crânio rapado pelo tempo.

– Então? disse o sujeito magro.

Fiz-lhe sinal para que não insistisse, e ele calou-se por alguns instantes. O doente ficou a olhar para o teto, calado, a arfar muito: Virgília empalideceu, levantou-se, foi até a janela. Suspeitara a morte e tinha medo. Eu procurei falar de outras coisas. O sujeito magro contou uma anedota, e tornou a tratar da casa, alteando a proposta.

– Trinta e oito contos, disse ele.

– Ahn?... gemeu o enfermo.

O sujeito magro aproximou-se da cama, pegou-lhe na mão, e sentiu-a fria. Eu acheguei-me ao doente, perguntei-lhe se sentia alguma coisa, se queria tomar um cálice de vinho.

– Não... não... quar... quaren... quar... quar...

Teve um acesso de tosse, e foi o último; daí a pouco expirava ele, com grande consternação do sujeito magro, que me confessou depois a disposição em que estava de oferecer os quarenta contos; mas era tarde.

Capítulo 90

O velho colóquio de Adão e Caim

Nada. Nenhuma lembrança testamentária, uma pastilha que fosse, com que do todo em todo não parecesse ingrato ou esquecido. Nada. Virgília tragou raivosa esse malogro, e disse-mo com certa cautela, não pela coisa em si, senão porque entendia com o filho, de quem sabia que eu não gostava muito, nem pouco. Insinuei-lhe que não devia pensar mais em semelhante negócio. O melhor de tudo era esquecer o defunto, um lorpa, um cainho sem nome, e tratar de coisas alegres; o nosso filho por exemplo...

Lá me escapou a decifração do mistério, esse doce mistério de algumas semanas antes, quando Virgília me pareceu um pouco diferente do que era. Um filho! Um ser tirado do meu ser! Esta era a minha preocupação exclusiva daquele tempo. Olhos do mundo, zelos do marido, morte do Viegas, nada me interessava por então, nem conflitos políticos, nem revoluções, nem terremotos, nem nada. Eu só pensava naquele embrião anônimo, de obscura paternidade, e uma voz secreta me dizia: é teu filho. Meu filho! E repetia estas duas palavras, com certa voluptuosidade indefinível, e não sei que assomos de orgulho. Sentia-me homem.

O melhor é que conversávamos os dois, o embrião e eu, falávamos de coisas presentes e futuras. O maroto amava-me, era um pelintra gracioso, dava-me pancadinhas na cara com as mãozinhas gordas, ou então traçava a beca de bacharel, porque ele havia de ser bacharel, e fazia um discurso na câmara dos deputados. E o pai a ouvi-lo de uma tribuna, com os olhos rasos de lágrimas. De bacharel passava outra vez à escola, pequenino, lousa e livros debaixo do braço, ou então caia no berço para tornar a erguer-se homem. Em vão buscava fixar no espírito uma idade, uma atitude: esse embrião tinha a meus olhos todos os tamanhos e gestos: ele mamava, ele escrevia, ele valsava, ele era o interminável nos limites de um quarto de hora – *baby* e deputado, colegial e pintalegrete. Às vezes, ao pé de Virgília, esquecia-me dela e de tudo; Virgília sacudia-me, reprochava-me o silêncio; dizia que eu já lhe não queria nada. A verdade é que estava em diálogo com o embrião; era o velho colóquio de Adão e Caim, uma conversa sem palavras entre a vida e a vida, o mistério e o mistério.

Capítulo 91

Uma carta extraordinária

Por esse tempo recebi uma carta extraordinária, acompanhada de um objeto não menos extraordinário. Eis o que a carta dizia:

Meu caro Brás Cubas,

Há tempos, no Passeio Público, tomei-lhe de empréstimo um relógio. Tenho a satisfação de restituir-lho com esta carta. A diferença é que não é o mesmo, porém outro, não digo superior, mas igual ao primeiro. Que voulez-vous, monseigneur[75] – *como dizia Fígaro* –, c'est la misère[76]. *Muitas coisas se deram depois do nosso encontro; irei contá-las pelo miúdo, se me não fechar a porta. Saiba que já não trago aquelas botas caducas, nem envergo uma famosa sobrecasaca cujas abas se perdiam na noite dos tempos. Cedi o meu degrau da escada de São Francisco; finalmente, almoço.*

Dito isto, peço licença para ir um dia destes expor-lhe um trabalho, fruto de longo estudo, um novo sistema de filosofia, que não só explica e descreve a origem e a consumação das coisas, como faz dar um grande passo adiante de Zenon e Sêneca, cujo estoicismo era um verdadeiro brinco de crianças ao pé da minha receita moral. E singularmente espantoso este meu sistema; retifica o espírito humano, suprime a dor, assegura a felicidade, enche de imensa glória o nosso país. Chamo-lhe Humanitismo, de Humanitas, princípio das coisas. Minha primeira ideia revelava uma grande enfatuação; era chamar-lhe borbismo, de Borba; denominação vaidosa, além de rude e molesta. E com certeza exprimia menos. Verá, meu caro Brás Cubas, verá que é deveras um monumento; e se alguma coisa há que possa fazer-me esquecer as amarguras da vida, é o gosto de haver enfim apanhado a verdade e a felicidade. Ei-las na minha mão, essas duas esquivas;

75. "O que você quer, meu senhor"?

76. "É a miséria".

após tantos séculos de lutas, pesquisas, descobertas, sistemas e quedas, ei-las nas mãos do homem. Até breve, meu caro Brás Cubas. Saudades do

Velho amigo
Joaquim Borba dos Santos

Li esta carta sem entendê-la. Vinha com ela uma boceta contendo um bonito relógio com as minhas iniciais gravadas, e esta frase: *Lembrança do velho Quincas*. Voltei à carta, reli-a com pausa, com atenção. A restituição do relógio excluía toda a ideia de burla; a lucidez, a serenidade, a convicção – um pouco jactanciosa, é certo – pareciam excluir a suspeita de insensatez. Naturalmente o Quincas Borba herdara de algum dos seus parentes de Minas, e a abastança devolvera-lhe a primitiva dignidade. Não digo tanto; há coisas que se não podem reaver integralmente; mas enfim a regeneração não era impossível. Guardei a carta e o relógio, e esperei a filosofia.

Capítulo 92
Um homem extraordinário

Já agora acabo com as coisas extraordinárias. Vinha de guardar a carta e o relógio, quando me procurou um homem magro e meão, com um bilhete do Cotrim, convidando-me para jantar. O portador era casado com uma irmã do Cotrim, chegara poucos dias antes do Norte, chamava-se Damasceno, e fizera a revolução de 1831. Foi ele mesmo que me disse isto, no espaço de cinco minutos. Saíra do Rio de Janeiro, por desacordo com o Regente, que era um asno, pouco menos asno do que os ministros que serviram com ele. De resto, a revolução estava outra vez às portas. Neste ponto, conquanto trouxesse as ideias políticas um pouco baralhadas, consegui organizar e formular o governo de suas preferências: era um despotismo temperado – não por cantigas, como dizem alhures –, mas por penachos da guarda nacional. Só não pude alcançar se ele queria o despotismo de um, de três, de trinta ou de trezentos. Opinava por várias coisas, entre outras, o desenvolvimento do tráfico dos africanos e a expulsão dos ingleses. Gostava muito de teatro; logo que chegou foi ao teatro de São Pedro, onde viu um drama soberbo, a *Maria Joana*, e uma comédia muito interessante, *Kettly ou a volta à Suíça.* Também gostara muito da Deperini, na *Safo*, ou na *Ana Bolena*, não se lembrava bem. Mas a Candiani! sim, senhor, era papa-fina. Agora queria ouvir o *Ernani,* que a filha dele cantava em casa, ao piano: *Ernani, Ernani, involami...* – E dizia isto levantando-se e cantarolando a meia voz. – No Norte essas coisas chegavam como um eco. A filha morria por ouvir todas as óperas. Tinha uma voz muito mimosa a filha. E gosto, muito gosto. Ah! ele estava ansioso por voltar ao Rio de Janeiro. Já havia corrido a cidade toda, com umas saudades... Palavra! em alguns lugares teve vontade de chorar. Mas não embarcaria mais. Enjoara muito a bordo, como todos os outros passageiros, exceto um inglês... Que os levasse o diabo os ingleses! Isto não ficava direito sem irem todos eles barra fora. Que é que a Inglaterra podia fazer-nos? Se ele encontrasse algumas pessoas de boa vontade, era obra de uma noite a expulsão dos tais *godemes*...[77] Graças a Deus, tinha patriotismo – e batia no peito –, o que não admirava porque era de família; descendia de um antigo capitão-mor muito patriota. Sim, não era nenhum pé-rapado. Viesse a ocasião, e ele havia de mostrar de que pau era a canoa... Mas fazia-se tarde, ia dizer que eu não faltaria ao jantar, e lá me esperava para maior palestra. – Levei-o até a porta da sala; ele parou dizendo que simpatizava muito comigo. Quando casara, estava eu na Europa. Conheceu meu pai, um homem às direitas, com quem dançara num célebre baile da Praia Grande... Coisas! coisas! Falaria depois, fazia-se tarde, tinha de ir levar a resposta ao Cotrim. Saiu; fechei-lhe a porta...

Capítulo 93
O jantar

Que suplício que foi o jantar! Felizmente, Sabina fez-me sentar ao pé da filha do Damasceno, uma Dona Eulália, ou mais familiarmente Nhã-loló, moça bem graciosa, um tanto acanhada a princípio, mas só a princípio. Faltava-lhe elegância, mas compensava-a com os olhos, que eram soberbos e só tinham o defeito de se não arrancarem de mim, exceto quando desciam ao prato; mas Nhã-loló comia tão pouco, que quase não olhava para o prato. De noite cantou; a voz era como dizia o pai, "muito mimosa". Não obstante, esquivei-me. Sabina veio até à porta, e perguntou-me que tal achara a filha do Damasceno.

---

77. Alcunha pejorativa dada aos ingleses.

– Assim, assim.

– Muito simpática, não é? acudiu ela; falta-lhe um pouco mais de corte. Mas que coração! é uma pérola. Bem boa noiva para você.

– Não gosto de pérolas.

– Casmurro! Para quando é que você se guarda? Para quando estiver a cair de maduro, já sei. Pois, meu rico, quer você queira quer não, há de casar com Nhã-loló. E dizia isto a bater-me na face com os dedos, meiga como uma pomba, e ao mesmo tempo intimativa e resoluta. Santo Deus! seria esse o motivo da reconciliação? Fiquei um pouco desconsolado com a ideia, mas uma voz misteriosa chamava-me à casa do Lobo Neves; disse adeus a Sabina e às suas ameaças.

Capítulo 94
A causa secreta

Como está a minha querida mamãe?

– A esta palavra, Virgília amuou-se, como sempre. Estava ao canto de uma janela, sozinha, a olhar para a lua, e recebeu-me alegremente; mas quando lhe falei no nosso filho, amuou-se. Não gostava de semelhante alusão, aborreciam-lhe as minhas antecipadas carícias paternais. E eu, para quem ela era já uma pessoa sagrada, uma âmbula divina, deixava-a estar quieta. Supus a princípio que o embrião, esse perfil do incógnito, projetando-se na nossa aventura, lhe restituíra a consciência do mal. Enganava-me. Nunca Virgília me parecera mais expansiva, mais sem reservas, menos preocupada dos outros e do marido. Não eram remorsos. Imaginei também que a concepção seria um puro invento, um modo de prender-me a ela, recurso sem longa eficácia, que talvez começava de oprimi-la. Não era absurda esta hipótese; a minha doce Virgília mentia às vezes com tanta graça!

Naquela noite descobri a causa verdadeira. Era medo do parto e vexame da gravidez. Padecera muito quando lhe nasceu o primeiro filho; e essa hora, feita de minutos de vida e minutos de morte, dava-lhe já imaginariamente os calafrios do patíbulo. Quanto ao vexame, complicava-se ainda da forçada privação de certos hábitos da vida elegante. Com certeza, era isso mesmo; dei-lho a entender, repreendendo-a, um pouco em nome dos meus direitos de pai. Virgília fitou-me; em seguida desviou os olhos e sorriu de um jeito incrédulo.

Capítulo 95

Flores de antanho[78]

Onde estão elas, as flores de antanho? Uma tarde, após algumas semanas de gestação, esboroou-se todo o edifício das minhas quimeras paternais. Foi-se o embrião, naquele ponto em que se não distingue Laplace[79] de uma tartaruga. Tive a notícia por boca do Lobo Neves, que me deixou na sala, e acompanhou o médico à alcova da frustrada mãe. Eu encostei-me à janela, a olhar para a chácara, onde verdeja-

---

78. "Flores de antanho" – lembranças do passado, dos tempos antigos.

79. Pierre Simon Laplace (1749-1827) – físico e astrônomo francês, pai da física matemática.

vam as laranjeiras sem flores. Onde iam elas as flores de antanho?

Capítulo 96

A carta anônima

Senti tocar-me no ombro; era o Lobo Neves. Encaramo-nos alguns instantes, mudos, inconsoláveis. Indaguei de Virgília, depois ficamos a conversar uma meia hora. No fim desse tempo, vieram trazer-lhe uma carta; ele leu-a, empalideceu muito, e fechou-a com a mão trêmula. Creio que lhe vi fazer um gesto, como se quisesse atirar-se sobre mim; mas não me lembra bem. O que me lembra claramente é que durante os dias seguintes recebeu-me frio e taciturno. Enfim Virgília contou-me tudo, daí a dias na Gamboa.

O marido mostrou-lhe a carta, logo que ela se restabeleceu. Era anônima e denunciava-nos. Não dizia tudo; não falava, por exemplo, das nossas entrevistas externas; limitava-se a precavê-lo contra a minha intimidade, e acrescentava que a suspeita era pública. Virgília leu a carta e disse com indignação que era uma calúnia infame.

– Calúnia? perguntou Lobo Neves.

– Infame.

O marido respirou; mas, tomando à carta, parece que cada palavra dela lhe fazia com o dedo um sinal negativo, cada letra bradava contra a indignação da mulher. Esse homem, aliás intrépido, era agora a mais frágil das criaturas. Talvez a imaginação lhe mostrou, ao longe, o famoso olho da opinião a fitá-lo sarcasticamente, com um ar de pulha; talvez uma boca invisível lhe repetiu ao ouvido as chufas que ele escutara ou dissera outrora. Instou com a mulher que lhe confessasse tudo, porque tudo lhe perdoaria. Virgília compreendeu que estava salva; mostrou-se irritada com a insistência, jurou que da minha parte só ouvira palavras de gracejo e cortesia. A carta havia de ser de algum namorado sem ventura. E citou alguns – um que a galanteara francamente, durante algumas semanas, outro que lhe escrevera uma carta, e ainda outros e outros. Citava-os pelo nome, com circunstâncias, estudando os olhos do marido, e concluiu dizendo que, para não dar margem à calúnia, tratar-me-ia de maneira que eu não voltaria lá.

Ouvi tudo isto um pouco turbado, não pelo acréscimo de dissimulação que era preciso empregar de ora em diante, até afastar-me inteiramente da casa do Lobo Neves, mas pela tranquilidade moral de Virgília, pela falta de comoção, de susto, de saudades, e até de remorsos. Virgília notou a minha preocupação, levantou-me a cabeça, porque eu olhava então para o soalho, e disse-me com certa amargura:

– Você não merece os sacrifícios que lhe faço.

Não lhe disse nada; era ocioso ponderar-lhe que um pouco de desespero e terror daria à nossa situação o sabor cáustico dos primeiros dias; mas se lho dissesse, não é impossível que ela chegasse lenta e artificiosamente até esse pouco de desespero e terror. Não lhe disse nada. Ela batia nervosamente com a ponta do pé no chão; aproximei-me e beijei-a na testa. Virgília recuou, como se fosse um beijo de defunto.

Capítulo 97

Entre a boca e a testa

Sinto que o leitor estremeceu – ou devia estremecer. Naturalmente a última palavra sugeriu-lhe três ou quatro reflexões. Veja bem o quadro: numa casinha da Gamboa, duas pessoas que se amam há muito tempo, uma inclinada para a outra, a dar-lhe um beijo na testa, e a outra a recuar, como se sentisse o contato de uma boca de cadáver. Há aí, no breve intervalo, entre a boca e a testa antes do beijo e depois do beijo, há aí largo espaço para muita coisa – a contração de um ressentimento –, a ruga da desconfiança – ou enfim o nariz pálido e sonolento da saciedade...

Capítulo 98

Suprimido

Separamo-nos alegremente. Jantei reconciliado com a situação. A carta anônima restituía à nossa aventura o sal do mistério e a pimenta do perigo; e afinal foi bem bom que Virgília não perdesse naquela crise a posse de si mesma. De noite fui ao Teatro de São Pedro; representava-se uma grande peça, em que a Estela arrancava lágrimas. Entro; corro os olhos pelos camarotes; vejo em um deles Damasceno e a família. Trajava a filha com outra elegância e certo apuro, coisa difícil de explicar, porque o pai ganhava apenas o necessário para endividar-se; e daí, talvez fosse por isso mesmo.

No intervalo fui visitá-los. O Damasceno recebeu-me com muitas palavras, a mulher com muitos sorrisos. Quanto a Nhã-loló, não tirou mais os olhos de mim. Parecia-me agora mais bonita que no dia do jantar. Achei-lhe certa suavidade etérea casada ao polido das formas terrenas: – expressão vaga, e condigna de um capítulo em que tudo há de ser vago. Realmente, não sei como lhes diga que não me senti mal, ao pé da moça, trajando garridamente um vestido fino, um vestido que me dava cócegas de Tartufo. Ao contemplá-lo, cobrindo casta e redondamente o joelho, foi que eu fiz uma descoberta sutil, a saber, que a natureza previu a vestidura humana, condição necessária ao desenvolvimento da nossa espécie. A nudez habitual, dada a multiplicação das obras e dos cuidados do indivíduo, tenderia a embotar os sentidos e a retardar os sexos, ao passo que o vestuário, negaceando a natureza, aguça e atrai as vontades, ativa-as, reprodu-las, e conseguintemente faz andar a civilização. Abençoado uso que nos deu *Otelo*[80] e os paquetes transatlânticos!

Estou com vontade de suprimir este capítulo. O declive é perigoso. Mas enfim eu escrevo as minhas memórias e não as tuas, leitor pacato. Ao pé da graciosa donzela, parecia-me tomado de uma sensação dupla e indefinível. Ela exprimia inteiramente a dualidade de Pascal, *l'ange et la bête*[81], com a diferença que o jansenista não admitia a simultaneidade das duas naturezas, ao passo que elas aí estavam bem juntinhas – *l'ange*, que dizia algumas coisas do céu –, e *la bête*, que... Não; decididamente suprimo este capítulo.

---

80. Peça de Shakespeare.

81. "O anjo e a besta".

Capítulo 99

Na plateia

Na plateia achei Lobo Neves, de conversa com alguns amigos; falamos por alto, a frio, constrangidos um e outro. Mas no intervalo seguinte, prestes a levantar o pano, encontramo-nos num dos corredores, em que não havia ninguém. Ele veio a mim, com muita afabilidade e riso, puxou-me a um dos óculos do teatro, e falamos muito, principalmente ele, que parecia o mais tranquilo dos homens. Cheguei a perguntar-lhe pela mulher; respondeu que estava boa, mas torceu logo a conversação para assuntos gerais, expansivo, quase risonho. Adivinhe quem quiser a causa da diferença; eu fujo ao Damasceno que me espreita ali da porta do camarote.

Não ouvi nada do seguinte ato, nem as palavras dos atores, nem as palmas do público. Reclinado na cadeira, apanhava de memória os retalhos da conversação do Lobo Neves, refazia as maneiras dele, e concluía que era muito melhor a nova situação. Bastava-nos a Gamboa. A frequência da outra casa aguçaria as invejas. Rigorosamente podíamos dispensar-nos de falar todos os dias; era até melhor, metia a saudade de permeio nos amores. Ao demais, eu galgara os quarenta anos, e não era nada, nem simples eleitor de paróquia. Urgia fazer alguma coisa, ainda por amor de Virgília, que havia de ufanar-se quando visse luzir o meu nome... Creio que nessa ocasião houve grandes aplausos, mas não juro; eu pensava em outra coisa.

Multidão, cujo amor cobicei até a morte, era assim que eu me vingava às vezes de ti; deixava burburinhar em volta do meu corpo a gente humana, sem a ouvir, como o Prometeu de Ésquilo fazia aos seus verdugos. Ah! tu cuidavas encadear-me ao rochedo da tua frivolidade, da tua indiferença, ou da tua agitação? Frágeis cadeias, amiga minha; eu rompia-as de um gesto de Gulliver[82]. Vulgar coisa é ir considerar no ermo. O voluptuoso, o esquisito, é insular-se o homem no meio de um mar de gestos e palavras, de nervos e paixões, decretar-se alheado, inacessível, ausente. O mais que podem dizer, quando ele tomar a si – isto é, quando toma aos outros – é que baixa do mundo da lua; mas o mundo da lua, esse desvão luminoso e recatado do cérebro, que outra coisa é senão a afirmação desdenhosa da nossa liberdade espiritual? Vive Deus! eis um bom fecho de capítulo.

Capítulo 100

O caso provável

Se esse mundo não fosse uma região de espíritos desatentos, era escusado lembrar ao leitor que eu só afirmo certas leis quando as possuo deveras; em relação a outras restrinjo-me à admissão da probabilidade. Um exemplo da segunda classe constitui o presente capítulo, cuja leitura recomendo a todas as pessoas que amam o estudo dos fenômenos sociais. Segundo

---

82. Referência ao personagem principal do romance *As viagens de Gulliver*, do escritor irlandês Jonathan Swift.

parece, e não é improvável, existe entre os fatos da vida pública e os da vida particular uma certa ação recíproca, regular, e talvez periódica – ou, para usar de uma imagem, há alguma coisa semelhante às marés da Praia do Flamengo e de outras igualmente marulhosas. Com efeito, quando a onda investe a praia, alaga-a muitos palmos a dentro; mas esta mesma água torna ao mar, com variável força, e vai engrossar a onda que há de vir, e que terá de tornar como a primeira. Esta é a imagem; vejamos a aplicação.

Deixei dito noutra página que o Lobo Neves, nomeado presidente da província, recusou a nomeação por motivo da data do decreto, que era 13; ato grave, cuja consequência foi separar do ministério o marido da Virgília. Assim, o fato particular da ojeriza de um número produziu o fenômeno da dissidência política. Resta ver como, tempos depois, um ato político determinou na vida particular uma cessação de movimento. Não convindo ao método deste livro descrever imediatamente esse outro fenômeno, limito-me a dizer por ora que o Lobo Neves, quatro meses depois de nosso encontro no teatro, reconciliou-se com o ministério; fato que o leitor não deve perder de vista, se quiser penetrar a sutileza do meu pensamento.

Capítulo 101
A Revolução Dálmata

Foi Virgília quem me deu notícia da viravolta política do marido, certa manhã de outubro, entre onze e meio-dia; falou-me de reuniões, de conversas, de um discurso...

– De maneira que desta vez fica você baronesa, interrompi eu.

Ela derreou os cantos da boca, e moveu a cabeça a um e outro lado; mas esse gesto de indiferença era desmentido por alguma coisa menos definível, menos clara, uma expressão de gosto e de esperança. E não sei por que, imaginei que a carta imperial da nomeação podia atraí-la à virtude, não digo pela virtude em si mesma, mas por gratidão ao marido. Que ela amava cordialmente a nobreza; e um dos maiores desgostos de nossa vida foi o aparecimento de certo pelintra de legação – de legação da Dalmácia, suponhamos –, o Conde B.V., que a namorou durante três meses. Esse homem, vero fidalgo de raça, transtornara um pouco a cabeça de Virgília, que, além do mais, possuía a vocação diplomática. Não chego a alcançar o que seria de mim, se não rebentasse na Dalmácia uma revolução, que derrocou o governo e purificou as embaixadas. Foi sangrenta revolução, dolorosa, formidável; os jornais, a cada navio que chegava da Europa, transcreviam os horrores, mediam o sangue, contavam as cabeças; toda a gente fremia de indignação e piedade... Eu não; eu abençoava interiormente essa tragédia, que me tirara uma pedrinha do sapato. E depois a Dalmácia era tão longe!

Capítulo 102

De repouso

Mas este mesmo homem, que se alegrou com a partida do outro, praticou daí a tempos... Não, não hei de contá-lo nesta página; fique esse capítulo para repouso do meu vexame. Uma ação grosseira, baixa, sem explicação possível... Repito, não contarei o caso nesta página.

Capítulo 103

Distração

– Não, senhor doutor, isto não se faz. Perdoe-me, isto não se faz.

Tinha razão Dona Plácida. Nenhum cavalheiro chega uma hora mais tarde ao lugar em que o espera a sua dama. Entrei esbaforido; Virgília tinha ido embora. Dona Plácida contou-me que ela esperara muito, que se irritara, que chorara, que jurara votar-me ao desprezo, e outras mais coisas que a nossa caseira dizia com lágrimas na voz, pedindo-me que não desamparasse Iaiá, que era ser muito injusto com uma moça que me sacrificaria tudo. Expliquei-lhe então que um equívoco... E não era; cuido que foi simples distração. Um dito, uma conversa, uma anedota, qualquer coisa; simples distração.

Coitada de Dona Plácida! Estava aflita deveras. Andava de um lado para outro, abanando a cabeça, suspirando com estrépito, espiando pela rótula. Coitada de Dona Plácida! Com que arte conchegava as roupas, bafejava as faces, acalentava as manhas do nosso amor! que imaginação fértil em tornar as horas mais aprazíveis e breves! Flores, doces – os bons doces de outros dias – e muito riso, muito afago, um riso e um afago que cresciam com o tempo, como se ela quisesse fixar a nossa aventura; ou restituir-lhe a primeira flor. Nada esquecia a nossa confidente e caseira; nada, nem a mentira, porque a um e outro referia suspiros e saudades que não presenciara; nada, nem a calúnia, porque uma vez chegou a atribuir-me uma paixão nova. – Você sabe que não posso gostar de outra mulher, foi a minha resposta, quando Virgília me falou em semelhante coisa. E esta só palavra, sem nenhum protesto ou admoestação, dissipou o aleive de Dona Plácida, que ficou triste.

– Está bem, disse-lhe eu, depois de um quarto de hora; Virgília há de reconhecer que não tive culpa nenhuma... Quer você levar-lhe uma carta agora mesmo?

– Ela há de estar bem triste, coitadinha! Olhe, eu não desejo a morte de ninguém; mas, se o senhor doutor algum dia chegar a casar com Iaiá, então sim, é que há de ver o anjo que ela é!

Lembra-me que desviei o rosto e baixei os olhos ao chão. Recomendo este gesto às pessoas que não tiverem uma palavra pronta para responder, ou ainda as que recearem encarar a pupila de outros olhos. Em tais casos, alguns preferem recitar uma oitava dos *Lusíadas*, outros adotam o recurso de assobiar a *Norma*; eu atenho-me ao gesto indicado; é mais simples, exige menos esforço.

Três dias depois, estava tudo explicado. Suponho que Virgília ficou um pouco admirada, quando lhe pedi desculpa das lágrimas que derramara naquela triste ocasião. Nem me lembra se interiormente as atribuí a Dona Plácida. Com efeito, podia acontecer que Dona Plácida chorasse, ao vê-la desapontada, e, por um fenômeno da visão, as lágrimas que tinha nos próprios olhos lhe parecessem cair dos olhos de Virgília. Fosse como fosse, tudo estava explicado, mas não perdoado, e menos ainda esquecido. Virgília dizia-me uma porção de coisas duras, ameaçava-me com a separação, enfim louvava o marido. Esse sim, era um homem digno, muito superior a mim, delicado, um primor de cortesia e afeição; é o que ela dizia, enquanto eu, sentado, com os braços fincados nos joelhos, olhava para o chão, onde uma mosca arrastava uma formiga que lhe mordia o pé. Pobre mosca! pobre formiga!

– Mas você não diz nada, nada? perguntou Virgília, parando diante de mim.

– Que hei de dizer? Já expliquei tudo; você teima em zangar-se; que hei de dizer? Sabe o que me parece? Parece-me que você está enfastiada, que se aborrece, que quer acabar...

– Justamente!

Foi dali pôr o chapéu, com a mão trêmula, raivosa... – Adeus, Dona Plácida, bradou ela para dentro. Depois foi até a porta, correu o fecho, ia sair; agarrei-a pela cintura. – Está bom, está bom, disse-lhe. Virgília ainda forcejou por sair. Eu retive-a, pedi-lhe que ficasse, que esquecesse; ela afastou-se da porta e foi cair no canapé. Sentei-me ao pé dela, disse-lhe muitas coisas meigas, outras humildes, outras graciosas. Não afirmo se os nossos lábios chegaram à distância de um fio de cambraia ou ainda menos; é matéria controversa. Lembra-me, sim, que na agitação caiu um brinco de Virgília, que eu inclinei-me a apanhá-lo, e que a mosca de há pouco trepou ao brinco, levando sempre a formiga no pé. Então eu, com a delicadeza nativa de um homem do nosso século, pus na palma da mão aquele casal de mortificados; calculei toda a distância que ia da minha mão ao planeta Saturno, e perguntei a mim mesmo que interesse podia haver num episódio tão mofino. Se concluis daí que eu era um bárbaro, enganas-te, porque eu pedi um grampo a Virgília, a fim de separar os dois insetos; mas a mosca farejou a minha intenção, abriu as asas e foi-se embora. Pobre mosca! pobre formiga! E Deus viu que isto era bom, como se diz na Escritura.

Capítulo 104

Era ele!

Restituí o grampo a Virgília, que o repregou nos cabelos, e preparou-se para sair. Era tarde; tinham dado três horas. Tudo estava esquecido e perdoado. Dona Plácida, que espreitava a ocasião idônea para a saída, fecha subitamente a janela e exclama:

– Virgem Nossa Senhora! aí vem o marido de Iaiá!

O momento de terror foi curto, mas completo. Virgília fez-se da cor das rendas do vestido, correu até a porta da alcova; Dona Plácida, que fechara a rótula, queria fechar também a porta de dentro; eu dispus-me a esperar o Lobo Neves. Esse curto instante passou. Virgília tornou a si, empurrou-me para a alcova, disse a Dona Plácida que voltasse à janela; a confidente obedeceu.

Era ele. Dona Plácida abriu-lhe a porta com muitas exclamações de pasmo: – O senhor por aqui! honrando a casa de sua velha! Entre, faça favor. Adivinhe quem está cá... Não tem que adivinhar, não veio por outra coisa... Apareça, Iaiá.

Virgília, que estava a um canto, atirou-se ao marido. Eu espreitava-os pelo buraco da fechadura. O Lobo Neves entrou lentamente, pálido, frio, quieto, sem explosão, sem arrebatamento, e circulou um olhar em volta da sala.

– Que é isto? exclamou Virgília. Você por aqui?

– Ia passando, vi Dona Plácida à janela, e vim cumprimentá-la.

– Muito obrigada, acudiu esta. E digam que as velhas não valem alguma coisa... Olhai, gentes! Iaiá parece estar com ciúmes. E acariciando-a muito: – Este anjinho é que nunca se esqueceu da velha Plácida. Coitadinha! é mesmo a cara da mãe... Sente-se, senhor doutor...

– Não me demoro.

– Você vai para casa? disse Virgília. Vamos juntos.

– Vou.

– Dê cá o meu chapéu, Dona Plácida.

– Está aqui.

Dona Plácida foi buscar um espelho, abriu-o diante dela.Virgília punha o chapéu, atava as fitas, arranjava os cabelos, falando ao marido, que não respondia nada. A nossa boa velha tagarelava demais; era um modo de disfarçar as tremuras do corpo. Virgília, dominado o primeiro instante, tornara à posse de si mesma.

– Pronta! disse ela. Adeus, Dona Plácida; não se esqueça de aparecer, ouviu? A outra prometeu que sim, e abriu-lhes a porta.

Capítulo 105

Equivalência das janelas

Dona Plácida fechou a porta e caiu numa cadeira. Eu deixei imediatamente a alcova, e dei dois passos para sair à rua, com o fim de arrancar Virgília ao marido; foi o que disse, e em bem que o disse, porque Dona Plácida deteve-me por um braço. Tempo houve em que – cheguei a supor que não dissera aquilo senão para que ela me detivesse; mas a simples reflexão basta para mostrar que, depois dos dez minutos da alcova, o gesto mais genuíno e cordial não podia ser senão esse. E isto por aquela famosa lei da equivalência das janelas, que eu tive a satisfação de descobrir e formular, no capítulo 51. Era preciso arejar a consciência. A alcova foi uma janela fechada; eu abri outra com o gesto de sair, e respirei.

Capítulo 106

Jogo perigoso

Respirei e sentei-me. Dona Plácida atroava a sala com exclamações e lástimas. Eu ouvia, sem lhe dizer coisa nenhuma; refletia comigo se não era melhor ter fechado Virgília na alcova e ficado na sala; mas adverti logo que seria pior; confirmaria a suspeita, chegaria o fogo à pólvora, e uma cena de sangue... Foi muito melhor assim. Mas depois? que ia acontecer em casa de Virgília? matá-la-ia o marido? espancá-la-ia? encerrá-la-ia? expulsá-la-ia? Estas interrogações percorriam lentamente o meu cérebro, como os pontinhos e vírgulas escuras percorrem o campo visual dos olhos enfermos ou cansados. Iam e vinham, com o seu aspecto seco e trágico, e eu não podia agarrar um deles e dizer: és tu, tu e não outro.

De repente vejo um vulto negro; era Dona Plácida, que fora dentro, enfiara a mantilha, e vinha oferecer-se-me para ir à casa do Lobo Neves. Ponderei-lhe que era arriscado, porque ele desconfiaria da visita tão próxima.

– Sossegue, interrompeu ela; eu saberei arranjar as coisas. Se ele estiver em casa não entro.

Saiu; eu fiquei a ruminar o sucesso e as consequências possíveis. Ao cabo, parecia-me jogar um jogo perigoso, e perguntava a mim mesmo se não era tempo de levantar e espairecer. Sentia-me tomado de uma saudade do casamento, de um desejo de canalizar a vida. Por que não? Meu coração tinha ainda que explorar; não me sentia incapaz de um amor casto, severo e puro. Em verdade, as aventuras são a parte torrencial e vertiginosa da vida, isto é, a exceção; eu estava enfarado delas; não sei até se me pungia algum remorso. Mal pensei naquilo, deixei-me ir atrás da imaginação; vi-me logo casado, ao pé de uma mulher adorável, diante de um *baby*, que dormia no regaço da ama, todos nós no fundo de uma chácara sombria e verde, a espiarmos através das árvores uma nesga do céu azul, extremamente azul...

Capítulo 107
Bilhete

Não houve nada, mas ele suspeita alguma coisa; está muito sério e não fala; agora saiu. Sorriu uma vez somente, para nhonhô, depois de o fitar muito tempo, carrancudo. Não me tratou mal nem bem. Não sei o que vai acontecer; Deus queira que isto passe. Muita cautela, por ora, muita cautela.

Capítulo 108
Que se não entende

Eis aí o drama, eis aí a ponta da orelha trágica de Shakespeare. Esse retalhinho de papel, garatujado em partes, machucado das mãos, era um documento de análise, que eu não farei neste capítulo, nem no outro, nem talvez em todo o resto do livro. Poderia eu tirar ao leitor o gosto de notar por si mesmo a frieza, a perspicácia e o ânimo dessas poucas linhas traçadas à pressa; e por trás delas a tempestade de outro cérebro, a raiva dissimulada, o desespero que se constrange e medita, porque tem de resolver-se na lama, ou nas lágrimas?

Quanto a mim, se vos disser que li o bilhete três ou quatro vezes, naquele dia, acreditai-o, que é verdade; se vos disser mais que o reli no dia seguinte, antes e depois do almoço, podeis crê-lo, é a realidade pura. Mas se vos disser a comoção que tive, duvidai um pouco da asserção, e não a aceites sem provas. Nem então, nem ainda agora cheguei a discernir o que experimentei. Era medo, e não era medo; era dó e não era dó; era vaidade e não era vaidade; enfim, era amor sem amor, isto é, sem delírio; e tudo isso dava uma combinação assaz complexa e vaga, uma coisa que não podereis entender, como eu não entendi. Suponhamos que não disse nada.

Capítulo 109
O filósofo

Sabido que reli a carta, antes e depois do almoço, sabido fica que almocei, e só resta dizer que essa refeição foi das mais parcas da minha vida: um ovo, uma fatia de pão, uma xícara de chá. Não me esqueceu esta circunstância mínima; no meio de tanta coisa importante obliterada escapou esse almoço. A razão principal poderia ser justamente o meu desastre; mas não foi; a principal razão foi a reflexão que me fez o Quincas Borba, cuja visita recebi naquele dia. Disse-me ele que a frugalidade não era necessária para entender o Humanitismo, e menos ainda praticá-lo; que esta filosofia acomodava-se facilmente com os prazeres da vida, inclusive a mesa, o espetáculo e os amores; e que, ao contrário, a frugalidade podia indicar certa tendência para o ascetismo, o qual era a expressão acabada da tolice humana.

– Veja São João, continuou ele; mantinha-se de gafanhotos, no deserto, em vez de engordar tranquilamente na cidade, e fazer emagrecer o farisaísmo na sinagoga.

Deus me livre de contar a história do Quincas Borba, que aliás ouvi toda naquela triste ocasião, uma história longa, complicada, mas interessante. E se não conto a história, dispenso-me outrossim de descrever-lhe a figura, aliás mui diversa da que me apareceu no Passeio Público. Calo-me; digo somente que se o principal característico do homem não são as feições, mas o vestuário, ele não era o Quincas Borba; era um desembargador sem beca, um general sem farda, um negociante sem *deficit*. Notei-lhe a perfeição da sobrecasaca, a alvura da camisa, o asseio das botas. A mesma voz, rouca outrora, parecia restituída à primitiva sonoridade. Quanto à gesticulação, sem que houvesse perdido a viveza de outro tempo, não tinha já a desordem, sujeitava-se a um certo método. Mas eu não quero descrevê-lo. Se falasse, por exemplo, no botão de ouro que trazia ao peito, e na qualidade do couro das botas, iniciaria uma descrição, que omito por brevidade. Contentem-se de saber que as botas eram de verniz. Saibam mais que ele herdara alguns pares de contos de réis de um velho tio de Barbacena.

Meu espírito (permitam-me aqui uma comparação de criança!), meu espírito era naquela ocasião uma espécie de peteca. A narração do Quincas Borba dava-lhe uma palmada, ele subia; quando ia a cair, o bilhete de Virgília dava-lhe outra palmada, e ele era de novo arremessado aos ares; descia, e o episódio do Passeio Público recebia-o com outra palmada, igualmente rija e eficaz. Cuido que não nasci para situações complexas. Esse puxar e empuxar de coisas opostas, desequilibrava-me; tinha vontade de embrulhar o Quincas Borba, o Lobo Neves e o bilhete de Virgília na mesma filosofia, e mandá-los de presente a Aristóteles. Contudo, era instrutiva a narração do nosso filósofo; admirava-lhe sobretudo o talento de observação com que descrevia a gestação e o crescimento do vício, as lutas interiores, as capitulações vagarosas, o uso da lama.

– Olhe, observou ele; a primeira noite que passei na escada de São Francisco, dormi-a inteira, como se fosse a mais fina pluma. Por quê? Porque fui gradualmente da cama de esteira ao catre de pau, do quarto próprio ao corpo da guarda, do corpo da guarda à rua...

Quis expor-me finalmente a filosofia; eu pedi-lhe que não. – Estou muito preocupado hoje e não poderia atendê-lo; venha depois; estou sempre em casa. Quincas Borba sorriu de um modo malicioso; talvez soubesse da minha aventura, mas não acrescentou nada. Só me disse estas últimas palavras à porta:

– Venha para o Humanitismo; ele é o grande regaço dos espíritos, o mar eterno em que mergulhei para arrancar de lá a verdade. Os gregos faziam-na sair de um poço. Que concepção mesquinha! Um poço! Mas é por isso mesmo que nunca atinaram com ela. Gregos, subgregos, antigregos, toda a longa série dos homens tem-se debruçado sobre o poço, para ver sair a verdade, que não está lá. Gastaram cordas e caçambas; alguns mais afoitos desceram ao fundo e trouxeram um sapo. Eu fui diretamente ao mar. Venha para o Humanitismo.

Capítulo 110

31

Uma semana depois, Lobo Neves foi nomeado presidente de província. Agarrei-me à esperança da recusa, se o decreto viesse outra vez datado de 13; trouxe, porém, a data de 31, e esta simples transposição de algarismos eliminou deles a substância diabólica. Que profundas que são as molas da vida!

Capítulo 111

O muro

Não sendo meu costume dissimular ou esconder nada, contarei nesta página o caso do muro. Eles estavam prestes a embarcar. Entrando em casa de Dona Plácida, vi um papelinho dobrado sobre a mesa; era um bilhete de Virgília; dizia que me esperava à noite, na chácara, sem falta. E concluía: "O muro é baixo do lado do beco".

Fiz um gesto de desagrado. A carta pareceu-me descomunalmente audaciosa, malpensada e até ridícula. Não era só convidar o escândalo, era convidá-lo de parceria com a risota. Imaginei-me a saltar o muro, embora baixo e do lado do beco; e, quando ia a galgá-lo, via-me agarrado por um pedestre de polícia, que me levava ao corpo da guarda. O muro é baixo! E que tinha que fosse baixo? Naturalmente Virgília não soube o que fez; era possível que já estivesse arrependida. Olhei para o papel, um pedaço de papel amarrotado, mas inflexível. Tive comichões de o rasgar, em trinta mil pedaços, e atirá-los ao vento, como o último despojo da minha aventura; mas recuei a tempo; o amor-próprio, o vexame da fuga, a ideia do medo... Não havia remédio senão ir.

– Diga-lhe que vou.

– Aonde? perguntou Dona Plácida.

– Onde ela disse que me espera.

– Não me disse nada.

– Neste papel.

Dona Plácida arregalou os olhos:

– Mas esse papel, achei-o hoje de manhã, nesta sua gaveta, e pensei que...

Tive uma sensação esquisita. Reli o papel, mirei-o, remirei-o; era, em verdade, um antigo bilhete de Virgília, recebido no começo dos nossos amores, uma certa entrevista na chácara, que me levou efetivamente a saltar o muro, um muro baixo e discreto. Guardei o papel e... Tive uma sensação esquisita.

Capítulo 112

A opinião

Mas estava escrito que esse dia devia ser o dos lances dúbios. Poucas horas depois, encontrei Lobo Neves, na Rua do Ouvidor; falamos da presidência e da política. Ele aproveitou o primeiro conhecido que nos passou à ilharga, e deixou-me, depois de muitos cumprimentos. Lembra-me que estava retraído, mas de um retraimento que forcejava por dissimular.

Pareceu-me então (e peço perdão à crítica, se este meu juízo for temerário!) – pareceu-me que ele tinha medo – não medo de mim, nem de si, nem do código, nem da consciência; tinha medo da opinião. Supus que esse tribunal anônimo e invisível, em que cada membro acusa e julga, era o limite posto à vontade do Lobo Neves. Talvez já não amasse a mulher; e, assim, pode ser que o coração fosse estranho à indulgência dos seus últimos atos. Cuido (e de novo insto pela boa vontade da crítica!), cuido que ele estaria pronto a separar-se da mulher, como o leitor se terá separado de muitas relações pessoais; mas a opinião, essa opinião que lhe arrastaria a vida por todas as ruas, que abriria minucioso inquérito acerca do caso, que coligiria uma a uma todas as circunstâncias, antecedências, induções, provas, que as relataria na palestra das chácaras desocupadas, essa terrível opinião, tão curiosa das alcovas, obstou à dispersão da família. Ao mesmo tempo tornou impossível o desforço que seria a divulgação. Ele não podia mostrar-se ressentido comigo, sem igualmente buscar a separação conjugal; e teve então de simular a mesma ignorância de outrora, e, por dedução, iguais sentimentos.

Que lhe custasse creio; naqueles dias, principalmente, vi-o de modo que devia custar-lhe muito. Mas o tempo (e é outro ponto em que eu espero a indulgência dos homens pensadores!), o tempo caleja a sensibilidade, e oblitera a memória das coisas; era de supor que os anos lhe despontassem os espinhos, que a distância dos fatos apagasse os respectivos contornos, que uma sombra de dúvida retrospectiva cobrisse a nudez da realidade; enfim, que a opinião se ocupasse um pouco com outras aventuras. O filho, crescendo, buscaria satisfazer as ambições do pai; seria o herdeiro de todos os seus afetos. Isso, e a atividade externa, e o prestígio público, e a velhice depois, a doença, o declínio, a morte, um responso, uma notícia biográfica, e estava fechado o livro da vida, sem nenhuma página de sangue.

Capítulo 113
A solda

A conclusão, se há alguma no capítulo anterior, é que a opinião é uma boa solda das instituições domésticas. Não é impossível que eu desenvolva este pensamento, antes de acabar o livro; mas também não é impossível que o deixe como está. De um ou de outro modo, é uma boa solda a opinião, e tanto na ordem doméstica, como na política. Alguns metafísicos biliosos têm chegado ao extremo de a darem como simples produto da gente chocha ou medíocre; mas é evidente que, ainda quando um conceito tão extremado não trouxesse em si mesmo a resposta, bastava considerar os efeitos salutares da opinião, para concluir que ela é a obra superfina da flor dos homens, a saber, do maior número.

Capítulo 114
Fim de um diálogo

– Sim, é amanhã. Você vai a bordo?

– Está doida? É impossível.

– Então, adeus!

– Adeus!

– Não se esqueça de Dona Plácida. Vá vê-la algumas vezes. Coitada! Foi ontem despedir-se de nós; chorou muito, disse que eu não a veria mais... É uma boa criatura, não é?

– Certamente.

– Se tivermos de escrever, ela receberá as cartas. Agora até daqui a...

– Talvez dois anos?

– Qual! ele diz que só até fazer as eleições.

– Sim? então até breve. Olhe que estão olhando para nós.

– Quem?

– Ali do sofá. Separemo-nos.

– Custa-me muito.

– Mas é preciso; adeus, Virgília!

– Até breve. Adeus!

Capítulo 115
O almoço

Não a vi partir; mas à hora marcada senti alguma coisa que não era dor nem prazer, uma coisa mista, alívio e saudade, tudo misturado, em iguais doses. Não se irrite o leitor com esta confissão. Eu bem sei que, para titilar-lhe os nervos da fantasia, devia padecer um grande desespero, derramar algumas lágrimas, e não almoçar. Seria romanesco; mas não seria biográfico. A realidade pura é que eu almocei, como nos demais dias, acudindo ao coração com as lembranças da minha aventura, e ao estômago com os acepipes de M. Prudhon...[83]

...Velhos do meu tempo acaso vos lembrais desse mestre cozinheiro do Hotel Pharoux, um sujeito que, segundo dizia o dono da casa, havia servido nos famosos Véry e Véfour[84], de Paris, e mais nos palácios do Conde Molé[85] e do Duque de la Rochefoucauld?[86] Era insigne. Entrou no Rio de Janeiro com a polca... A polca, M. Prudhon, o Tivoli, o baile dos estrangeiros, o Cassino, eis algumas das melhores recordações daquele tempo; mas sobretudo os acepipes do mestre eram deliciosos. Eram, e naquela manhã parece que o diabo do homem adivinhara a nossa catástrofe. Jamais o engenho e a arte lhe foram tão propícios. Que requinte de temperos! que ternura de carnes! que rebuscado de formas! Comia-se com a boca, com os olhos, com o nariz. Não guardei a conta desse dia; sei que foi cara. Ai dor! Era-me preciso enterrar magnificamente os meus amores. Eles lá iam, mar em fora, no espaço e no tempo, e eu ficava-me ali numa ponta de mesa, com os meus quarenta e tantos anos, tão vadios e tão vazios; ficava-me para os não ver nunca mais, porque ela poderia tornar e tornou, mas o eflúvio da manhã quem é que o pediu ao crepúsculo da tarde?

---

83. Pierre-Paul Prudhon (1758-1823) – foi um pintor francês de tendência romântica.

84. Antigos restaurantes de Paris.

85. Louis Mathieu, Conde Molé (1781-1855) – foi um político francês, ocupou o cargo de primeiro-ministro da França.

86. François, Duque de La Rochefoucauld (1613-1680) – foi um aristocrata, escritor e moralista francês.

Capítulo 116

Filosofia das folhas velhas

Fiquei tão triste com o fim do último capítulo que estava capaz de não escrever este, descansar um pouco, purgar o espírito da melancolia que a empacha, e continuar depois. Mas não, não quero perder tempo.

A partida de Virgília deu-me uma amostra da viuvez. Nos primeiros dias meti-me em casa, a fisgar moscas, como Domiciano[87], se não mente o Suetônio[88], mas a fisgá-las de um modo particular: com os olhos. Fisgava-as uma a uma, no fundo de uma sala grande, estirado na rede, com um livro aberto entre as mãos. Era tudo: saudades, ambições, um pouco de tédio, e muito devaneio solto. Meu tio cônego morreu nesse intervalo; item, dois primos. Não me dei por abalado; levei-os ao cemitério, como quem leva dinheiro a um banco. Que digo? como quem leva cartas ao correio: selei as cartas, meti-as na caixinha, e deixei ao carteiro o cuidado de as entregar em mão própria. Foi também por esse tempo que nasceu minha sobrinha Venância, filha do Cotrim. Morriam uns, nasciam outros; eu continuava às moscas.

---

87. Tito Flávio Domiciano (51-96) – imperador romano, sempre lembrado como um tirano cruel e paranoico.

88. Caio Suetônio Tranquilo (69 – 141), ou apenas Suetônio, é considerado o principal historiador dos primeiros séculos da Era Cristã. Foi um grande estudioso dos costumes de sua gente e de seu tempo, tendo escrito um grande volume de obras eruditas, nas quais descrevia os principais personagens e costumes da sua época.

Outras vezes agitava-me. Ia às gavetas, entornava as cartas antigas, dos amigos, dos parentes, das namoradas (até as de Marcela), e abria-as todas, lia-as uma a uma, e recompunha o pretérito... Leitor ignaro, se não guardas as cartas da juventude, não conhecerás um dia a filosofia das folhas velhas, não gostarás o prazer de ver-te, ao longe, na penumbra, com um chapéu de três bicos, botas de sete léguas e longas barbas assírias, a bailar ao som de uma gaita anacreôntica. Guarda as tuas cartas da juventude!

Ou, se te não apraz o chapéu de três bicos, empregarei a locução de um velho marujo, familiar da casa de Cotrim; direi que, se guardares as cartas da juventude, acharás ocasião de "cantar uma saudade". Parece que os nossos marujos dão este nome às cantigas de terra, entoadas no alto-mar. Como expressão poética, é o que se pode exigir mais triste.

Capítulo 117

O Humanitismo

Duas forças, porém, além de uma terceira, compeliam-se a tornar à vida agitada do costume: Sabina e Quincas Borba. Minha irmã encaminhou a candidatura conjugal de Nhã-loló de um modo verdadeiramente impetuoso. Quando dei por mim estava com a moça quase nos braços. Quanto ao Quincas Borba, expôs-me enfim o Humanitismo, sistema de filosofia destinado a arruinar todos os demais sistemas.

– Humanitas, dizia ele, o princípio das coisas, não é outro senão o mesmo homem repartido por todos os homens. Conta três fases Humanitas: a *estática*, anterior a toda a criação; a *expansiva*, começo das coisas; a *dispersiva*, aparecimento do homem; e contará mais uma, a *contrativa*, absorção do homem e das coisas. A *expansão*, iniciando o universo, sugeriu a Humanitas o desejo de o gozar, e daí a *dispersão*, que não é mais do que a multiplicação personificada da substância original.

Como me não aparecesse assaz clara esta exposição, Quincas Borba desenvolveu-a de um modo profundo, fazendo notar as grandes linhas do sistema. Explicou-me que, por um lado, o Humanitismo ligava-se ao Bramanismo, a saber, na distribuição dos homens pelas diferentes partes do corpo de Humanitas; mas aquilo que na religião indiana tinha apenas uma estreita significação teológica e política, era no Humanitismo a grande lei do valor pessoal. Assim, descender do peito ou dos rins de Humanitas, isto é, ser *um forte*, não era o mesmo que descender dos cabelos ou da ponta do nariz. Daí a necessidade de cultivar e temperar o músculo. Hércules não foi senão um símbolo antecipado do Humanitismo. Neste ponto o Quincas Borba ponderou que o paganismo poderia ter chegado à verdade, se se não houvesse amesquinhado com a parte galante dos seus mitos. Nada disso acontecerá com o Humanitismo. Nesta igreja nova não há aventuras fáceis, nem quedas, nem tristezas, nem alegrias pueris. O amor, por exemplo, é um sacerdócio, a reprodução um ritual. Como a vida é o maior benefício do universo, e não há mendigo que não prefira a miséria à morte (o que é um delicioso influxo de Humanitas), segue-se que a transmissão da vida, longe de ser uma ocasião de galanteio, é a hora suprema da missa espiritual. Porquanto, verdadeiramente há só uma desgraça: é não nascer.

– Imagina, por exemplo, que eu não tinha nascido, continuou o Quincas Borba; é positivo que não teria agora o prazer de conversar contigo, comer esta batata, ir ao teatro, e para tudo dizer numa só palavra: viver. Nota que eu não faço do homem um simples veículo de Humanitas; não, ele é ao mesmo tempo veículo, cocheiro e passageiro; ele é o próprio Humanitas reduzido; daí a necessidade de adorar-se a si próprio. Queres uma prova da superioridade do meu sistema? Contempla a inveja. Não há moralista grego ou turco, cristão ou muçulmano, que troveje contra o sentimento da inveja. O acordo é universal, desde os campos da Idumeia[89] até o Alto da Tijuca. Ora bem; abre mão dos velhos preconceitos, esquece as retóricas rafadas, e estuda a inveja, esse sentimento tão sutil e tão nobre. Sendo cada homem uma redução de Humanitas, é claro que nenhum homem é fundamentalmente oposto a outro homem, quaisquer que sejam as aparências contrárias. Assim, por exemplo, o algoz que executa o condenado pode excitar o vão clamor dos poetas; mas substancialmente é Humanitas que corrige em Humanitas uma infração da lei de Humanitas. O mesmo direi do indivíduo que estripa a outro; é uma manifestação da força de Humanitas. Nada obsta (e há exemplos) que ele seja igualmente estripado. Se entendeste bem, facilmente compreenderás que a inveja não é senão uma admiração que luta, e sendo a luta a grande função do gênero humano, to-

---

89. "Idumeia" é o termo aportuguesado de "Edom", antigo reino ao sul da atual Jordânia, conhecida por suas montanhas altas e rochosas.

dos os sentimentos belicosos são os mais adequados à sua felicidade. Daí vem que a inveja é uma virtude.

Para que negá-lo? eu estava estupefato. A clareza da exposição, a lógica dos princípios, o rigor das consequências, tudo isso parecia superiormente grande, e foi-me preciso suspender a conversa por alguns minutos, enquanto digeria a filosofia nova. Quincas Borba mal podia encobrir a satisfação do triunfo. Tinha uma asa de frango no prato, e trincava-a com filosófica serenidade. Eu fiz-lhe ainda algumas objeções, mas tão frouxas, que ele não gastou muito tempo em destruí-las.

– Para entender bem o meu sistema, concluiu ele, importa não esquecer nunca o princípio universal, repartido e resumido em cada homem. Olha: a guerra, que parece uma calamidade, é uma operação conveniente, como se disséssemos o estalar dos dedos de Humanitas; a fome (e ele chupava filosoficamente a asa do frango), a fome é uma prova a que Humanitas submete a própria víscera. Mas eu não quero outro documento da sublimidade do meu sistema, senão este mesmo frango. Nutriu-se de milho, que foi plantado por um africano, suponhamos, importado de Angola. Nasceu esse africano, cresceu, foi vendido; um navio o trouxe, um navio construído de madeira cortada no mato por dez ou doze homens, levado por velas, que oito ou dez homens teceram, sem contar a cordoalha e outras partes do aparelho náutico. Assim, este frango, que eu almocei agora mesmo, é o resultado de uma multidão de esforços e lutas, executados como único fim de dar mate ao meu apetite.

Entre o queijo e o café, demonstrou-me Quincas Borba que o seu sistema era a destruição da dor.

A dor, segundo o Humanitismo, é uma pura ilusão. Quando a criança é ameaçada por um pau, antes mesmo de ter sido espancada, fecha os olhos e treme; essa predisposição é que constitui a base da ilusão humana, herdada e transmitida. Não basta certamente a adoção do sistema para acabar logo com a dor, mas é indispensável; o resto é a natural evolução das coisas. Uma vez que o homem se compenetra bem de que ele é o próprio Humanitas, não tem mais do que remontar o pensamento à substância original para obstar qualquer sensação dolorosa. A evolução, porém, é tão profunda, que mal se lhe podem assinar alguns milhares de anos.

Quincas Borba leu-me daí a dias a sua grande obra. Eram quatro volumes manuscritos, de cem páginas cada um, com letra miúda e citações latinas. O último volume compunha-se de um tratado político, fundado no Humanitismo; era talvez a parte mais enfadonha do sistema, posto que concebida com um formidável rigor de lógica. Reorganizada a sociedade pelo método dele, nem por isso ficavam eliminadas a guerra, a insurreição, o simples murro, a facada anônima, a miséria, a fome, as doenças; mas sendo esses supostos flagelos verdadeiros equívocos do entendimento, porque não passariam de movimentos externos da substância interior, destinados a não influir sobre o homem, senão como simples quebra da monotonia universal, claro estava que a sua existência não impediria a felicidade humana. Mas ainda quando tais flagelos (o que era radicalmente falso) correspondessem no futuro à concepção acanhada de antigos tempos, nem por isso ficava destruído o sistema, e por dois motivos: 1º porque sendo Humanitas a substância criadora e absoluta, cada indivíduo deveria achar a maior delícia do mundo em sacrificar-se ao princípio de que descende; 2º porque, ainda assim, não diminuiria o poder espiritual do homem sobre a terra, inventada unicamente para seu recreio dele, como as estrelas, as brisas, as tâmaras e o ruibarbo. Pangloss, dizia-me ele ao fechar o livro, não era tão tolo como o pintou Voltaire.

Capítulo 118

A terceira força

A terceira força que me chamava ao bulício era o gosto de luzir, e, sobretudo, a incapacidade de viver só. A multidão atraía-me, o aplauso namorava-me. Se a ideia do emplasto me tem aparecido nesse tempo, quem sabe? Não teria morrido logo e estaria célebre. Mas o emplasto não veio. Veio o desejo de agitar-me em alguma coisa, com alguma coisa e por alguma coisa.

Capítulo 119

Parênteses

Quero deixar aqui, entre parênteses, meia dúzia de máximas das muitas que escrevi por esse tempo. São bocejos de enfado; podem servir de epígrafe a discursos sem assunto:

– – – – –

Suporta-se com paciência a cólica do próximo.

– – – – –

Matamos o tempo; o tempo nos enterra.

Um cocheiro filósofo costumava dizer que o gosto da carruagem seria diminuto, se todos andassem de carruagem.

Crê em ti; mas nem sempre duvides dos outros.

Não se compreende que um botocudo fure o beiço para enfeitá-lo com um pedaço de pau. Esta reflexão é de um joalheiro.

Não te irrites se te pagarem mal um benefício: antes cair das nuvens, que de um terceiro andar.

CAPÍTULO 120

Compelle intrare[90]

– Não, senhor, agora quer você queira, quer não, há de casar, disse-me Sabina. Que belo futuro! Um solteirão sem filhos.

Sem filhos! A ideia de ter filhos deu-me um sobressalto; percorreu-me outra vez o fluido misterioso.

---

90. "Obriga-os a entrar", em latim; expressão de Cristo (Lc 14,23) referindo-se aos convidados para o festim. Aplica-se à insistência de alguém em procurar fazer outrem aceitar algo cujo valor desconhece.

Sim, cumpria ser pai. A vida celibata podia ter certas vantagens próprias, mas seriam tênues, e compradas a troco da solidão. Sem filhos! Não; impossível. Dispus-me a aceitar tudo, ainda mesmo a aliança do Damasceno. Sem filhos! Como já então depositasse grande confiança em Quincas Borba, fui ter com ele e expus-lhe os movimentos internos da minha paternidade. O filósofo ouviu-me com alvoroço; declarou-me que Humanitas se agitava em meu seio; animou-me ao casamento; ponderou que eram mais alguns convivas que batiam à porta etc. *Compelle intrare*, como dizia Jesus. E não me deixou sem provar que o apólogo evangélico não era mais do que um prenúncio do Humanitismo, erradamente interpretado pelos padres.

Capítulo 121

Morro abaixo

No fim de três meses, ia tudo à maravilha. O fluido, Sabina, os olhos da moça, os desejos do pai, eram outros tantos impulsos que me levavam ao matrimônio. A lembrança de Virgília aparecia de quando em quando, à porta, e com ela um diabo negro, que me metia à cara um espelho, no qual eu via ao longe Virgília desfeita em lágrimas; mas outro diabo vinha, cor-de-rosa, com outro espelho, em que se refletia a figura de Nhã-loló, terna, luminosa, angélica.

Não falo dos anos. Não os sentia; acrescentarei até que os deitara fora, certo domingo, em que fui à missa na capela do Livramento. Como o Damasceno morava nos Cajueiros, eu acompanhava-os muitas vezes à missa. O morro estava ainda nu de habitações, salvo o velho palacete do alto, onde era a capela. Pois um domingo, ao descer com Nhã-loló pelo braço, não sei que fenômeno se deu que fui deixando aqui dois anos, ali quatro, logo adiante cinco, de maneira que, quando cheguei abaixo, estava com vinte anos apenas, tão lépidos como tinham sido.

Agora, se querem saber em que circunstâncias se deu o fenômeno, basta-lhes ler este capítulo até o fim. Vínhamos da missa, ela, o pai e eu. No meio do morro achamos um grupo de homens. Damasceno, que vinha ao pé de nós, percebeu o que era e adiantou-se alvoroçado; nós fomos atrás dele. E vimos isto; homens de todas as idades, tamanhos e cores, uns em mangas de camisa, outros de jaqueta, outros metidos em sobrecasacas esfrangalhadas; atitudes diversas, uns de cócoras, outros com as mãos apoiadas nos joelhos, estes sentados sem pedras, aqueles encostados ao muro, e todos com os olhos fixos no centro, e as almas debruçadas das pupilas.

– Que é? perguntou-me Nhã-loló.

Fiz-lhe sinal que se calasse; abri sutilmente caminho, e todos me foram cedendo espaço, sem que positivamente ninguém me visse. O centro tinha-lhes atado os olhos. Era uma briga de galos. Vi os dois contendores, dois galos de esporão agudo, olho de fogo e bico afiado. Ambos agitavam as cristas em sangue; o peito de um e de outro estava desplumado e rubro; invadia-os o cansaço. Mas lutavam ainda assim, olhos fitos nos olhos, bico abaixo, bico acima, golpe deste, golpe daquele, vibrantes e raivosos. O Damasceno não sabia mais nada; o espetáculo eliminou para ele todo o universo. Em vão lhe disse que era tempo de descer: ele não respondia, não ouvia, concentrara-se no duelo. A briga de galos era uma de suas paixões.

Foi nessa ocasião que Nhã-loló me puxou brandamente pelo braço, dizendo que nos fôssemos embora. Aceitei o conselho e vim com ela por ali abaixo. Já disse que o morro era então desabitado; disse-lhes também que vínhamos da missa, e não lhes tendo dito que chovia, era claro que fazia bom tempo, um sol delicioso. E forte. Tão forte que abri logo o guarda-sol, segurei-o pelo centro do cabo, e inclinei-o por modo que ajuntei uma página à filosofia do Quincas Borba: Humanitas osculou Humanitas... Foi assim que os anos me vieram caindo pelo morro abaixo.

Ao sopé detivemo-nos alguns minutos, à espera de Damasceno; ele veio daí a pouco rodeado dos apostadores, a comentar com eles a briga. Um destes, tesoureiro das apostas, distribuía um velho maço de notas de dez tostões, que os vencedores recebiam duplamente alegres. Quanto aos galos vinham sobraçados pelo respectivo dono. Um deles trazia a crista tão comida e ensanguentada, que vi logo nele o vencido; mas era engano – o vencido era o outro, que não trazia crista nenhuma. Ambos tinham o bico aberto, respirando a custo, esfalfados. Os apostadores, ao contrário, vinham alegres, sem embargo das fortes comoções da luta; biografávamos contendores, relembravam as proezas de ambos. Eu fui andando, vexado; Nhã-loló vexadíssima.

Capítulo 122

Uma intenção mui fina

O que vexava a Nhã-loló era o pai. A facilidade com que ele se metera com os apostadores punha em relevo antigos costumes e afinidades sociais, e Nhã-

-loló chegara a temer que tal sogro me parecesse indigno. Era notável a diferença que ela fazia de si mesma; estudava-se e estudava-me. A vida elegante e polida atraía-a, principalmente porque lhe parecia o meio mais seguro de ajustar as nossas pessoas. Nhã-loló observava, imitava, adivinhava; ao mesmo tempo dava-se ao esforço de mascarar a inferioridade da família. Naquele dia, porém, a manifestação do pai foi tamanha que a entristeceu grandemente. Eu busquei então diverti-la do assunto, dizendo-lhe muitas chanças e motes de bom-tom; vãos esforços, que não a alegravam mais. Era tão profundo o abatimento, tão expressivo o desânimo, que eu cheguei a atribuir a Nhã-loló a intenção positiva de separar, no meu espírito, a sua causa da causa do pai. Este sentimento pareceu-me de grande elevação; era uma afinidade mais entre nós.

– Não há remédio, disse eu comigo, vou arrancar esta flor a este pântano.

Capítulo 123
O verdadeiro Cotrim

Não obstante os meus quarenta e tantos anos, como eu amasse a harmonia da família, entendi não tratar o casamento sem primeiro falar ao Cotrim. Ele ouviu-me e respondeu-me seriamente que não tinha opinião em negócio de parentes seus. Podiam supor-lhe algum interesse, se acaso louvasse as raras prendas de Nhã-loló; por isso calava-se. Mais: estava certo de que a sobrinha nutria por mim verdadeira paixão, mas se ela o consultasse, o seu conselho seria negativo.

Não era levado por nenhum ódio; apreciava as minhas boas qualidades – não se fartava de as elogiar, como era de justiça; e pelo que respeita a Nhã-loló, não chegaria jamais a negar que era noiva excelente; mas daí a aconselhar o casamento ia um abismo.

– Lavo inteiramente as mãos, concluiu ele.

– Mas você achava outro dia que eu devia casar quanto antes...

– Isso é outro negócio. Acho que é indispensável casar, principalmente tendo ambições políticas. Saiba que na política o celibato é um obstáculo. Agora, quanto à noiva, não posso ter voto, não quero, não devo, não é de minha honra. Parece-me que Sabina foi além, fazendo-lhe certas confidências, segundo me disse; mas em todo caso ela não é tia carnal de Nhã-loló, como eu. Olhe... mas não... não digo...

– Diga.

– Não, não digo nada.

Talvez pareça excessivo o escrúpulo do Cotrim, a quem não souber que ele possuía um caráter ferozmente honrado. Eu mesmo fui injusto com ele durante os anos que se seguiram ao inventário de meu pai. Reconheço que era um modelo. Arguiam-no de avareza, e cuido que tinham razão; mas a avareza é apenas a exageração de uma virtude, e as virtudes devem ser como os orçamentos: melhor é o saldo que o *deficit*. Como era muito seco de maneiras tinha inimigos, que chegavam a acusá-lo de bárbaro. O único fato alegado neste particular era o de mandar com frequência escravos ao calabouço, donde eles desciam a escorrer sangue; mas, além de que ele só mandava os perversos e os fujões, ocorre que, tendo longamente contrabandeado em escravos, habituara-se de certo modo ao trato um pouco mais duro que esse gênero de negócio requeria, e não se pode honestamente atribuir à índole original de um homem o que é puro efeito de relações sociais. A prova de que o Cotrim tinha sentimentos pios encontrava-se no seu amor aos filhos, e na dor que padeceu quando morreu Sara, dali a alguns meses; prova irrefutável, acho eu, e não única. Era tesoureiro de uma confraria, e irmão de várias irmandades, e até irmão remido de uma destas, o que não se coaduna muito com a reputação da avareza; verdade é que o benefício não caíra no chão: a irmandade (de que ele fora juiz) mandara-lhe tirar o retrato a óleo. Não era perfeito, decerto; tinha, por exemplo, o sestro de mandar para os jornais a notícia de um ou outro beneficio que praticava – sestro repreensível ou não louvável, concordo; mas ele desculpava-se dizendo que as boas ações eram contagiosas, quando públicas; razão a que se não pode negar algum peso. Creio mesmo (e nisto faço o seu maior elogio) que ele não praticava, de quando em quando, esses benefícios senão com o fim de espertar a filantropia dos outros; e se tal era o intuito, força é confessar que a publicidade tornava-se uma condição *sine qua non*[91]. Em suma, poderia dever algumas atenções, mas não devia um real a ninguém.

Capítulo 124

Vá de intermédio

Que há entre a vida e a morte? Uma curta ponte. Não obstante, se eu não compusesse este capítulo,

---

91. "condição necessária".

padeceria o leitor um forte abalo, assaz danoso ao efeito do livro. Saltar de um retrato a um epitáfio, pode ser real e comum; o leitor, entretanto, não se refugia no livro, senão para escapar à vida. Não digo que este pensamento seja meu; digo que há nele uma dose de verdade, e que, ao menos, a forma é pitoresca. E repito: não é meu.

Capítulo 125
Epitáfio

AQUI JAZ

DONA EULÁLIA DAMASCENA DE BRITO

MORTA

AOS DEZENOVE ANOS DE IDADE

ORAI POR ELA!

Capítulo 126
Desconsolação

O epitáfio diz tudo. Vale mais do que se lhes narrasse a moléstia de Nhã-loló, a morte, o desespero da família, o enterro. Ficam sabendo que morreu; acrescentarei que foi por ocasião da primeira entrada da febre amarela. Não digo mais nada, a não ser que a acompanhei até o último jazigo, e me despedi triste, mas sem lágrimas. Concluí que talvez não a amasse deveras.

Vejam agora a que excessos pode levar uma inadvertência; doeu-me um pouco a cegueira da epidemia que, matando à direita e à esquerda, levou também uma jovem dama, que tinha de ser minha mulher; não cheguei a entender a necessidade da epidemia, menos ainda daquela morte. Creio até que esta me pareceu ainda mais absurda que todas as outras mortes. Quincas Borba, porém, explicou-me que epidemias eram úteis à espécie, embora desastrosas para uma certa porção de indivíduos; fez-me notar que, por mais horrendo que fosse o espetáculo, havia uma vantagem de muito peso: a sobrevivência do maior número. Chegou a perguntar-me se, no meio do luto geral, não sentia eu algum secreto encanto em ter escapado às garras da peste; mas esta pergunta era tão insensata, que ficou sem resposta.

Se não contei a morte, não conto igualmente a missa do sétimo dia. A tristeza de Damasceno era profunda; esse pobre homem parecia uma ruína. Quinze dias depois estive com ele; continuava inconsolável, e dizia que a dor grande com que Deus o castigara fora ainda aumentada com a que lhe infligiram os homens. Não me disse mais nada. Três semanas depois tornou ao assunto, e então confessou-me que, no meio do desastre irreparável, quisera ter a consolação da presença dos amigos. Doze pessoas apenas, e três quartas partes amigos do Cotrim, acompanharam à cova o cadáver de sua querida filha. E ele fizera expedir oitenta convites. Ponderei-lhe que as perdas eram tão gerais que bem se podia desculpar essa desatenção aparente. Damasceno abanava a cabeça de um modo incrédulo e triste.

– Qual! gemia ele, desampararam-me.

Cotrim, que estava presente:

– Vieram os que deveras se interessam por você e por nós. Os oitenta viriam por formalidade, falariam da inércia do governo, das panaceias dos boticários, do preço das casas, ou uns dos outros... Damasceno ouviu calado, abanou outra vez a cabeça, e suspirou:

– Mas viessem!

Capítulo 127
Formalidade

Grande coisa é haver recebido do céu uma partícula da sabedoria, o dom de achar as relações das coisas, a faculdade de as comparar e o talento de concluir! Eu tive essa distinção psíquica; eu a agradeço ainda agora do fundo do meu sepulcro.

De fato, o homem vulgar que ouvisse a última palavra do Damasceno, não se lembraria dela, quando, tempos depois, houvesse de olhar para uma gravura representando seis damas turcas. Pois eu lembrei-me. Eram seis damas de Constantinopla – modernas – em trajos de rua, cara tapada, não com um espesso pano que as cobrisse deveras, mas com um véu tenuíssimo, que simulava descobrir somente os olhos, e na realidade descobria a cara inteira. E eu achei graça a essa esperteza da faceirice muçulmana, que assim esconde o rosto – e cumpre o uso –, mas não o esconde – e divulga a beleza. Aparentemente, nada há entre as damas turcas e o Damasceno; mas se tu és um espírito profundo e penetrante (e duvido muito que me negues isso), compreenderás que, tanto num como noutro caso, surge aí a orelha de uma rígida e meiga companheira do homem social...

Amável Formalidade, tu és, sim, o bordão da vida, o bálsamo dos corações, a medianeira entre os homens, o vínculo da terra e do céu; tu enxugas as lágrimas de um pai, tu captas a indulgência de um Profeta; se a dor adormece, e a consciência se acomoda, a quem, senão a ti, deverão esse imenso benefício? A estima que passa de chapéu na cabeça não diz nada à alma; mas a indiferença que corteja deixa-lhe uma deleitosa impressão. A razão é que, ao contrário de uma velha fórmula absurda, não é a letra que mata; a letra dá vida; o espírito é que é objeto de controvérsia, de dúvida, de interpretação, e conseguintemente de luta e de morte. Vive tu, amável Formalidade, para sossego do Damasceno e glória de Muhammed.

Capítulo 128
Na câmara

E notai bem que eu vi a gravura turca, dois anos depois das palavras de Damasceno, e via-a na câmara dos deputados, em meio de grande burburinho, enquanto um deputado discutia um parecer da comissão do orçamento, sendo eu também deputado. Para quem há lido este livro é escusado encarecer a minha satisfação, e para os outros é igualmente inútil. Era deputado, e vi a gravura turca, recostado na minha cadeira, entre um colega, que contava uma anedota, e outro, que tirava a lápis, nas costas de uma sobrecarta, o perfil do orador. O orador era o Lobo Neves. A onda da vida trouxe-nos à mesma praia, como duas botelhas de náufragos, ele contendo o seu ressentimento, eu devendo conter o meu remorso; e emprego esta forma suspensiva, dubitativa ou condicional, para o fim de dizer que efetivamente não continha nada, a não ser a ambição de ser ministro.

Capítulo 129

Sem remorsos

Não tinha remorsos. Se possuísse os aparelhos próprios, incluía neste livro uma página de química, porque havia de decompor o remorso até os mais simples elementos, com o fim de saber de um modo positivo e concludente, por que razão Aquiles passeia à roda de Troia o cadáver do adversário, e lady Macbeth[92] passeia à volta da sala a sua mancha de sangue. Mas eu não tenho aparelhos químicos, como não tinha remorsos; tinha vontade de ser ministro de Estado. Contudo, se hei de acabar este capítulo, direi que não quisera ser Aquiles nem lady Macbeth; e que, a ser alguma coisa, antes Aquiles, antes passear ovante o cadáver do que a mancha; ouvem-se no fim as súplicas do Príamo, e ganha-se uma bonita reputação militar e literária. Eu não ouvia as súplicas de Príamo, mas o discurso do Lobo Neves, e não tinha remorsos.

---

92. Personagem da peça homônima de Shakespeare, marcada por uma personalidade sórdida e dissimulada.

Capítulo 130

Para intercalar no capítulo 129

A primeira vez que pude falar a Virgília, depois da presidência, foi num baile em 1855. Trazia um soberbo vestido de gorgorão azul, e ostentava às luzes o mesmo par de ombros de outro tempo. Não era a frescura da primeira idade; ao contrário; mas ainda estava formosa, de uma formosura outoniça, realçada pela noite. Lembra-me que falamos muito; e sem aludir a coisa nenhuma do passado. Subentendia-se tudo. Um dito remoto, vago, ou então um olhar, e mais nada. Pouco depois, retirou-se; eu fui vê-la descer as escadas, e não sei por que fenômeno de ventriloquismo cerebral (perdoem-me os filólogos essa frase bárbara) murmurei comigo esta palavra profundamente retrospectiva:

– Magnífica!

Convém intercalar este capítulo entre a primeira oração e a segunda do capítulo 129.

Capítulo 131

De uma calúnia

Como eu acabava de dizer aquilo, pelo processo ventríloquo cerebral – o que era simples opinião e não remorso –, senti que alguém me punha a mão no ombro. Voltei-me; era um antigo companheiro, oficial de marinha, jovial, um pouco despejado de maneiras. Ele sorriu maliciosamente, e disse-me:

– Seu maganão! Recordações do passado, heim?

– Viva o passado!

– Você naturalmente foi reintegrado no emprego.

– Salta, pelintra! disse eu, ameaçando-o com o dedo.

Confesso que este diálogo era uma indiscrição – principalmente a última réplica. E com tanto maior prazer o confesso, quanto que as mulheres é que têm fama de indiscretas, e não quero acabar o livro sem retificar essa noção do espírito humano. Em pontos de aventura amorosa, achei homens que sorriam, ou negavam a custo, de um modo frio, monossilábico etc., ao passo que as parceiras não davam por si, e jurariam aos Santos Evangelhos que era tudo uma calúnia. A razão desta diferença é que a mulher (salva a hipótese do capítulo 101 e outras) entrega-se por amor, ou seja o amor-paixão de Stendhal, ou o puramente físico de algumas damas romanas, por exemplo, ou polinésias, lapônias, cafres, e pode ser que outras raças civilizadas; mas o homem – falo do homem de uma sociedade culta e elegante –, o homem conjuga a sua vaidade ao outro sentimento. Além disso (e refiro-me sempre aos casos defesos), a mulher, quando ama outro homem, parece-lhe que mente a um dever, e portanto tem de dissimular com arte maior, tem de refinar a aleivosia; ao passo que o homem, sentindo-se causa da infração e vencedor de outro homem, fica legitimamente orgulhoso, e logo passa a outro sentimento menos ríspido e menos secreto – essa meiga fatuidade, que é a transpiração luminosa do mérito.

Mas seja ou não verdadeira a minha explicação, basta-me deixar escrito nesta página, para uso dos séculos, que a indiscrição das mulheres é uma burla inventada pelos homens; em amor, pelo menos, elas são um verdadeiro sepulcro. Perdem-se muita vez por desastradas, por inquietas, por não saberem resistir aos gestos, aos olhares; e é por isso que uma grande dama e fino espírito, a rainha de Navarra, empregou algures esta metáfora para dizer que toda a aventura amorosa vinha a descobrir-se por força, mais tarde ou mais cedo: "Não há cachorrinho tão adestrado, que ao fim lhe não ouçamos o latir."

Capítulo 132

Que não é sério

Citando o dito da rainha de Navarra, ocorre-me que entre o nosso povo, quando uma pessoa vê outra pessoa arrufada, costuma perguntar-lhe: "Gentes, quem matou seus cachorrinhos?" como se dissesse: – "quem lhe levou os amores, as aventuras secretas etc." Mas este capítulo não é sério.

Capítulo 133

O princípio de Helvetius[93]

Estávamos no ponto em que o oficial de marinha me arrancou a confissão dos amores de Virgília,

---

93. Claude-Adrien Helvetius (1715-1771) – escritor iluminista francês, escreveu *De l'esprit* (1758), que causou condenação real e religiosa. O "princípio de Helvetius" é entendido como a busca hedonista por tudo que gera prazer e alegria.

e aqui emendo eu o princípio de Helvetius – ou, por outra, explico-o. O meu interesse era calar; confirmar a suspeita de uma coisa antiga fora provocar algum ódio sopitado, dar origem a um escândalo, quando menos adquirir a reputação de indiscreto. Era esse o interesse; e entendendo-se o princípio de Helvetius de um modo superficial, isso é o que devia ter feito. Mas eu já dei o motivo da indiscrição masculina: antes daquele interesse de *segurança*, havia outro, o do *desvanecimento*, que é mais íntimo, mais imediato: o primeiro era reflexivo, supunha um silogismo anterior; o segundo era espontâneo, instintivo, vinha das entranhas do sujeito; finalmente, o primeiro tinha o efeito remoto, o segundo próximo. Conclusão: o princípio de Helvetius é verdadeiro no meu caso; – a diferença é que não era o interesse aparente, mas o recôndito.

Capítulo 134
Cinquenta anos

Não lhes disse ainda – mas digo-o agora – que, quando Virgília descia a escada, e o oficial de marinha me tocava no ombro, tinha eu cinquenta anos. Era portanto a minha vida que descia pela escada abaixo – ou a melhor parte, ao menos, uma parte cheia de prazeres, de agitações, de sustos –, capeada de dissimulação e duplicidade –, mas enfim a melhor, se devemos falar a linguagem usual. Se, porém, empregarmos outra sublime, a melhor parte foi a restante, como eu terei honra de lhes dizer nas poucas páginas deste livro.

Cinquenta anos! Não era preciso confessá-lo. Já se vai sentindo que o meu estilo não é tão lesto como nos primeiros dias. Naquela ocasião, cessado o diálogo com o oficial de marinha, que enfiou a capa e saiu, confesso que fiquei um pouco triste. Voltei à sala, lembrou-me dançar uma polca, embriagar-me das luzes, das flores, dos cristais, dos olhos bonitos, e do burburinho surdo e ligeiro das conversas particulares. E não me arrependo; remocei. Mas, meia hora depois, quando me retirei do baile, às quatro da manhã, o que é que fui achar no fundo do carro? Os meus cinquenta anos. Lá estavam eles os teimosos, não tolhidos de frio, nem reumáticos – mas cochilando a sua fadiga, um pouco cobiçosos de cama e de repouso. Então – e vejam até que ponto pode ir a imaginação de um homem, com sono –, então pareceu-me ouvir de um morcego encarapitado no tejadilho: Senhor Brás Cubas, a rejuvenescência estava na sala, nos cristais, nas luzes, nas sedas –, enfim, nos outros.

Capítulo 135

Oblivion [94]

E agora sinto que, se alguma dama tem seguido estas páginas, fecha o livro e não lê as restantes. Para ela extinguiu-se o interesse da minha vida, que era o amor. Cinquenta anos! Não é ainda a invalidez, mas já não é a frescura. Venham mais dez, e eu entenderei

---

94. Na filosofia inglesa, é o estado de total esquecimento sofrido por uma pessoa.

o que um inglês dizia, entenderei que "coisa é não achar já quem se lembre de meus pais, e de que modo me há de encarar o próprio ESQUECIMENTO".

Vai em versaletes esse nome. OBLIVION! Justo é que se deem todas as honras a um personagem tão desprezado e tão digno, conviva da última hora, mas certo. Sabe-o a dama que luziu na aurora do atual reinado, e mais dolorosamente a que ostentou suas graças em flor sob o ministério Paraná, porque esta acha-se mais perto do triunfo, e sente já que outras lhe tomaram o carro. Então, se é digna de si mesma, não teima em espertar a lembrança morta ou expirante; não busca no olhar de hoje a mesma saudação do olhar de ontem, quando eram outros os que encetavam a marcha da vida, de alma alegre e pé veloz. *Tempora mutantur*[95]. Compreende que este turbilhão é assim mesmo, leva as folhas do mato e os farrapos do caminho, sem exceção nem piedade; e se tiver um pouco de filosofia, não inveja, mas lastima as que lhe tomaram o carro, porque também elas hão de ser apeadas pelo estribeiro OBLIVION. Espetáculo, cujo fim é divertir o planeta Saturno, que anda muito aborrecido.

Capítulo 136
Inutilidade

Mas, ou muito me engano, ou acabo de escrever um capítulo inútil.

---

95. "Os tempos estão mudando".

Capítulo 137

A barretina

E daí, não; ele resume as reflexões que fiz no dia seguinte ao Quincas Borba, acrescentando que me sentia acabrunhado, e mil outras coisas tristes. Mas esse filósofo, com o elevado tino de que dispunha, bradou-me que eu ia escorregando na ladeira fatal da melancolia.

– Meu caro Brás Cubas, não te deixes vencer desses vapores. Que diacho! é preciso ser homem! ser forte! lutar! vencer! brilhar! influir! dominar! Cinquenta anos é a idade da ciência e do governo. Ânimo, Brás Cubas; não me sejas palerma. Que tens tu com essa sucessão de ruína a ruína ou de flor a flor? Trata de saborear a vida; e fica sabendo que a pior filosofia é a do choramingas que se deita à margem do rio para o fim de lastimar o curso incessante das águas. O ofício delas é não parar nunca; acomoda-te com a lei, e trata de aproveitá-la.

Vê-se nas menores coisas o que vale a autoridade de um grande filósofo. As palavras do Quincas Borba tiveram o condão de sacudir o torpor moral e mental em que andava. Vamos lá; façamo-nos governo, é tempo. Eu não havia intervindo até então nos grandes debates. Cortejava a pasta por meio de rapapés, chás, comissões de votos; e a pasta não vinha. Urgia apoderar-me da tribuna.

Comecei devagar. Três dias depois, discutindo-se o orçamento da Justiça, aproveitei o ensejo para perguntar modestamente ao ministro se não julgava útil diminuir a barretina da guarda nacional. Não tinha vasto alcance o objeto da pergunta; mas ainda assim demonstrei que não era indigno das cogitações de um homem de Estado; e citei Filopêmen[96], que ordenou a substituição dos broquéis de suas tropas, que eram pequenos, por outros maiores, e bem assim as lanças, que eram demasiado leves; fato que a história não achou que desmentisse a gravidade de suas páginas. O tamanho das nossas barretinas estava pedindo um corte profundo, não só por serem deselegantes, mas também por serem anti-higiênicas. Nas paradas, ao sol, o excesso do calor produzido por elas podia ser fatal. Sendo certo que um dos preceitos de Hipócrates[97] era trazer a cabeça fresca, parecia cruel obrigar um cidadão, por simples consideração de uniforme, a arriscar a saúde e a vida, e consequentemente o futuro da família. A câmara e o governo deviam lembrar-se que a guarda nacional era o anteparo da liberdade e da independência, e que o cidadão, chamado a um serviço gratuito, frequente e penoso, tinha direito a que se lhe diminuísse o ônus, decretando um uniforme leve e maneiro. Acrescia que a barretina, por seu peso, abatia a cabeça dos cidadãos, e a pátria precisava de cidadãos cuja fronte pudesse levantar-se altiva e serena diante do poder; e concluí com esta ideia: O chorão, que inclina os seus galhos para a terra, é árvore de cemitério; a palmeira, ereta e firme, é árvore do deserto, das praças e dos jardins.

Vária foi a impressão deste discurso. Quanto à forma, ao rapto eloquente, à parte literária e filosó-

---

96. Filopêmen (253 a.C.-184 a.C.) – general e político grego.

97. Hipócrates (460 a.C.-370 a.C.) – é considerado uma das figuras mais importantes da história da saúde, frequentemente considerado "pai da medicina".

fica, a opinião foi só uma; disseram-me todos que era completo, e que de uma barretina ninguém ainda conseguira tirar tantas ideias. Mas a parte política foi considerada por muitos deplorável; alguns achavam o meu discurso um desastre parlamentar; enfim, vieram dizer-me que outros me davam já em oposição, entrando nesse número os oposicionistas da câmara, que chegaram a insinuar a convivência de uma moção de desconfiança. Repeli energicamente tal interpretação, que não era só errônea, mas caluniosa, à vista da notoriedade com que eu sustentava o gabinete; acrescentei que a necessidade de diminuir a barretina não era tamanha que não pudesse esperar alguns anos; e que, em todo caso, eu transigiria na extensão do corte, contentando-me com três quartos de polegada ou menos; enfim, dado mesmo que a minha ideia não fosse adotada, bastava-me tê-la iniciado no parlamento.

Quincas Borba, porém, não fez restrição alguma. Não sou homem político, disse-me ele ao jantar; não sei se andaste bem ou mal; sei que fizeste um excelente discurso. E então notou as partes mais salientes, as belas imagens, os argumentos fortes, com esse comedimento de louvor que tão bem fica a um grande filósofo; depois, tomou o assunto à sua conta, e impugnou a barretina com tal força, com tamanha lucidez, que acabou convencendo-me efetivamente do seu perigo.

Capítulo 138

A um crítico

Meu caro crítico,

Algumas páginas atrás, dizendo eu que tinha cinquenta anos, acrescentei: "Já se vai sentin-

do que o meu estilo não é tão lesto como nos primeiros dias." Talvez aches esta frase incompreensível, sabendo-se o meu atual estado; mas eu chamo a tua atenção para a sutileza daquele pensamento. O que eu quero dizer não é que esteja agora mais velho do que quando comecei o livro. A morte não envelhece. Quero dizer, sim, que em cada fase da narração da minha vida experimento a sensação correspondente. Valha-me Deus! é preciso explicar tudo.

Capítulo 139

De como não fui ministro d'Estado

....

....

....

....

....

....

....

....

Capítulo 140

Que explica o anterior

Há coisas que melhor se dizem calando; tal é a matéria do capítulo anterior. Podem entendê-lo os ambiciosos malogrados. Se a paixão do poder é a mais forte de todas, como alguns inculcam, imaginem o desespero, a dor, o abatimento do dia em que perdi a cadeira da câmara dos deputados. Iam-me as esperanças todas; terminava a carreira política. E notem que o Quincas Borba, por induções filosóficas que fez, achou que a minha ambição não era a paixão verdadeira do poder, mas um capricho, um desejo de folgar. Na opinião dele, este sentimento, não sendo mais profundo que o outro, amofina muito mais, porque orça pelo amor que as mulheres têm às rendas e toucados. Um Cromwell ou um Bonaparte, acrescentava ele, por isso mesmo que os queima a paixão do poder, lá chegam à fina força ou pela escada da direita, ou pela da esquerda. Não era assim o meu sentimento; este, não tendo em si a mesma força, não tem a mesma certeza do resultado; e daí a maior aflição, o maior desencanto, a maior tristeza. O meu sentimento, segundo o Humanitismo...

– Vai para o diabo com o teu Humanitismo, interrompi-o; estou farto de filosofias que me não levam a coisa nenhuma.

A dureza da interrupção, tratando-se de tamanho filósofo, equivalia a um desacato; mas ele próprio desculpou a irritação com que lhe falei. Trouxeram-nos café; era uma hora da tarde, estávamos na minha sala de estudo, uma bela sala, que dava para o fundo da chácara, bons livros, objetos d'arte, um Voltaire entre eles, um Voltaire de bronze, que nessa ocasião parecia acentuar o risinho de sarcasmo, com que me olhava, o ladrão; cadeiras excelentes; fora, o sol, um grande sol, que o Quincas Borba, não sei se por chalaça ou poesia, chamou um dos ministros da natureza; corria um vento fresco, o céu estava azul. De cada janela – eram três – pendia uma gaiola com pássaros, que chilreavam as suas óperas rústicas. Tudo tinha a aparência de uma conspiração das coisas contra o homem; e, conquanto eu estivesse na *minha* sala, olhando para a *minha* chácara, sentado na *minha* cadeira, ouvindo *meus* pássaros, ao pé dos *meus* livros, alumiado pelo *meu* sol, não chegava a curar-me das saudades daquela outra cadeira, que não era minha.

Capítulo 141

Os cães

– Mas, enfim, que pretendes fazer agora? perguntou-me Quincas Borba, indo pôr a xícara vazia no parapeito de uma das janelas.

– Não sei; vou meter-me na Tijuca; fugir aos homens. Estou envergonhado, aborrecido. Tantos sonhos, meu caro Borba, tantos sonhos, e não sou nada.

– Nada! interrompeu-me o Quincas Borba com um gesto de indignação.

Para distrair-me, convidou-me a sair; saímos para os lados do Engenho Velho. Íamos a pé, filosofando as coisas. Nunca me há de esquecer o benefício desse passeio. A palavra daquele grande homem era o cordial da sabedoria. Disse-me ele que eu não podia fugir ao combate; se me fechavam a tribuna, cumpria-me abrir um jornal. Chegou a usar uma expressão menos elevada, mostrando assim que a língua filosófica podia, uma ou outra vez, retemperar-se no calão do povo. Funda um jornal, disse-me ele, e "desmancha toda esta igrejinha".

– Magnífica ideia! Vou fundar um jornal, vou escachá-los, vou...

– Lutar. Podes escachá-los ou não; o essencial é que lutes. Vida é luta. Vida sem luta é um mar morto no centro do organismo universal.

Daí a pouco demos com uma briga de cães; fato que aos olhos de um homem vulgar não teria valor. Quincas Borba fez-me parar e observar os cães. Eram dois. Notou que ao pé deles estava um osso, motivo da guerra, e não deixou de chamar a minha atenção para a circunstância de que o osso não tinha carne. Um simples osso nu. Os cães mordiam-se, rosnavam, com furor nos olhos... Quincas Borba meteu a bengala debaixo do braço, e parecia em êxtase.

– Que belo que isto é! dizia ele de quando em quando.

Quis arrancar-me dali, mas não pude; ele estava arraigado ao chão, e só continuou a andar, quando a briga cessou inteiramente, e um dos cães, mordido e vencido, foi levar a sua fome a outra parte. Notei que ficara sinceramente alegre, posto contivesse a alegria, segundo convinha a um grande filósofo. Fez-me observar a beleza do espetáculo, relembrou o objeto da luta, concluiu que os cães tinham fome; mas a privação do alimento era nada para os efeitos gerais da filosofia. Nem deixou de recordar que em algumas partes do globo o espetáculo é mais grandioso; as criaturas humanas é que disputam aos cães os ossos e outros manjares menos apetecíveis; luta que se complica muito, porque entra em ação a inteligência do homem, com todo o acúmulo de sagacidade que lhe deram os séculos etc.

Capítulo 142

O pedido secreto

Quanta coisa num minuete! como dizia o outro. Quanta coisa numa briga de cães! Mas eu não era um discípulo servil ou medroso, que deixasse de fazer uma ou outra objeção adequada. Andando, disse-lhe que tinha uma dúvida; não estava bem certo da vantagem de disputar a comida aos cães. Ele respondeu-me com excepcional brandura:

– Disputá-la aos outros homens é mais lógico, porque a condição dos contendores é a mesma, e leva o osso o que for mais forte. Mas por que não será um espetáculo grandioso disputá-lo aos cães? Voluntariamente, comem-se gafanhotos, como o Precursor[98], ou coisa pior, como Ezequiel; logo, o ruim é comível; resta saber se é mais digno do homem disputá-lo, por virtude de uma necessidade natural, ou preferi-lo, para obedecer a uma exaltação religiosa, isto é, modificável, ao passo que a fome é eterna, como a vida e como a morte.

Estávamos à porta de casa; deram-me uma carta, dizendo que vinha de uma senhora. Entramos, e o Quincas Borba, com a discrição própria de um filósofo, foi ler a lombada dos livros de uma estante, enquanto eu lia a carta, que era de Virgília:

> *Meu bom amigo,*
> *Dona Plácida está muito mal. Peço-lhe o favor de fazer alguma coisa por ela; mora no Beco*

---

98. Referência a João Batista, conhecido como o Precursor de Jesus Cristo.

das Escadinhas; veja se alcança metê-la na Misericórdia.

Sua amiga sincera,

V

Não era a letra fina e correta de Virgília, mas grossa e desigual; o V da assinatura não passava de um rabisco sem intenção alfabética; de maneira que, se a carta aparecesse, era mui difícil atribuir-lhe a autoria. Virei e revirei o papel. Pobre Dona Plácida! Mas eu tinha-lhe deixado os cinco contos da Praia da Gamboa, e não podia compreender que...

– Vais compreender, disse Quincas Borba, tirando um livro da estante.

– O quê? perguntei espantado.

– Vais compreender que eu só te disse a verdade. Pascal é um dos meus avós espirituais; e, conquanto a minha filosofia valha mais que a dele, não posso negar que era um grande homem. Ora, que diz ele nesta página? – E, chapéu na cabeça, bengala sobraçada, apontava o lugar com o dedo. – Que diz ele? Diz que o homem tem "uma grande vantagem sobre o resto do universo: sabe que morre, ao passo que o universo ignora-o absolutamente". Vês? Logo, o homem que disputa o osso a um cão tem sobre este a grande vantagem de saber que tem fome; e é isto que torna grandiosa a luta, como eu dizia. "Sabe que morre" é uma expressão profunda; creio todavia que é mais profunda a minha expressão: sabe que tem fome. Porquanto, o fato da morte limita, por assim dizer, o entendimento humano; a consciência da extinção dura um breve instante e acaba para nunca mais, ao passo que a fome tem a vantagem de voltar, de prolongar o estado consciente. Parece-me (se não vai nisso alguma imodéstia), que a fórmula de Pascal é inferior à minha, sem todavia deixar de ser um grande pensamento, e Pascal um grande homem.

Capítulo 143

Não vou

Enquanto ele restitua o livro à estante, relia eu o bilhete. Ao jantar, vendo que eu falava pouco, mastigava sem acabar de engolir, fitava o canto da sala, a ponta da mesa, um prato, uma cadeira, uma mosca invisível, disse-me ele: – Tens alguma coisa; aposto que foi aquela carta? – Foi. Realmente, sentia-me aborrecido, incomodado, com o pedido de Virgília. Tinha dado a Dona Plácida cinco contos de réis; duvido muito que ninguém fosse mais generoso do que eu, nem tanto. Cinco contos! E que fizera deles? Naturalmente botou-os fora, comeu-os em grandes festas, e agora toca para a Misericórdia, e eu que a leve! Morre-se em qualquer parte. Acresce que eu não sabia ou não me lembrava do tal Beco das Escadinhas; mas, pelo nome, parecia-me algum recanto estreito e escuro da cidade. Tinha de lá ir, chamar a atenção dos vizinhos, bater à porta etc. Que maçada! Não vou.

Capítulo 144

Utilidade relativa

Mas a noite, que é boa conselheira, ponderou que a cortesia mandava obedecer aos desejos da minha antiga dama.

– Letras vencidas, urge pagá-las, disse eu ao levantar-me.

Depois do almoço fui à casa de Dona Plácida; achei um molho de ossos, envolto em molambos, estendido sobre um catre velho e nauseabundo; dei-lhe algum dinheiro. No dia seguinte fi-la transportar para a Misericórdia; onde ela morreu uma semana depois. Minto: amanheceu morta; saiu da vida às escondidas, tal qual entrara. Outra vez perguntei, a mim mesmo, como no capítulo 75, se era para isto que o sacristão da Sé e a doceira trouxeram Dona Plácida à luz, num momento de simpatia específica. Mas adverti logo que, se não fosse Dona Plácida, talvez os meus amores com Virgília tivessem sido interrompidos, ou imediatamente quebrados, em plena efervescência; tal foi, portanto, a utilidade da vida de Dona Plácida. Utilidade relativa, convenho; mas que diacho há absoluto nesse mundo?

Capítulo 145

Simples repetição

Quanto aos cinco contos, não vale a pena dizer que um carteiro da vizinhança fingiu-se enamorado de Dona Plácida, logrou espertar-lhe os sentidos, ou a vaidade, e casou com ela; no fim de alguns meses inventou um negócio, vendeu as apólices e fugiu com o dinheiro. Não vale a pena. É o caso dos cães do Quincas Borba. Simples repetição de um capítulo.

Capítulo 146

O programa

Urgia fundar o jornal. Redigi o programa, que era uma aplicação política do Humanitismo; somente, como o Quincas Borba não houvesse ainda publicado o livro (que aperfeiçoava de ano em ano), assentamos de lhe não fazer nenhuma referência. Quincas Borba exigiu apenas uma declaração, autógrafa e reservada, de que alguns princípios novos aplicados à política eram tirados do livro dele, ainda inédito.

Era a fina flor dos programas; prometia curar a sociedade, destruir os abusos, defender os sãos princípios de liberdade e conservação; fazia um apelo ao comércio e à lavoura; citava Guizot[99] e Ledru-Rollin[100], e acabava com esta ameaça, que o Quincas Borba achou mesquinha e local: "A nova doutrina que professamos há de inevitavelmente derribar o atual ministério". Confesso que, nas circunstâncias políticas da ocasião, o programa pareceu-me uma obra-prima. A ameaça do fim, que o Quincas Borba achou mesquinha, demonstrei-lhe que era saturada do mais puro Humanitismo, e ele mesmo o confessou depois. Porquanto, o Humanitismo não excluía nada; as guerras de Napoleão e uma contenda de cabras eram, segundo a nossa doutrina, a mesma sublimidade, com a diferença que os soldados de Napoleão sabiam que

---

99. François Pierre Guizot (1787-1874) – político francês, ocupou o cargo de primeiro-ministro da França em 1847.

100. Alexandre Auguste Ledru-Rollin (1807-1874) – político e jornalista francês.

morriam, coisa que aparentemente não acontece às cabras. Ora, eu não fazia mais do que aplicar às circunstâncias a nossa fórmula filosófica: Humanitas queria substituir Humanitas para consolação de Humanitas.

– Tu és o meu discípulo amado, o meu califa, bradou Quincas Borba, com uma nota de ternura, que até então lhe não ouvira. Posso dizer como o grande Muhammed: nem que venham agora contra mim o sol e a lua, não recuarei das minhas ideias. Crê, meu caro Brás Cubas, que esta é a verdade eterna, anterior aos mundos, posterior aos séculos.

Capítulo 147
O desatino

Mandei logo para a imprensa uma notícia discreta, dizendo que provavelmente começaria a publicação de um jornal oposicionista, daí a algumas semanas, redigido pelo Doutor Brás Cubas. Quincas Borba, a quem li a notícia, pegou da pena, e acrescentou ao meu nome, com uma fraternidade verdadeiramente humanística, esta frase: "Um dos mais gloriosos membros da passada câmara".

No dia seguinte entra-me em casa o Cotrim. Vinha um pouco transtornado, mas dissimulava, afetando sossego e até alegria. Vira a notícia do jornal, e achou que devia, como amigo e parente, dissuadir-me de semelhante ideia. Era um erro, um erro fatal. Mostrou que eu ia colocar-me numa situação difícil, e de certa maneira trancar as portas do parlamento. O ministério, não só lhe parecia excelente, o que aliás podia não ser a minha opinião, mas com certeza viveria muito; e que podia eu ganhar com indispô-lo contra mim? Sabia que alguns dos ministros me eram afeiçoados; não era impossível uma vaga, e... Interrompi-o nesse ponto, para lhe dizer que meditara muito o passo que ia dar, e não podia recuar uma linha. Cheguei a propor-lhe a leitura do programa, mas ele recusou energicamente, dizendo que não queria ter a mínima parte no meu desatino.

– É um verdadeiro desatino, repetiu ele; pense ainda alguns dias, e verá que é um desatino.

A mesma coisa disse Sabina, à noite, no teatro. Deixou a filha no camarote, com Cotrim, e trouxe-me ao corredor.

– Mano Brás, que é que você vai fazer? perguntou-me aflita. Que ideia é essa de provocar o governo, sem necessidade, quando podia...

Expliquei-lhe que não me convinha mendigar uma cadeira no parlamento; que a minha ideia era derribar o ministério, por não me parecer adequado à situação – e a certa fórmula filosófica; afiancei que empregaria sempre uma linguagem cortês, embora enérgica. A violência não era especiaria do meu paladar. Sabina bateu com o leque na ponta dos dedos, abanou a cabeça, e tornou ao assunto com um ar de súplica e ameaça, alternadamente; eu disse-lhe que não, que não, e que não. Desenganada, lançou-me em rosto preferir os conselhos de pessoas estranhas e invejosas aos dela e do marido. – Pois siga o que lhe parecer, concluiu; nós cumprimos a nossa obrigação. Deu-me as costas e voltou ao camarote.

Capítulo 148
O problema insolúvel

Publiquei o jornal. Vinte e quatro horas depois, aparecia em outros uma declaração do Cotrim, dizendo, em substância, que "posto não militasse em nenhum dos partidos em que se dividia a pátria, achava conveniente deixar bem claro que não tinha influência nem parte direta ou indireta na folha de seu cunhado, o Doutor Brás Cubas, cujas ideias e procedimento político inteiramente reprovava. O atual ministério (como aliás qualquer outro composto de iguais capacidades) parecia-lhe destinado a promover a felicidade pública".

Não podia acabar de crer nos meus olhos. Esfreguei-os uma e duas vezes, e reli a declaração inoportuna, insólita e enigmática. Se ele nada tinha com os partidos, que lhe importava um incidente tão vulgar como a publicação de uma folha? Nem todos os cidadãos que acham bom ou mau um ministério fazem declarações tais pela imprensa, nem são obrigados a fazê-las. Realmente, era um mistério a intrusão do Cotrim neste negócio, não menos que a sua agressão pessoal. Nossas relações até então tinham sido lhanas e benévolas; não me lembrava nenhum dissentimento, nenhuma sombra, nada, depois da reconciliação. Ao contrário, as recordações eram de verdadeiros obséquios; assim, por exemplo, sendo eu deputado, pude obter-lhe uns fornecimentos para o arsenal de marinha, fornecimentos que ele continuava a fazer com a maior pontualidade, e dos quais me dizia algumas semanas antes, que, no fim de mais três anos, podiam dar-lhe uns duzentos contos. Pois a lembrança de tamanho obséquio não teve força para obstar que ele viesse a público enxovalhar o cunhado? Devia ser mui poderoso o motivo da declaração, que o fazia cometer ao mesmo tempo um destempero e uma ingratidão; confesso que era um problema insolúvel.

Capítulo 149

Teoria do benefício

Tão insolúvel que o Quincas Borba não pôde dar com ele, apesar de estudá-lo longamente e com boa vontade. – Ora adeus! concluiu; nem todos os problemas valem cinco minutos de atenção.

Quanto à censura de ingratidão, Quincas Borba rejeitou-a inteiramente, não como improvável, mas como absurda, por não obedecer às conclusões de uma boa filosofia humanística.

– Não me podes negar um fato, disse ele; é que o prazer do beneficiador é sempre maior que o do beneficiado. Que é o benefício? é um ato que faz cessar certa privação do beneficiado. Uma vez produzido o efeito essencial, isto é, uma vez cessada a privação, torna o organismo ao estado anterior, ao estado indiferente. Supõe que tens apertado em demasia o cós das calças; para fazer cessar o incômodo, desabotoas o cós, respiras, saboreias um instante de gozo, o organismo torna à indiferença, e não te lembras dos teus dedos que praticaram o ato. Não havendo nada que perdure, é natural que a memória se esvaeça, porque ela não é uma planta aérea, precisa de chão. A esperança de outros favores, é certo, conserva sempre no beneficiado a lembrança do primeiro; mas este fato, aliás um dos mais sublimes que a filosofia pode achar em seu caminho, explica-se pela memória da privação, ou, usando de outra fórmula, pela privação continuada na memória, que repercute a dor passada e aconselha a precaução do remédio oportuno. Não digo que, ainda sem esta circunstância, não aconteça, algumas vezes, persistir a memória do obséquio, acompanhada de certa afeição mais ou menos intensa; mas são verdadeiras aberrações, sem nenhum valor aos olhos de um filósofo.

– Mas, repliquei eu, se nenhuma razão há para que perdure a memória do obséquio no obsequiado, menos há de haver em relação ao obsequiador. Quisera que me explicasse este ponto.

– Não se explica o que é de natureza evidente, retorquiu o Quincas Borba; mas eu direi alguma coisa mais. A persistência do benefício na memória de quem o exerce explica-se pela natureza mesma do benefício e seus efeitos. Primeiramente, há o sentimento de uma boa ação, e dedutivamente a consciência de que somos capazes de boas ações; em segundo lugar, recebe-se uma convicção de superioridade sobre outra criatura, superioridade no estado e nos meios; e esta é uma das coisas mais legitimamente agradáveis, segundo as melhores opiniões, ao organismo humano. Erasmo[101], que no seu Elogio da Sandice escreveu algumas coisas boas, chamou a atenção para a complacência com que dois burros se coçam um ao outro. Estou longe de rejeitar essa observação de Erasmo; mas direi o que ele não disse, a saber, que se um dos burros coçar melhor o outro, esse há de ter nos olhos algum indício especial de satisfação. Por que é que uma mulher bonita olha muitas vezes para o espelho, senão porque se acha bonita, e por que isso lhe dá certa superioridade sobre uma multidão de outras mulheres menos bonitas ou absolutamente feias? A consciência é a mesma coisa; remira-se a miúdo, quando se acha bela. Nem o remorso é outra coisa mais do que o trejeito de uma consciência que se vê hedionda. Não esqueças que, sendo tudo uma simples irradiação de Humanitas, o benefício e seus efeitos são fenômenos perfeitamente admiráveis.

Capítulo 150

Rotação e translação

Há em cada empresa, afeição ou idade um ciclo inteiro da vida humana. O primeiro número do meu jornal encheu-me a alma de uma vasta aurora, coroou-me de verduras, restituiu-me a lepidez da mocidade.

---

101. Referência a Erasmo de Roterdã (1466 – 1536), importante teólogo e humanista do Renascimento, cuja principal criação é o livro *Elogio da Loucura*, grafada "Sandice" pelo narrador machadiano.

Seis meses depois batia a hora da velhice, e daí a duas semanas a da morte, que foi clandestina, como a de Dona Plácida. No dia em que o jornal amanheceu morto, respirei como um homem que vem de longo caminho. De modo que, se eu disser que a vida humana nutre de si mesma outras vidas, mais ou menos efêmeras, como o corpo alimenta os seus parasitas, creio não dizer uma coisa inteiramente absurda. Mas, para não arriscar essa figura menos nítida e adequada, prefiro uma imagem astronômica: o homem executa à roda do grande mistério um movimento duplo de rotação e translação; tem os seus dias, desiguais como os de Júpiter, e deles compõe o seu ano mais ou menos longo.

No momento em que eu terminava o meu movimento de rotação, concluía Lobo Neves o seu movimento de translação. Morria com o pé na escada ministerial. Correu ao menos durante algumas semanas, que ele ia ser ministro; e pois que o boato me encheu de muita irritação e inveja, não é impossível que a notícia da morte me deixasse alguma tranquilidade, alívio, e um ou dois minutos de prazer. Prazer é muito, mas é verdade; juro aos séculos que é a pura verdade.

Fui ao enterro. Na sala mortuária achei Virgília, ao pé do féretro, a soluçar. Quando levantou a cabeça, vi que chorava deveras. Ao sair o enterro, abraçou-se ao caixão, aflita; vieram tirá-la e levá-la para dentro. Digo-vos que as lágrimas eram verdadeiras. Eu fui ao cemitério; e, para dizer tudo, não tinha muita vontade de falar; levava uma pedra na garganta ou na consciência. No cemitério, principalmente quando deixei cair a pá de cal sobre o caixão, no fundo da cova, o baque surdo da cal deu-me um estremecimento passageiro, é certo, mas desagradável; e depois a tarde tinha o peso e a cor do chumbo; o cemitério, as roupas pretas...

Capítulo 151
Filosofia dos epitáfios

Saí, afastando-me dos grupos, e fingindo ler os epitáfios. E, aliás, gosto dos epitáfios; eles são, entre a gente civilizada, uma expressão daquele pio e secreto egoísmo que induz o homem a arrancar à morte um farrapo ao menos da sombra que passou. Daí vem, talvez, a tristeza inconsolável dos que sabem os seus mortos na vala comum; parece-lhes que a podridão anônima os alcança a eles mesmos.

Capítulo 152
A moeda de Vespasiano[102]

Tinham ido todos; só o meu carro esperava pelo dono. Acendi um charuto; afastei-me do cemitério. Não podia sacudir dos olhos a cerimônia do enterro, nem dos ouvidos os soluços de Virgília. Os soluços, principalmente, tinham o som vago e misterioso de um problema. Virgília traíra o marido, com sinceridade, e agora chorava-o com sinceridade. Eis uma combinação difícil que não pude fazer em todo o trajeto; em casa, porém, apeando-me do carro, suspeitei

---

102. Tito Flávio Sabino Vespasiano (9-79) – imperador romano, o primeiro que ocupou o poder em 69, logo após o suicídio de Nero.

que a combinação era possível, e até fácil. Meiga Natura! A taxa da dor é como a moeda de Vespasiano; não cheira a origem, e tanto se colhe do mal como do bem. A moral repreenderá, porventura, a minha cúmplice; é *o que te não importa, implacável amiga,* uma vez que lhe recebeste pontualmente as lágrimas. Meiga, três vezes meiga Natura!

Capítulo 153
O alienista

Começo a ficar patético e prefiro dormir. Dormi, sonhei que era nababo, e acordei com a ideia de ser nababo. Eu gostava, às vezes, de imaginar esses contrastes de região, estado e credo. Alguns dias antes tinha pensado na hipótese de uma revolução social, religiosa e política, que transferisse o arcebispo de Cantuária[103] a simples coletor de Petrópolis, e fiz longos cálculos para saber se o coletor eliminaria o arcebispo, ou se o arcebispo rejeitaria o coletor, ou que porção de arcebispo pode jazer num coletor, ou que soma de coletor pode combinar com um arcebispo etc. Questões insolúveis, aparentemente, mas na realidade perfeitamente solúveis, desde que se atenda que pode haver num arcebispo dois arcebispos – o da bula e o outro. Está dito, vou ser nababo.

---

103. O arcebispo de Cantuária é a segunda autoridade na hierarquia da Igreja Anglicana, atrás apenas do monarca inglês.

Era um simples gracejo; disse-o, todavia, ao Quincas Borba, que olhou para mim com certa cautela e pena, levando a sua bondade a comunicar-me que eu estava doido. Ri-me a princípio; mas a nobre convicção do filósofo incutiu-me certo medo. A única objeção contra a palavra do Quincas Borba é que não me sentia doido, mas não tendo geralmente os doidos outro conceito de si mesmos, tal objeção ficava sem valor. E vede se há algum fundamento na crença popular de que os filósofos são homens alheios às coisas mínimas. No dia seguinte, mandou-me o Quincas Borba um alienista. Conhecia-o, fiquei aterrado. Ele, porém, houve-se com a maior delicadeza e habilidade, despedindo-se tão alegremente que me animou a perguntar-lhe se deveras me não achava doido.

– Não, disse ele sorrindo; raros homens terão tanto juízo como o senhor.

– Então o Quincas Borba enganou-se?

– Redondamente. E depois: – Ao contrário, se é amigo dele... peço-lhe que o distraia... que...

– Justos céus! Parece-lhe?... Um homem de tamanho espírito, um filósofo!

– Não importa; a loucura entra em todas as casas.

Imaginem a minha aflição. O alienista, vendo o efeito de suas palavras, reconheceu que eu era amigo do Quincas Borba, e tratou de diminuir a gravidade da advertência. Observou que podia não ser nada, e acrescentou até que um grãozinho de sandice, longe de fazer mal, dava certo pico à vida. Como eu rejeitasse com horror esta opinião, o alienista sorriu e disse-me uma coisa tão extraordinária, tão extraordinária, que não merece menos de um capítulo.

Capítulo 154

Os navios do Pireu[104]

– Há de lembrar-se, disse-me o alienista, daquele famoso maníaco ateniense, que supunha que todos os navios entrados no Pireu eram de sua propriedade. Não passava de um pobretão, que talvez não tivesse, para dormir, a cuba de Diógenes[105]; mas a posse imaginária dos navios valia por todas as dracmas da Hélade[106]. Ora bem, há em todos nós um maníaco de Atenas; e quem jurar que não possuiu alguma vez, mentalmente, dois ou três patachos, pelo menos, pode crer que jura falso.

– Também o senhor! perguntei-lhe.

– Também eu.

– Também eu?

– Também o senhor; e o seu criado, não menos, se é seu criado esse homem que ali está sacudindo os tapetes à janela.

---

104. "Pireu" é o nome de um município vizinho a Atenas, capital grega, onde se encontra o principal porto da Grécia.

105. Diógenes de Sinope (412 a.C.-323 a.C.) – também conhecido como Diógenes, o Cínico, foi um filósofo da Grécia antiga.

106. Antigo nome da região hoje conhecida como Grécia.

De fato, era um dos meus criados que batia os tapetes, enquanto nós falávamos no jardim, ao lado. O alienista notou então que ele escancarara as janelas todas desde longo tempo, que alçara as cortinas, que devassara o mais possível a sala, ricamente alfaiada, para que a vissem de fora, e concluiu: – Este seu criado tem a mania do ateniense: crê que os navios são dele; uma hora de ilusão que lhe dá a maior felicidade da terra.

Capítulo 155
Reflexão cordial

– Se o alienista tem razão, disse eu comigo, não haverá muito que lastimar o Quincas Borba; é uma questão de mais ou de menos. Contudo, é justo cuidar dele, e evitar que lhe entrem no cérebro maníacos de outras paragens.

Capítulo 156
Orgulho da servilidade

Quincas Borba divergiu do alienista em relação ao meu criado. – Pode-se, por imagem, disse ele, atribuir ao teu criado a mania de ateniense; mas imagens não são ideias nem observações tomadas à natureza. O que o teu criado tem é um sentimento nobre e perfeitamente regido pelas leis do Humanitismo: é o orgulho da servilidade. A intenção dele é mostrar que não é criado de *qualquer*. – Depois chamou a minha atenção para os cocheiros de casa-

-grande, mais impertigados que o amo, para os criados de hotel, cuja solicitude obedece às variações sociais da freguesia etc. E concluiu que era tudo a expressão daquele sentimento delicado e nobre – prova cabal de que muitas vezes o homem, ainda a engraxar botas, é sublime.

Capítulo 157
Fase brilhante

– Sublime és tu, bradei eu, lançando-lhe os braços ao pescoço. Com efeito era impossível crer que um homem tão profundo chegasse à demência; foi o que lhe disse após o meu abraço, denunciando-lhe a suspeita do alienista. Não posso descrever a impressão que lhe fez a denúncia; lembra-me que ele estremeceu e ficou muito pálido.

Foi por esse tempo que eu me reconciliei outra vez com o Cotrim, sem chegar a saber a causa do dissentimento. Reconciliação oportuna, porque a solidão pesava-me, e a vida era para mim a pior das fadigas, que é a fadiga sem trabalho. Pouco depois fui convidado por ele a filiar-me numa Ordem Terceira; o que eu não fiz sem consultar o Quincas Borba.

– Vai, se queres, disse-me este, mas temporariamente. Eu trato de anexar à minha filosofia uma parte dogmática e litúrgica. O Humanitismo há de ser também uma religião, a do futuro, a única verdadeira. O cristianismo é bom para as mulheres e os mendigos, e as outras religiões não valem mais do que essa:

orçam todas pela mesma vulgaridade ou fraqueza. O paraíso cristão é um digno êmulo do paraíso muçulmano; e quanto ao nirvana de Buda não passa de uma concepção de paralíticos. Verás o que é a religião humanística. A absorção final, a fase *contrativa* é a reconstituição da substância, não o seu aniquilamento etc. Vai aonde te chamam; não esqueças, porém, que és o meu califa.

E vede agora a minha modéstia; filiei-me na Ordem Terceira de ***, exerci ali alguns cargos, foi essa a fase mais brilhante da minha vida. Não obstante, calo-me, não digo nada, não conto os meus serviços, o que fiz aos pobres e aos enfermos, nem as recompensas que recebi, nada, não digo absolutamente nada.

Talvez a economia social pudesse ganhar alguma coisa, se eu mostrasse como todo e qualquer prêmio estranho vale pouco ao lado do prêmio subjetivo e imediato; mas seria romper o silêncio que jurei guardar neste ponto. Demais, os fenômenos da consciência são de difícil análise; por outro lado, se contasse um, teria de contar todos os que a ele se prendessem, e acabava fazendo um capítulo de psicologia. Afirmo somente que foi a fase mais brilhante da minha vida. Os quadros eram tristes; tinham a monotonia da desgraça, que é tão aborrecida como a do gozo, e talvez pior. Mas a alegria que se dá à alma dos doentes e dos pobres é recompensa de algum valor; e não me digam que é negativa, por só recebê-la o obsequiado. Não; eu recebia-a de um modo reflexo, e ainda assim grande, tão grande que me dava excelente ideia de mim mesmo.

Capítulo 158

Dois encontros

No fim de alguns anos, três ou quatro, estava enfarado do ofício e deixei-o, não sem um donativo importante, que me deu direito ao retrato na sacristia. Não acabarei, porém, o capítulo, sem dizer que vi morrer no Hospital da Ordem, adivinhem quem?... a linda Marcela; e via-a morrer no mesmo dia em que, visitando um cortiço, para distribuir esmolas, achei... Agora é que não são capazes de adivinhar.., achei a flor da moita, Eugênia, a filha de Dona Eusébia e do Vilaça, tão coxa como a deixara, e ainda mais triste.

Esta, ao reconhecer-me, ficou pálida, e baixou os olhos; mas foi obra de um instante. Ergueu logo a cabeça, e fitou-me com muita dignidade. Compreendi que não receberia esmolas da minha algibeira, e estendi-lhe a mão, como faria à esposa de um capitalista. Cortejou-me e fechou-se no cubículo. Nunca mais a vi; não soube nada da vida dela, nem se a mãe era morta, nem que desastre a trouxera a tamanha miséria. Sei que continuava coxa e triste. Foi com esta impressão profunda que cheguei ao hospital, onde Marcela entrara na véspera, e onde a vi expirar meia hora depois, feia, magra, decrépita...

Capítulo 159

Semidemência

Compreendi que estava velho, e precisava de uma força; mas o Quincas Borba partira seis meses antes para Minas Gerais, e levou consigo a melhor das filosofias. Voltou quatro meses depois, e entrou-me em casa, certa manhã, quase no estado em que eu o vira no Passeio Público. A diferença é que o olhar era outro. Vinha demente. Contou-me que, para o fim de aperfeiçoar o Humanitismo, queimara o manuscrito todo e ia recomeçá-lo. A parte dogmática ficava completa, embora não escrita; era a verdadeira religião do futuro.

– Juras por Humanitas? Perguntou-me.

– Sabes que sim.

A voz mal podia sair-me do peito; e aliás não tinha descoberto toda a cruel verdade. Quincas Borba não só estava louco, e esse resto de consciência, como uma frouxa lamparina no meio das trevas, complicava muito o horror da situação. Sabia-o, e não se irritava contra o mal; ao contrário, dizia-me que era ainda uma prova de Humanitas, que assim brincava consigo mesmo. Recitava-me longos capítulos do livro, e antífonas, e litanias espirituais; chegou até a reproduzir uma dança sacra que inventara para as cerimônias do Humanitismo. A graça lúgubre com que ele levantava e sacudia as pernas era singularmente fantástica. Outras vezes amuava-se a um canto, com os olhos fitos no ar, uns olhos em que, de longe em longe, fulgurava um raio persistente da razão, triste como uma lágrima...

Morreu pouco tempo depois, em minha casa, jurando e repetindo sempre que a dor era uma ilusão, e que Pangloss, o caluniado Pangloss, não era tão tolo como o supôs Voltaire.

Capítulo 160

Das negativas

Entre a morte do Quincas Borba e a minha, mediaram os sucessos narrados na primeira parte do livro. O principal deles foi a invenção do emplasto Brás Cubas, que morreu comigo, por causa da moléstia que apanhei. Divino emplasto, tu me darias o primeiro lugar entre os homens, acima da ciência e da riqueza, porque eras a genuína e direta inspiração do céu. O acaso determinou o contrário; e aí vos ficais eternamente hipocondríacos.

Este último capítulo é todo de negativas. Não alcancei a celebridade do emplasto, não fui ministro, não fui califa, não conheci o casamento. Verdade é que, ao lado dessas faltas, coube-me a boa fortuna de não comprar o pão com o suor do meu rosto. Mais; não padeci a morte de Dona Plácida, nem a semidemência do Quincas Borba. Somadas umas coisas e outras, qualquer pessoa imaginará que não houve míngua nem sobra, e conseguintemente que saí quite com a vida. E imaginará mal; porque ao chegar a este outro lado do mistério, achei-me com um pequeno saldo, que é a derradeira negativa deste capítulo de negativas: – Não tive filhos, não transmiti a nenhuma criatura o legado da nossa miséria.

Brás Cubas
Memórias de galhofa e melancolia

*Leandro Garcia Rodrigues**

Os historiadores da nossa literatura costumam responsabilizar *Memórias póstumas de Brás Cubas* como o romance que estreou, no Brasil, o nosso Realismo literário, no ano de 1881. Sabemos que tal fato é uma convenção criada por críticos e historiadores que se encarregam da difícil tarefa de historicizar a Literatura Brasileira, mas é impossível não reconhecer a importância deste romance, especialmente no que diz respeito ao seu enredo, à sua trama bem estruturada, a estruturação do tempo numa perspectiva não linear e ao seu caráter de memórias fictícias.

Comecemos pela sua dedicatória: "Ao verme que primeiro roeu as frias carnes do meu cadáver dedico como saudosa lembrança estas memórias póstumas". Aqui temos Machado de Assis já fornecendo uma das chaves de interpretação para o enredo: não se trata de uma história qualquer, mas da ironia em cima de um dos principais dramas da existência humana: a morte. Neste caso, o verme tem a sua importância na economia existencial, ele é necessário como simbologia de uma realidade inexorável da nossa existência – o

---

* Leandro Garcia Rodrigues é doutor e pós-doutor em Letras (Estudos Literários) pela PUC-Rio, crítico literário e especialista em epistolografia: estudos de correspondências de escritores.

fim material de cada um, o término da nossa própria história de vida. Todavia, ao invés de trabalhar esta temática de uma forma lúgubre e decadente, tão ao gosto dos românticos, Machado imprime um certo tom irônico, a sua famosa ironia fina, no sentido de amenizar e até mesmo rir de tudo isso, mas não um riso qualquer, porém um riso melancólico e sintomático, como ele mesmo previne: "Escrevi-a com a pena da galhofa e a tinta da melancolia".

Todavia, *Memórias póstumas de Brás Cubas* é um romance complexo, com várias possibilidades de leitura e interpretação, e pode mesmo ser analisado sob os mais diferentes olhares interpretativos. No que concerne à sua criação, Machado usou e abusou de intertextualidades e metalinguagens, que o digam as suas inúmeras referências aos clássicos (greco-romanos, ingleses, franceses etc.) – escritores e obras – cuja presença neste romance está diretamente ligada à construção do próprio enredo. O autor usou de uma boa panorâmica da literatura ocidental, das suas próprias leituras enquanto leitor (antes de ser escritor), buscando nas fontes clássicas, inclusive, o gosto pela personificação dos sentimentos humanos, tais como Sandice, Razão, Amor, Loucura etc.

Mas a intertextualidade não se deu apenas com obras literárias já consagradas pelo cânone, mas também com a própria História, com fatos e pessoas que realmente existiram, com ocorrências históricas ocorridas especialmente ao longo do século XIX, com artistas e autoridades (estadistas, intelectuais etc.) que tiveram um peso na narrativa ocidental, potencializando ainda mais o enredo das suas *Memórias póstumas*, dando-lhe uma riqueza ímpar e um lugar especial na Literatura Brasileira.

Por isso a atribuição a este romance como um divisor de águas, o inaugurador de uma nova tradição na nossa literatura – o Realismo – já que os personagens e a própria trama não apresentam qualquer idealização tão comum ao Romantismo, a escola literária precedente, na qual o mesmo Machado de Assis fora lançado como escritor. Agora a dinâmica é outra: a beleza física caminha ao lado da feiura, a mulher não é mais aquela fonte de delicadeza e inocência – é ardilosa como Marcela, ambígua como Eugênia; e o amor é visto não mais como uma certeza, mas uma hipótese, uma possibilidade com a qual – talvez – o personagem se encontre um dia.

Outro aspecto importante de ser ressaltado é a experiência da metalinguagem, que Machado tão bem manipulou das mais diferentes formas. Uma delas é o intenso intercâmbio entre os capítulos, a citação de aspectos de um capítulo num outro e características de um personagem sendo aplicadas a outros, proporcionando algumas conexões que só possuem lógica no complexo universo machadiano.

Isto sem falar do intrigante papel do leitor, que Machado alçou ao patamar de coautor desta obra, isto é, a cada leitura que fazemos de *Memórias póstumas*, somos levados pelo narrador a participar e interagir na trama deste enredo, a adentrarmo-nos nas minúcias desta narrativa. O leitor é peça-chave, pois ele reescreve o romance quando da sua leitura, já antecipando em décadas as teorias da chamada Estética da Recepção, que defende e ressalta o papel do leitor no intricado sistema literário. Na verdade, nos seus romances da fase realista, Machado de Assis torna o seu leitor cúmplice e corresponsável por todo o enredo, ou seja, o narrador não é o único responsável por todos os acontecimentos que dizem respeito à sorte dos personagens, mas o leitor também possui o seu grau de responsabilidade na condução e desenrolar de tais fatos. Nisto, Machado foi mestre e criador deste tipo de tradição na Literatura Brasileira.

São estas algumas das inquietações que o "Bruxo do Cosme Velho" tem a nos oferecer, a nos provocar, a nos "cutucar" com a "pena da galhofa e a tinta da melancolia", levando-nos – através da ficção – a questionar as verdades (nem sempre interessantes) da condição humana e de todas as vicissitudes que a cercam. Afinal, como o próprio Brás Cubas sentenciou nas últimas linhas do romance: "Não tive filhos, não transmiti a nenhuma criatura o legado da nossa miséria" – a vida pode, em muitos momentos, ser um fardo pesado de se aguentar e desafiadora demais para ser vivida.

Dialogando com outras artes

Memórias póstumas de Brás Cubas já foi transportado para outras expressões artísticas, vitalizando e promovendo novas leituras deste romance machadiano, a saber:

a) Cinema:

- *Viagem ao fim do mundo* (1967): dirigido por Fernando Cony Campos.
- *Memórias póstumas de Brás Cubas* (1985): dirigido por Julio Bressane, tendo Luis Fernando Guimarães no papel principal de Brás Cubas.

• *Memórias póstumas* (2001): dirigido por André Klotzel, tendo Reginaldo Farias e Petrônio Gontijo no papel de Brás Cubas, respectivamente idoso e jovem. Esta versão ganhou vários prêmios em festivais de cinema dentro e fora do país.

B) História em Quadrinho (HQ):

• Em 2010, a editora Desiderata adaptou *Memórias póstumas de Brás Cubas* para as histórias em quadrinhos, com desenho de João Batista Melado e roteiro de Wellington Srbek.

Notas de transcrição e estabelecimento do texto

Para este volume da Coleção Vozes de Bolso foram consultadas as seguintes edições:

a) Quarta edição, de 1914 e publicada pela Garnier. Este exemplar se encontra na Biblioteca Nacional do Rio de Janeiro;

b) Quinta edição, também publicada pela Garnier, em 1920. Este exemplar é próprio, adquiri-o especialmente para este trabalho.

c) Edição virtual da Coleção Brasiliana da USP.

Alguns aspectos merecem esclarecimento para o futuro leitor, no sentido de auxiliar a sua leitura e interpretação:

• Ao longo do romance, encontramos diversas cartas e bilhetes que os personagens se trocam mutuamente – todos foram grafados em *itálico*, a fim de reforçar a diferença do gênero epistolar dentro do gênero maior – o romance em si;

- Optei em explicar, nas inúmeras notas de rodapé, as citações do autor quanto a nomes, obras, personagens e quaisquer outras referências – reais e/ou fictícias – feitas ao longo do romance, pois as considero importantes e cruciais para uma adequada compreensão do leitor ao longo da sua própria leitura.

Índice

Prólogo da terceira edição, 7

Ao leitor, 9

Capítulo 1 Óbito do autor, 11

Capítulo 2 O emplasto, 13

Capítulo 3 Genealogia, 14

Capítulo 4 A ideia fixa, 16

Capítulo 5 Em que aparece a orelha de uma senhora, 19

Capítulo 6 *Chimène, qui l' eût dit? Rodrigue, qui l'eût cru?*, 20

Capítulo 7 O delírio, 23

Capítulo 8 Razão contra Sandice, 31

Capítulo 9 Transição, 33

Capítulo 10 Naquele dia, 33

Capítulo 11 O menino é pai do homem, 36

Capítulo 12 Um episódio de 1814, 40

Capítulo 13 Um salto, 46

Capítulo 14 Primeiro beijo, 48

Capítulo 15 Marcela, 50

Capítulo 16 Uma reflexão imoral, 55

Capítulo 17 Do trapézio e outras coisas, 56

Capítulo 18 Visão do corredor, 60

Capítulo 19 A bordo, 61

Capítulo 20 Bacharelo-me, 66

Capítulo 21 O almocreve, 68

Capítulo 22 Volta ao Rio, 70
Capítulo 23 Triste, mas curto, 72
Capítulo 24 Curto, mas alegre, 73
Capítulo 25 Na Tijuca, 75
Capítulo 26 O autor hesita, 78
Capítulo 27 Virgília?, 81
Capítulo 28 Contanto que..., 82
Capítulo 29 A visita, 84
Capítulo 30 A flor da moita, 85
Capítulo 31 A borboleta preta, 87
Capítulo 32 Coxa de nascença, 89
Capítulo 33 Bem-aventurados os que não descem, 91
Capítulo 34 A uma alma sensível, 93
Capítulo 35 O caminho de Damasco, 94
Capítulo 36 A propósito de botas, 95
Capítulo 37 Enfim!, 96
Capítulo 38 A quarta edição, 97
Capítulo 39 O vizinho, 100
Capítulo 40 Na sege, 101
Capítulo 41 A alucinação, 103
Capítulo 42 Que escapou a Aristóteles, 104
Capítulo 43 Marquesa, porque eu serei marquês, 105
Capítulo 44 Um Cubas, 106
Capítulo 45 Notas, 108
Capítulo 46 A herança, 108
Capítulo 47 O recluso, 112
Capítulo 48 Um primo de Virgília, 113
Capítulo 49 A ponta do nariz, 114
Capítulo 50 Virgília casada, 115

Capítulo 51 É minha!, 117
Capítulo 52 O embrulho misterioso, 119
Capítulo 53 ...., 122
Capítulo 54 A pêndula, 123
Capítulo 55 O velho diálogo de Adão e Eva, 124
Capítulo 56 O momento oportuno, 124
Capítulo 57 Destino, 126
Capítulo 58 Confidência, 127
Capítulo 59 Um encontro, 129
Capítulo 60 O abraço, 133
Capítulo 61 Um projeto, 134
Capítulo 62 O travesseiro, 135
Capítulo 63 Fujamos!, 136
Capítulo 64 A transação, 140
Capítulo 65 Olheiros e escutas, 142
Capítulo 66 As pernas, 145
Capítulo 67 A casinha, 146
Capítulo 68 O vergalho, 147
Capítulo 69 Um grão de sandice, 149
Capítulo 70 Dona Plácida, 150
Capítulo 71 O senão do livro, 151
Capítulo 72 O bibliômano, 152
Capítulo 73 O *luncheon*, 153
Capítulo 74 História de Dona Plácida, 154
Capítulo 75 Comigo, 157
Capítulo 76 O estrume, 158
Capítulo 77 Entrevista, 159
Capítulo 78 A presidência, 161
Capítulo 79 Compromisso, 163

Capítulo 80 De secretário, 164
Capítulo 81 A reconciliação, 165
Capítulo 82 Questão de botânica, 168
Capítulo 83 13, 169
Capítulo 84 O conflito, 172
Capítulo 85 O cimo da montanha, 174
Capítulo 86 O mistério, 175
Capítulo 87 Geologia, 175
Capítulo 88 O enfermo, 177
Capítulo 89 *In extremis*, 180
Capítulo 90 O velho colóquio de Adão e Caim, 182
Capítulo 91 Uma carta extraordinária, 183
Capítulo 92 Um homem extraordinário, 185
Capítulo 93 O jantar, 187
Capítulo 94 A causa secreta, 188
Capítulo 95 Flores de antanho, 189
Capítulo 96 A carta anônima, 190
Capítulo 97 Entre a boca e a testa, 192
Capítulo 98 Suprimido, 192
Capítulo 99 Na plateia, 194
Capítulo 100 O caso provável, 195
Capítulo 101 A Revolução Dálmata, 196
Capítulo 102 De repouso, 197
Capítulo 103 Distração, 198
Capítulo 104 Era ele!, 201
Capítulo 105 Equivalência das janelas, 203
Capítulo 106 Jogo perigoso, 203
Capítulo 107 Bilhete, 205
Capítulo 108 Que se não entende, 205

Capítulo 109 O filósofo, 206
Capítulo 110 31, 209
Capítulo 111 O muro, 209
Capítulo 112 A opinião, 210
Capítulo 113 A Solda, 212
Capítulo 114 Fim de um diálogo, 212
Capítulo 115 O almoço, 213
Capítulo 116 Filosofia das folhas velhas, 215
Capítulo 117 O Humanitismo, 216
Capítulo 118 A terceira força, 221
Capítulo 119 Parênteses, 221
Capítulo 120 *Compelle intrare*, 222
Capítulo 121 Morro abaixo, 223
Capítulo 122 Uma intenção mui fina, 225
Capítulo 123 O verdadeiro Cotrim, 226
Capítulo 124 Vá de intermédio, 228
Capítulo 125 Epitáfio, 229
Capítulo 126 Desconsolação, 229
Capítulo 127 Formalidade, 231
Capítulo 128 Na câmara, 232
Capítulo 129 Sem remorsos, 233
Capítulo 130 Para intercalar no capítulo 129, 234
Capítulo 131 De uma calúnia, 234
Capítulo 132 Que não é sério, 236
Capítulo 133 O princípio de Helvetius, 236
Capítulo 134 Cinquenta anos, 237
Capítulo 135 *Oblivion*, 238
Capítulo 136 Inutilidade, 239
Capítulo 137 A barretina, 240

Capítulo 138 A um crítico, 242
Capítulo 139 De como não fui ministro d'Estado, 243
Capítulo 140 Que explica o anterior, 243
Capítulo 141 Os cães, 245
Capítulo 142 O pedido secreto, 247
Capítulo 143 Não vou, 249
Capítulo 144 Utilidade relativa, 249
Capítulo 145 Simples repetição, 250
Capítulo 146 O programa, 251
Capítulo 147 O desatino, 252
Capítulo 148 O problema insolúvel, 254
Capítulo 149 Teoria do benefício, 255
Capítulo 150 Rotação e translação, 257
Capítulo 151 Filosofia dos epitáfios, 259
Capítulo 152 A moeda de Vespasiano, 259
Capítulo 153 O alienista, 260
Capítulo 154 Os navios do Pireu, 262
Capítulo 155 Reflexão cordial, 263
Capítulo 156 Orgulho da servilidade, 263
Capítulo 157 Fase brilhante, 264
Capítulo 158 Dois encontros, 266
Capítulo 159 Semidemência, 266
Capítulo 160 Das negativas, 268
Brás Cubas – Memórias de galhofa e melancolia, 269
Leandro Garcia Rodrigues

Vozes de Bolso – Literatura

- O Pequeno Príncipe
  Antoine de Saint-Exupéry
- Dom Casmurro
  Machado de Assis
- Memórias de um Sargento de Milícias
  Manuel Antônio de Almeida
- O Alienista
  Machado de Assis
- O Cortiço
  Aluísio de Azevedo
- Iracema
  José de Alencar
- O triste fim de Policarpo Quaresma
  Lima Barreto
- Macunaíma – O herói sem nenhum caráter
  Mário de Andrade
- Amor de perdição
  Camilo Castelo Branco
- O primo Basílio
  Eça de Queirós
- Memórias póstumas de Brás Cubas
  Machado de Assis